メグ・キャボット
代田亜香子＝訳

How To Be Popular

Meg Cabot
translated by Akako Daita

人気者になる方法

理論社

おじいちゃん、ブルース・C・マウンジーの思い出によせて

ブックデザイン／タカハシデザイン室
イラストレーション、描き文字／大滝まみ
編集協力／リテラルリンク

人気者になる方法

How To Be Popular

目次

How To Be Popular

How To Be Popular

おもな登場人物

ステファニー……通称ステフ。高２。ランドリー家の長女。
うちわのあだ名はクレイジートップ。

ジェイソン………ステフのとなりに住む幼なじみで親友。
やせてるけど脱ぐとスゴい？

ベッカ……………ステフの親友。
農場育ちで、趣味はスクラップブック作り。

カースティン……ステフ、ジェイソン、ベッカの行きつけのカフェでバイトしている大学生。

スタッキー………ジェイソンの親友。バスケおたく。

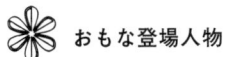

マーク……………ステフのあこがれの人。
生徒会長＆フットボールのトッププレイヤー。

ローレン…………マークのカノジョ。昔はステフの友だち。
今はステフいじめの中心人物。

アリッサ…………ローレンのとりまき。

ダーリーン………学校一の美人。巨乳でモテモテだけど、
ちょっと頭が足りない？

トッド……………ダーリーンに夢中な男子。H度ナンバー１。

ママ………………ランドリー家の大黒柱。書店を経営。
六人目の子どもを妊娠中。

パパ………………家事と育児をしながら、
ミステリー作家をめざしている。

おじいちゃん……妻の死後、長年ひとり身だったが、
もうすぐキティと再婚する。

キティ……………ジェイソンのおばあちゃん。
ステフのおじいちゃんの婚約者。

Popular（形容詞《けいようし》）：評判《ひょうばん》のよい、人気のある、ウケがよい

人気。
だれもが人気をほしがります。「人気がある」とは、人から好かれているということだからです。だれでも、人から好かれたいのです。

ところが残念なことに、だれもが人から好かれるわけではありません。

人気者が、人から好かれるために共通してもっているものとは？

親しみやすい雰囲気《ふんいき》
いろいろなことに熱心に参加し、積極的に協力すること
職場《しょくば》や学校のあらゆる行事に興味《きょうみ》をしめすこと
明るくハツラツとした外見

人気者は、こういった素質《そしつ》を生まれつきもっていたわけではありません。人気を得るために、努力して身につけたものなのです。

そして、この本のアドバイスにしたがえば、あなたも人気者になれます！

1 ステフ・ランドリーなこと

作戦決行まであと2日
8月26日　土曜日　午後7時

胸《むね》の名札をじろじろ見られていた時点で、なにをきかれるか、ホントなら気づいてもおかしくなかった。

「ステフ・ランドリー?」そのおばさんは、お財布《さいふ》を出しながらいった。「どうしてかしらねえ、お名前にききおぼえがあるような気がするんだけど?」

「さあ?　どうしてでしょうね?」あたしは答えた。内心、カンペキ初対面のおばさんにそんなことをいわれる理由はわかっていたけど。

「ああ、そうだわ」おばさんは指をパチンと鳴らしてから、あたしを指さした。「あなた、ブルームビル高《ハイ》の女子サッカー部の選手でしょう?」

「いいえ、ちがいます」

「じゃ、グリーン郡フェスティバルのクイーン候補者《こうほしゃ》になったことはある？」

おばさんが口ではそういいながら、ありえないと思っているのはミエミエだ。あたしは、インディアナ州グリーン郡のフェスティバルでクイーンに選ばれるようなタイプではない。髪《かみ》はロングではなくショート、ブロンドではなく茶色、さらさらストレートではなく、くるくるカール。背《せ》だって低いし、定期的に運動しないとオシリなんかズドーンってカンジになる。

この外見にそれほど不満があるわけではないけど、コンテスト番組『アメリカズ・ネクスト・トップ・モデル』に出場して勝ちぬいてスーパーモデルを目ざすつもりはないし、フェスティバルのクイーンなんてとんでもない。

「いいえ」

正直、これ以上つっこまれたくない。

だけど、おばさんはあきらめなかった。

「ヘンねぇ。ぜったいどこかであなたのお名前をきいたはずなんだけど」おばさんは、クレジットカードをさしだした。「新聞にのったことはない？」

「一度もありません」まったく、それだったらどんなにいいか。新聞ですべてをあきらかにしてもらえば、ラクなのに。

あたしって、地元紙に出生記事が出て以来、新聞なんかにのったことはない。音楽方面だろうがなんだろうが、トクベツな才能《さいのう》なんかないし。

ほとんどの授業《じゅぎょう》は大学レベルのAPクラスで受けているけど、だからって成績優秀《せいせきゆうしゅう》とかいうわけではない。グリーン郡の学校では、レモンジョイはアイスティーではなく食器洗《あら》い機用洗剤《せんざい》だと知っていれば、APクラスに入れる。

っていうか、グリーン郡でレモンジョイの件《けん》でかんちがいしている人の多さにはビックリだ。親友のジェイソンのお父さんがブルームビル病院のお医者さんで、話をきいたことがある。

「たぶん……」あたしは、クレジットカードをレジに通しながらいった。「両親がこの店を経営《けいえい》しているせいだと思います」

ちょっとムリがあるのはわかっている。だけど、〈コートハウス・スクエア書店〉は、ブルームビルで一軒《けん》しかない個人《こじん》経営の本屋だ。〈ソーヤ博士《ドク・ソーヤ》のアダルトブックショップ〉を数に入れなければの話だけど。ま、あたしは数に入れない。

「ちがうわ。ほかに理由があるはずよ」おばさんは、首を横にふった。

じれったいのはわかる。こんなとき、とくに納得《なっとく》いかないのは——あらためて考えてみると、だけど。ふだんはこういうことでも起きないかぎり考えないようにしてる——ローレンとあたしが、五年生の終わりまでは友だちだったということだ。親友ってわけではなかったけど。学校で一番人気の女の子の親友なんて、そうそうなれるものではない。むこうは、あちこちから引っぱりだこだし。

だけど、うちに遊びにくる程度《ていど》には仲がよかった（まあ、一回だけだけど。しかもタイミングが悪かった。ちょうどパパが、手づくりのグラノーラなんか焼いてたし。オートミールがこげるにおいって、けっこうキョーレツ）し、あたしもローレンの家に遊びに行ったことがある（これも、一回だけだけど……ローレンのお母さんはネイルサロンに出かけてて、お父さんが家にいて、軍隊《アーミー》バービーごっこをしているときにあたしがたてた爆発音《ばくはつおん》がうるさいって部屋までいいにきた。しかもお父さんは、アーミーバービーを知らなくて、看護師《ナース》バービーごっこじゃダメなのか、とかいってた）。

「えっと……たぶん、あたしの名前って……ほら、よくきく名前だからじゃないですか？」

たしかに、よくきく名前のはず。「ステフ・ランドリーなことしないでよ」というフレーズを考え出したのは、ローレンだ。あたしへの復讐《ふくしゅう》のために。

そのフレーズが、ビックリするくらいあっというまに広まった。いまでは、学校でだれかがマヌケなこととかおかしなこととかをやらかすと、みんなしていう。「ステフなことするなよ！」とか、「ステフっぽい！」とか、「ステフかと思った！」とか。

そして、そのステフが、このあたし。

やれやれ。

「そうかもしれないわね」おばさんは、うたがわしそうにいった。「いやだわ。きっと、思い出すまで、ひと晩《ばん》じゅう頭からはなれないわよ」

カードの承認《しょうにん》がおりた。あたしはカード伝票のひかえをおばさんにわたしてサインしてもらうと、商品を袋《ふくろ》に入れはじめた。名前にききおぼえがあるのは、おじいちゃんのせいだっていえばよかったかな？　そのほうがよかったかも。おじいちゃんは近ごろ、インディアナ州の南部でもっともウワサの種に――そしてもっともお金持ちに――なった。新しく通ったハイウェイI－69号線ぞいにもっていた農地を、先週末にオープンしたスーパーマーケットの〈サブマート〉に売ったからだ。

そのせいでおじいちゃんは、地元の新聞に何度ものった。とくに、そのお金をつぎこんで天文台をつくって、町に寄付《きふ》する予定にしているから。

ほら、インディアナ州南部の小さい町には天文台が欠かせないから。

って、ありえないし。

そのせいで、ママはおじいちゃんと口をきいてない。〈サブマート〉はディスカウントで有名で、このあたりの個人《こじん》商店がみんな、〈コートハウス広場書店〉をふくめて、売上げダウンを心配している。

でも、おじいちゃんの名前を出しても、おばさんをだませるワケがない。おじいちゃんの名字って、あたしと同じではないし。おじいちゃんは生まれたときから、エミール・カゾーリスなんてヘンな名前をせおっている。まあ、そんなハンデにもめげずに、ずいぶんがんばってきたとは思う。

とにかく、あたしにはのがれることのできない〝スーパーゴクゴクサイズ事件《じけん》〟というトラウマがある。あのとき、〈セブンイレブン〉の超《ちょう》特大カップ入りチェリーコークをもろにこぼして、ローレンのD&Gの白いデニムのミニスカについた赤いシミがどうしてもとれなかった――パパが強力洗剤《せんざい》やらなんやらを駆使《くし》してかなりがんばってくれたけどとれないから、新しいスカートを買いに行った――のと同じように、あたしの名前は永遠《えいえん》に、人々の記憶《きおく》に定着することになる。

しかも、しょうもない記憶として。

「まあ、いいわ。よくあることね」おばさんは、袋《ふくろ》とレシートを受けとりながらいった。

「そうですね」ほっ……やっと帰ってくれる。

ところが、甘《あま》かった。その直後、店のドアベルが鳴って、よりによってローレン・モファットが――この前あたしがモールで試着したリリー・ピューリッツァの白いローライズのカプリをはいている。あたしは、この店のバイト料二十四時間分と同じ値段《ねだん》だったからあきらめたのに――入ってきていった。「ママ、早くして。いつまで待たせる気？」

おくればせながら、あたしは気づいた。いままで話していたおばさんがだれなのか。

ま、いいけど。カードの名前なんか、いちいち読んでいられないし。だいたい、ブルームビルだけでもモファットって名字の人は何百人もいる。

「そうだわ、ローレン、あなたならわかるでしょう？」ミセス・モファットが、娘《むすめ》にむかっていった。「ステフ・ランドリーって名前にどうしてききおぼえがあるのかしら？」

「ああ、たぶん、六年生のとき、学食で全校生徒の前で、わたしのD&Gの白いミニに超《ちょう》特大カップのチェリーコークをぶちまけた張本人《ちょうほんにん》だからじゃない？」ローレンは、バカにしたように答えた。

ローレンは、まだゆるしてない。しかも、いまでもみんなの記憶《きおく》にしみこませようとしている。

ローレンのお母さんは、ぞっとした顔でふりかえった。

「まあ、ローレン、いま……」

そのときローレンが、レジをやっているあたしに気づいた。

「ヤだ、ママ」ローレンはくすくす笑いながら、ドアをあけた。夕方の熱気が入ってくる。

「ステフ・ランドリーなことしないでよ」

まずは、あなたの人気レベル、または不人気レベルを評価《ひょうか》してみましょう。

あなたのまわりにいる人たちが、
あなたをどのように認識《にんしき》しているか、考えてみてください。

みんな、あなたがだれか、知っていますか？
その場合、あなたにどのように接《せっ》していますか？

かげで、または、面とむかって、
あなたについていじわるなことをいっていませんか？

あなたを無視《むし》していませんか？

出かけるときや遊びに行くときに仲間に入れてくれますか？
集まりやパーティに招待《しょうたい》してくれますか？

まわりにいる人たちのふるまいを見てみれば、あなたが好かれているか、なんでもない存在《そんざい》か、またはまったく不人気かがわかるはずです。

なんでもない存在だったり、不人気だったりしたら、
対策《たいさく》を考えなければいけません。

✻2 クレイジートップ

引きつづき作戦決行まであと2日
8月26日　土曜日　午後8時25分

最近のジェイソンときたら、いつも会うなり、こんなことをいう。「よっ、クレイジートップ！」

不愉快《ふゆかい》きわまりない。

いくらそういっても、きいちゃいないし。

「クレイジートップ、今夜はどんないかがわしいことする？」ジェイソンは、ローレンがお母さんと帰った一時間後、ベッカといっしょにぶらっと店に入ってくるなりいった。まあ、ぶらっと入ってきたのはベッカだけで、ジェイソンはほとんど突進《とっしん》してきた。で、カウンターの上にとびのって、キャンディケースから勝手にリンツのトリュフチョコを出して食べた。

あたしが見のがすとでも思ってる？

「はい、六九セントいただきます」

ジェイソンはジーンズの前ポケットから一ドルを引っぱりだすと、カウンターの上にたたきつけた。「つりはいらねえぜ」

そして、チョコをもうひとつとりだすと、ベッカにほうりなげた。

ベッカは、いきなりリンツのチョコがとんできて、ビックリしてキャッチするどころではなかった。チョコはベッカの鎖骨《さこつ》にあたり、床《ゆか》に落ちて、キャビネットの下にころがっていった。

ベッカは、アルファベット柄《がら》のカーペットにはいつくばってチョコをさがしながらいった。「ねえ、この下、わたぼこりだらけよ。だれもそうじ機かけようとか思いつかないの？」

「あと三八セントだからね」あたしはジェイソンにいった。

「よろこんで」ジェイソンの答えはいつもこう。「で、あとどのくらいで釈放《しゃくほう》されるんだ？」

この質問《しつもん》も、いつものことだ。答えはわかってるはずなのに。

「閉店《へいてん》は九時。知ってるよね？　この店がオープンして以来――それって、あたしたちが生まれる前のことだけど――ずっと九時閉店」

「はいはい、わかりましたよ、クレイジートップ」

そういうとジェイソンは、勝手にまたひとつリンツのチョコを食べた。

これだけ食べて、よく太らないと思う。あたしなんか、一日二個《こ》リンツのチョコを食べてたら、ひと月後にはジーンズが入らなくなる。ジェイソンは一日二十個くらい食べてもまだ、いつもはいてる（ストレッチじゃない）リーバイスに余裕《よゆう》がある。

男の子って、これだから。しかも、身長のこともある。小学校も中学校も、それどころか高校のはじめのころまで、ジェイソンとあたしは身長も体重もほとんど同じだった。懸《けん》垂《すい》や球技《きゅうぎ》関係ではかなわなかったけど、レッグレスリングではいつもあたしがジェイソンのオシリにケリを入れてたし、ボードゲームでも負けたことがなかった。

ところがこの夏、ジェイソンは、おばあちゃんといっしょに愛読書の『ダ・ヴィンチ・コード』ゆかりの地を観《み》にヨーロッパ旅行に行って、帰ってきたら一五センチも背《せ》がのびていた。しかも、ちょっとカッコよくなっていた。

もちろん、マーク・フィンレーみたいなカッコよさではない。マーク・フィンレーは、ブルームビル高《ハイ》で一番カッコいいし。とはいえやっぱり親友が、いくらオトコ友だちとはいえ、だんだんカッコよくなるのを見るのは、なんだか落ちつかない。

とくに、身長に見合うだけの体重になろうと努力している最中だし(たしかに、もうちょっと太るべき)。

いまでは、勝てるのはレッグレスリングだけになってしまった。ボードゲームでもかなわなくなりつつある。

レッグレスリングで勝てるのだって、床《ゆか》の上で女の子とならんで寝《ね》るのをジェイソンが恥《は》ずかしがっているからにすぎない。

正直あたしも、ジェイソンがヨーロッパから帰ってきて以来、床の上で――よく星をながめに行く丘《おか》の草の上でも――ならんで寝るのは、ちょっと恥ずかしい。

だからといって、手かげんはしないけど。カンペキな友情《ゆうじょう》のなかにホルモン関係のごたごたを割《わ》りこませないのは、大切だ。あといまは、目の前の仕事に集中することも。

「あたしのこと、クレイジートップってよぶの、やめて」あたしはジェイソンにいった。

「そのくるくる頭にピッタリだぜ」ジェイソンがいった。

「冗談《じょうだん》はやめて」

　やっとのことでキャビネットの下からリンツのチョコをひろったベッカが、ブロンドの巻《ま》き毛《げ》からわたぼこりをはらいながら、残念そうにいった。「わたし、クレイジートップって名前、好きなのに」

「あ、そ」あたしはムスッとしていった。「じゃ、これからベッカのニックネームにすれば？」

　もちろん、ジェイソンがだまってない。「おいおい、ここにいらっしゃるクレイジートップくらい、この名前にふさわしい人はそうそういないぜ」

「もし、そこのガラス割《わ》ったら……」あたしはジェイソンにぴしゃりといった。まだカウンターの上にすわって、その下にあるガラスのディスプレイケースの前で足をぶらぶらさせている。「その人形全部、買いとってもらうからね」

　ガラスの奥《おく》には、マダムアレクサンダーの着せかえ人形が三十体、入っている。ほとんどが、本に出てくる登場人物のかっこうをしている。『若草《わかくさ》物語』のジョーとか、『アルプスの少女ハイジ』のハイジとか。

　この人形をショーケースのなかに入れようっていいだしたのは、このあたしだ。週に一体は人形がなくなるのに気づいたから。人形コレクターというのは、マダムアレクサンダー人形にかけては手グセが悪いことで有名で、しかも大きなトートバッグを――たいていネコのイラスト入り――もってうちみたいな店に入ってきて、代金を払《はら》わずに自分のコレクションに加えようとする。

ジェイソンは、「この人形、こぇエ」といっている。小さいプラスチックの指とまばたきしない明るいブルーの瞳《ひとみ》の人形に追いかけられる夢《ゆめ》をよく見るそうだ。

ジェイソンは、ぶらぶらさせていた足をピタッととめた。

「まあまあ、こんな時間とは思わなかったわ」ママが裏《うら》の事務所《じむしょ》から出てきた。例によって、おなかから先に。

あたしは本気で、うちの両親って、子づくりの記録に挑戦《ちょうせん》してるんじゃないかと思っている。もうすぐママのおなかから、この十六年間で六人目――あたしの弟か妹――が生まれる。そうなると、うちはブルームビル一番の大家族になるはずだ。グラブさん一家はのぞいて、だけど。

グラブさんちは子どもが八人いるけど、住んでいるトレーラーハウスは正確《せいかく》にいうとブルームビルにはなくて、グリーン郡とブルームビルの境目《さかいめ》にあるから。しかもたしか、あの家のお父さんがレモンジョイとレモネードをまちがえて子どもたちにあげてるのがわかって、児童福祉施設《ふくししせつ》の人が小さい子を何人か引きとったはずだ。

「おじゃましてます」ジェイソンとベッカがあいさつした。

「あら、こんにちは、ジェイソン、ベッカ」ママはニコーッとした。最近、よくこうやって笑う。ニコーッて。もちろん、おじいちゃんが近くにいないときにかぎるけど。いるときは、コワい顔している。「夏休み最後の土曜日でしょ？　なにか計画があるの？　パーティとか？」

やれやれ、ママってば空想の世界――あたしたちの仲間が新学年はじまりのパーティに招待《しょうたい》されるような世界――に住んでいるから。〝スーパーゴクゴクサイズ事件《じけん》〟のこと、知らないワケでもないのに。だいたい、あたしが超《ちょう》特大カップなんかもっていたのは、ママのせいだ。歯の矯正《きょうせい》をしたごほうびに、学校にもどるとちゅうの車のなかで飲めるようにとジュースを買ってくれた。超特大カップをもたせて学校に行かせるって、どういう親？　このエピソードだけで「うちの両親は自分がなにをしているかわかっていない」というあたしの持論《じろん》を証明《しょうめい》できたようなもの。自分の親のことをそんなふうに思ってる子は多いかもしれないけど、うちの場合、ホントのホント。最初に気づいたのは、ママに連れられてニューヨークの書籍《しょせき》見本市に行ったとき。うちの両親はつねにどちらかが行方《ゆくえ》不明になっていたし、車をとめるときは平気で前に立ちはだかった。ブルームビルではみんな、そうしているからだ。

ニューヨークじゃ、そういうの、ありえないのに。

両親とあたしだけなら、まだいい。うちにはそのころ、五歳《さい》の弟ピートと、ベビーカーに乗った妹のケイティと、まだ赤んぼうで抱《だ》っこひものなかにおさまっていた一番下の弟ロビーがいた（サラはまだ生まれてなかった）。小さい子どもたちまでまきぞえになったんだから！

走っているバスの前にひょいっととびだすこと五回、あたしはやっとうちの両親はぜったいにヘンだと気づいて、どんなことがあっても信用しないと心に誓《ちか》った。

あたし、まだ七歳だったのに。

この誓いは、あたしが思春期に突入《とつにゅう》して、両親が「わたしたちはティーンの女の子の親になるのははじめてだから、正しいことをしているのかどうかわからないけど、できるだけのことはしている」なんてことをいいはじめたとき、さらに確固《かっこ》たるものとなった。こんなセリフ、親からききたくない。フツー、親ってたよれる存在《そんざい》のはずだ。

だけど、うちの親にかぎっては、とんでもない。

サイアクだったのは、中学に入る前の夏休み、ガールスカウトのキャンプに行かされたときだ。あたしは家に残って店の手伝いでもしていたかった。べつに自然大好きってタイプじゃないし、蚊《か》にかんしては人間マグネットだし。

しかもさらにヒドいことに、ローレン・モファットが同じ班《はん》だとわかった。あたしは冷静沈着《ちんちゃく》に、カウンセラーに話した。「〝スーパーゴクゴクサイズ事件《じけん》〟のせいでローレンにめちゃくちゃきらわれてるから、ぜったいにうまくいかないはずだ」と。するとカウンセラーは、すごく親切そうにいった。「まあ、そのことなら、まかせておいて」と。ママから、あたしが友だちができにくいタイプだときいているから、って。

「だいじょうぶよ、わたしたちがついてるから」カウンセラーは、自信たっぷりにいった。

そしてあたしは、ローレンと同じ班にさせられた。

それから二日間、あたしは吐《は》き気《け》がしてなんにも食べられなかったし、トイレにも行けなかった。行こうとすると、ローレンか、ローレンのとりまきが屋外トイレの外にあらわれて、「ちょっと……そんなとこでステフしないでよね」とかいうからだ。

それでやっとあたしは、あたしみたいなダメダメちゃんの集まった班にうつされた。で、なんとか平和なときをすごせるようになった。

証拠《しょうこ》はそろっていると思う。ほかにも、ママが帳簿《ちょうぼ》とか会計とかについてほとんど知らないのに本屋を経営《けいえい》していることとか、パパが出版《しゅっぱん》もされていない自分の本――事件《じけん》を解《かい》決《けつ》する高校のバスケ部のコーチが主人公だ――がそのうち大ベストセラーになると思いこんでいることとかもある。とにかく、うちの親たちだけは信用できない。

まあ、こちらも個人的《こじんてき》なことをこまかく報告《ほうこく》しているわけではない。どうしてもいわなきゃいけないことはべつとして。

「いえ、パーティなんてありませんよ」ジェイソンが答えた。ジェイソンには、うちの親の対処法《たいしょほう》はふきこんである。ジェイソンのおばあちゃんがうちのママの父親と結婚《けっこん》するから、親戚《しんせき》になるし。「メインストリートを車で行ったりきたりするくらいですね」

ジェイソンはなんてことなさそうにいったけど、じつは大ごとだ。あたしたちのなかで、自分の車をもったのはジェイソンがはじめてだ。夏じゅう、おばあちゃんの家の手伝いをしてもらったバイト代を全部ためて、一九七四年のBMWの２００２tiiを買った。そして今夜が、車を手に入れて初の土曜だ。

ジェイソン、ベッカ、あたしの三人にとって、いままでみたいに〝いつもの《ザ・》丘《ヒル》〟の草の上で寝《ね》そべって星をながめたり、この町の——車をもっていない——全員が土曜の夜に集まる〈ペンギン・カフェ〉の外の〝いつもの壁《ザ・ウォール》〟にすわって、金持ちの子たち（十六歳《さい》の誕生日《たんじょうび》に、あたしたちみたいに電子書籍《しょせき》ではなく車を買ってもらった子たち）がメインストリート——その名のとおり、ブルームビルのダウンタウンを縦断《じゅうだん》している——を車で行ったりきたりするのをながめたりしない、初の土曜だ。

メインストリートは、ブルームビル・クリーク公園——おじいちゃんの天文台がもうすぐ完成する場所だ——からスタートする。まっすぐの一本道の両側にはチェーンストアがずらっとならび、郡庁舎《ぐんちょうしゃ》までつづいている。おかげで、衣料品を売る地元の個人《こじん》商店が経《けい》営難《えいなん》におちいっている。ママも、〈サブマート〉に入ってるディスカウントの大型書店のせいでうちの店が売れなくなると思っている。この庁舎までくると——石灰岩《せっかいがん》の大きなビルで、白い丸屋根の真ん中から、尖塔《せんとう》がつきでていて、てっぺんには風見鶏《かざみどり》ならぬ風見魚がついている。どうして魚なのかは不明。この土地、海に面していないのに——みんなはUターンして、またブルームビル・クリーク公園に引きかえす。そうやって何往復《なんおうふく》もするわけだ。

「あら、そうなの」ママはただ行ったりきたりするだけときいてがっかりしたようだ。まあ、ムリもない。自分の子どもが夏休み最後の土曜の夜を、車で通りを行ったりきたりしてすごすことを望む親なんて、いないはずだ。ママは、行ったりきたりしている人をながめているだけのときよりはるかにグレードアップしたとは知らないから。

ただしママが考える楽しいことって、子どもを寝《ね》かせたあとにハーゲンダッツのクッキー&クリームの特大カップをかかえて刑事《けいじ》ドラマ『ロー・アンド・オーダー』を観《み》ること。ママの判断基準《はんだんきじゅん》も、あやしいものだ。

「で、クレイジートップ、あとどのくらいかかるんだ?」ジェイソンがいった。

あたしはレジの引き出しをあけて、一日分の売上げをチェックしはじめた。昨年の同日の売上げ以下だと、ママが心臓発作《しんぞうほっさ》を起こしてしまう。

「だれかわたしにも、悪役っぽいあだ名、つけてくれないかしら」ベッカがため息をつきながら、それとなく、でもミエミエの要求をした。

「悪いな、ベッカ」ジェイソンがいった。「見た目にインパクトがないからさ。あごがやたら長いとか、目と目のあいだがめちゃくちゃはなれてるとか。それだったら、悪役っぽい名前、つけられるんだけどさ。長あご《ロングジョー》とか、城壁眼《ウォールアイ》とか。ここにいらっしゃるクレイジートップなんか……ほら、見てのとおり」

六十七、六十八、六十九……えーっと、一ドル札が七十枚《まい》。
「この髪《かみ》だって、ブローすればストレートになるよ」あたしはぴしゃりといってやった。

「その鼻で、人のことといえる？　タカ顔《ホークフェイス》さん」

「ステファニー！」ママがさけんだ。あたしが、ジェイソンのちょっと大きすぎる鼻をからかったからだ。

「いいんですよ、ミセス・ランドリー」ジェイソンは、憂鬱《ゆううつ》なため息をつくフリをした。「自分の醜《みにく》さはよく承知《しょうち》してます。人前に出られる顔じゃありませんよ」

あーあ、あきれた。ジェイソンが醜いなんて、とんでもない。それはあたしがよーく知ってる。

あたしはレジからお札入れをぬいて店の裏《うら》にもっていき、ママの事務所《じむしょ》の金庫に保管《ほかん》した。昨年より一〇〇ドル少ないことは、だまっていた。

ラッキーなことにママも、あたしのジェイソンに対する暴言《ぼうげん》に動揺《どうよう》してなにもきいてこなかった。あたしがジェイソンに九百万回くらいクレイジートップってよばれてるの、きこえてるはずなのに。〝カッコいい〟あだ名だと思っているらしい。

ママは、マーク・フィンレーに会ったことがないから。〝カッコいい〟とはどういうものか、わかってないんだろう。

裏《うら》の事務所《じむしょ》に行くとちゅう、常連《じょうれん》さんのひとり、ハフさんがフォード社の『マスタングの整備《せいび》マニュアル最新版《さいしんばん》』を読みふけっているのを見かけた。週末にめんどうをみることになっている三人の子どもは、親たちが買いものをしているあいだに遊べるようにおいてあるブリオの電車セットを破壊《はかい》しようと夢中《むちゅう》になっている。

「ごめん、もうすぐ閉店《へいてん》なの」あたしは子どもたちに声をかけた。車掌車《しゃしょうしゃ》に、映画《えいが》『ロード・オブ・ザ・リング』のアルウェンのアクションフィギュアの衣装《いしょう》をかぶせようとしているところだ。

子どもたちは「えーっ!?」と不満の声をあげた。どうやらハフさんは子どもたちに、この店においてあるようなオモチャをあたえていないらしい。

ハフさんはビックリして顔をあげた。「もう閉店《へいてん》かい?」そして、腕《うで》時計に目をやった。

「おっと、こんな時間になってるとは」

「パパ、ステフ・ランドリーなことしないでー」八歳《さい》のケヴィン・ハフがげらげら笑いながらいった。

あたしはその場につっ立ったまま、こちらにむかってニヤニヤしているケヴィンを見つめた。自分がなにをいったのか、わかってないらしい。というか、だれの前でいったのか。

だけど、ハッキリいってどうでもいい。あたしには、例の本があるから。

そしてその本が、あたしを救ってくれるはず。

人気者ではないとわかった場合、理由を検証《けんしょう》してみることが大切です。

もちろん、理由はたくさんあるでしょう。
体臭《たいしゅう》がきつい？
ニキビがいっぱいある？
体重が極端《きょくたん》に多い（または少ない）？
空気が読めない（不適切《ふてきせつ》なジョークをいう）？

おそらく、上記のような理由ではないでしょう。こういった理由は、化粧品《けしょうひん》やダイエットやエクササイズや自制心《じせいしん》で解消《かいしょう》できるからです。

質問《しつもん》の答えがすべてノーなら、状況《じょうきょう》はもっと深刻《しんこく》です。

あなたの不人気は、みずから引きおこしている可能性《かのうせい》があります。

以前、不人気の原因《げんいん》となるようなとんでもないことをあなたがしでかしたとしましょう。それに対して、どうすればいいでしょう？
名誉《めいよ》を挽回《ばんかい》することはできるでしょうか？

❀3 二軍の日々

引きつづき作戦決行まであと2日
8月26日 土曜日 午後10時20分

ジェイソンとベッカに例の本のことを話してない理由は、自分でもわからない。べつに恥《は》ずかしいわけではないし……っていうか、それほどは。

しかも、こっそりもってきたとかでもない。ちゃんとジェイソンのおばあちゃんに、ちょうだい、ってたのんだ。ホレンバック家の屋根裏《やねうら》部屋をそうじして古い箱を見つけた日のことだ。あたしたちは、屋根裏部屋をジェイソンの部屋兼隠《けんかく》れ家《が》にしようとしていた(ジェイソンはひとりっ子だから、あんまりカンケーないけど。だけど、前の部屋のレーシングカー模様《もよう》のダサい壁紙《かべがみ》を全部はがすより、屋根裏にうつったほうが早い)。

例の本だけをとりだして、キティに――ジェイソンのおばあちゃんだ。名前でよべっていわれてる。ミセス・ホレンバックだと、ジェイソンのお母さんのジュディとどっちがどっちかわからなくなっちゃうし――たのんだわけではない。箱をもらってもいいかきいただけだ。箱のなかには例の本といっしょに、古い服が何枚《なんまい》かと、一九八〇年代のエロいロマンス小説が入っていた。なんか、キティを見る目がかわった。ヒロインが「トルコ式セックス」が好き、とか書いてある本もあったし（べつに「トルコ帽《ぼう》をかぶっている」とかいう意味ではない）。

キティは箱をちらっと見ると、いった。「あら、もちろんいいわよ。そんな古いもの、どうしてほしいのかわからないけど」

わかるわけ、ない。

というわけで、まだふたりには話してない。これから話す予定もない。いったところで、どうなるかはわかっている。

あっさり笑われる。

笑われたら、平気でいられる自信がない。ローレン・モファットのおかげで、この五年間、人から笑われつづけてきた。これ以上、笑われたくない。

で、メインストリートを車で行ったりきたりするのがどんな気分かというと……たいして楽しくなかった。行ったりきたりしている人をながめているのと、たいしてかわらない。ながめてるだけではなく、けなしてもいたけど。

この夏ずっと、ながめてる側ではなく車に乗ってる側になりたいとあこがれていたなんて、信じられない。よーくわかった。〝いつもの壁《ザ・ウォール》〟の上にすわっていたほうがずっといい。ザ・ウォールからなら、学校で一番美人のダーリーン・スタッグスが、むかえにきた一夜かぎりのボーイフレンドの車の助手席のドアをあけるのも、その日の午後に湖で日光浴をしながら飲んだアルコール入りレモネードを吐《は》くのも、全部見物できる。

ザ・ウォールからなら、べべ・ジョンソンがラジオから流れてくるアシュリー・シンプソンに合わせてリスみたいにキィキィうたっている声もきこえる。あの口パク事件《じけん》のアシュリーだ。

ザ・ウォールからなら、マーク・フィンレーがバックミラーを調節して、自分の姿《すがた》をチェックしながら前髪《まえがみ》をフーッとふきあげるのも見ることができる。

ジェイソンの新車の後部座席《ざせき》からでは、そういうことはできない。

ベッカが車に酔《よ》いやすいから、あたしはうしろにすわるしかない。ベッカは、ジェイソンのとなりの助手席だ。ってことは、あたしに見えるのは、もっぱらふたりのうしろ姿。

だからジェイソンが、「おいおい、見たか？　アリッサ・クルーガーが、シェーン・マレンのSUVからクレイグ・ライトのジープにエスパドリーユのプラットフォームサンダルで乗りうつろうとして、道の真ん中でコケたぜ」といったころには、あたしはすべてを見のがしている。

「パンツ、やぶけなかった？」あたしはおもしろがってたずねた。

だけどジェイソンもベッカも、パンツ関係は確認《かくにん》できてなかった。

ザ・ウォールにすわっていれば、一部始終を目撃《もくげき》できたのに。

それに、ジェイソンが新車でテンションあがってるのはわかるけど、ちょっと大げさすぎると思う。ほかのBMWを見かけると、〝BMWルール〟とかいっちゃって、自分の前に入れてあげる。BMWのキングの7シリーズとか、645ciコンバーチブルだったりするととくに。個人的《こじんてき》には、ありえないと思う。だって、ローレン・モファットが乗ってる車だし。お父さんが、地元のBMW取扱店《とりあつかいてん》を経営《けいえい》してるから。

「ちょっとー、それ、やめてくれない？」あたしは、ジェイソンが赤いコンバーチブルに乗ったブロンドを前に入れたのを見ていった。「ローレン・モファットだけにはゆずらないって約束してよ」

「BMWルールだよ、クレイジートップ。しょうがねぇだろ？　あっちのモデルのほうが上なんだから。入れないわけにいかないね。道徳的義務《どうとくてきぎむ》ってもんだよ」

ときどき、ジェイソンってグリーン郡で一番の変わり者なんじゃないかと思う。あたしより変わってるかも。ベッカよりも。それって、かなりだ。ベッカなんか、家が農場でめったに外に出ないから、同年代の子たちとの交流がほとんどゼロだし。学校でしゃべるのもあたしだけだ。オーバーオールばっかり着てて、五年生の社会科のときは毎日いねむりしていた。みんな、起こそうとしていたけど、あたしは「ほっといてあげて！　きっと睡眠《すいみん》不足なんだから」ってかばってた。

てっきり家の手伝いがたいへんなんだと思っていたら、ただ単に、スクールバスに乗るために毎朝四時起きしなきゃいけないだけだった。めちゃくちゃ遠くに住んでいるから。

あたしはそれとなーく、オシュコシュのオーバーオールはやめるようにしむけた。授業中《じゅぎょうちゅう》のいねむりの件《けん》は、翌年《よくとし》になってやっと解消《かいしょう》した。政府《せいふ》がハイウェイI－69号線を通すためにベッカの家の農場を買いあげて、テイラー一家がそのお金でうちと同じ通りにある古い家を買ったから。

いまではベッカは七時まで寝《ね》ていられるようになったから、授業中もしっかり起きている。起きている必要がない保健《ほけん》の授業《じゅぎょう》でさえも。

　このジェイソンとベッカが、あたしの親友ってことになると思う。ふたりがいてくれてラッキーと思わなきゃいけないんだろう（ま、最近のふるまいからして、ジェイソンがいるのはラッキーじゃないかも）。笑いのツボは共有しているし、〝いつもの丘《ザ・ヒル》〟にあおむけに寝《ね》そべっていっしょにすごした夜も幾度《いくど》となくある。空がピンク色に染《そ》まって、やがて紫色《むらさきいろ》になり、そのうち真っ暗になり、星がぽつぽつと顔を出す。あたしたちは、その空をながめながら、もし巨大隕石《きょだいいんせき》が――獅子座流星群《ししざりゅうせいぐん》みたいなのが――時速一〇〇万キロでこちらに飛んできたらどうするか、なんて話をする（ベッカ：神さまに罪《つみ》のゆるしを請《こ》う。ジェイソン：とっととこの世にオサラバする。あたし：すたこら逃《に》げる）。

　だけど、やっぱり……。ベッカもジェイソンも、フツーじゃないから。

　ジェイソンの車のなかできく曲ひとつとってみても、フツーじゃないのがわかる。ジェイソンがジブン的にサイコーな一九七〇年代ミュージックを編集《へんしゅう》したコンピレーション。車がその年代のものだからそのころに流行《はや》った音楽がふさわしい、というワケだ。今夜は、ジェイソンがとくに気に入っている一九七七年の曲。セックス・ピストルズの『ゴッド・セイブ・ザ・クイーン』と、『スター・ウォーズ新たなる希望』サウンドトラックの酒場のシーン。

信じられない。宇宙人《うちゅうじん》バンドの演奏《えんそう》をききながら、メインストリートを行ったりきたりするほど、ミョーな気分になることってない。

絵の具屋さんの前で停車しているとき、マーク・フィンレーがエルムストリートとの交差点から紫《むらさき》と白の四駆《よんく》で入ってきて、クラクションを鳴らした。

あたしの心臓《しんぞう》は、マーク・フィンレーの姿《すがた》を見るといつもだけど、胸《むね》のなかでバク転した。

あたしたちの前のコンバーチブルに乗っていたローレンは、はしゃいでクラクションを鳴らすと、手をふりかえした。あたしたちにではなく、マークに。

マークがどういうリアクションをしたのかは見えなかった。ジェイソンがマークにむかって、品の悪いジェスチャーをしたからだ。ダッシュボードの下からだから、マークには見えていないはずだけど。学校のフットボール部の花形クォーターバックに下品なジェスチャーなんかしたら、二度と登校できなくなるし。

「ほら、ステフ。おまえのカレシだぜ」ジェイソンはいった。

これをきいて、ベッカは笑った。あたしを傷《きず》つけないようにこらえていたから、ブタみたいな笑い声だったけど。

「カレシに、その最新ヘアは見せたのか?」ジェイソンはきいてきた。「見たらまちがいなく、モファットなんかそっちのけで、そのチリチリ目がけてすっとんでくるぜ」

あたしは返事をしなかった。ハッキリいって、ジェイソンはなにも知らずにいってるけど、これからそうなるに決まっているから。マーク・フィンレーはそのうち、あたしとカップルになりたがるはず。ぜったい、そうなる。

とにかく、メインストリートを行ったりきたりするのは、かなりつまんないとわかった。三往復《おうふく》目くらいに、ジェイソンがいった。「うー、なんか、だりぃな。コーヒー、飲みたい人?」

あたしは飲みたくなかったけど、「だりぃ」っていいたくなる気持ちはよくわかった。通りを行ったりきたりするだけなんて――いくら、知り合いが全員、同じく行ったりきたりしている通りとはいえ――タイクツそのもの。

それに、いつものカフェ〈コーヒーポット〉の二階のバルコニーにすわると、メインストリートのようすがよく見える。店がメインストリートの〝いつもの壁《ザ・ウォール》〟のむかいにあるから。

いつものバルコニーのテーブルに陣《じん》どるとすぐ、ジェイソンがあたしをひじでつついて、手すりのむこうを指さした。

「バービーとケンのおでましだぜ」

見ると、ローレン・モファットとマーク・フィンレーがあたしたちの真下にあるATMにむかっていく。マークみたいないい人がローレンみたいな極悪人《ごくあくにん》とつきあうなんて、あたしにはどうしても理解《りかい》できない。マークはほとんどだれからも好かれている（ジェイソンはのぞく。オトコの親友のスタッキー――たぶん、この地球上でもっともタイクツな人間のひとり――とベッカとあたし――ケンカしているときはのぞくけど――以外はだれかれかまわず意味なく軽蔑《けいべつ》しているから）し、やさしいから毎年、クラス委員に選ばれている。それにひきかえ、ローレンは……。

ようするに、マークはローレンをルックスだけで好きになれたってことだ。これだけ美しい人間がふたりいたら――だってマークは、やさしいだけじゃなくてブラピばりのハンサム――くっつかないワケにはいかないものなんだろう。そのうちひとりが、悪魔《あくま》の落とし子でも。

マークとローレンは、どう見てもラブラブだ。マークはローレンの肩《かた》を抱《だ》いているし、ローレンは指をマークの腕《うで》にからめている。ナニ、あのイチャイチャっぷり？　キスシーンなんか目撃《もくげき》したくないと思っている人たちが近くにいる可能性《かのうせい》とか、考えないワケ？　もっとも、マークがローレンにキスするのを見て、心臓《しんぞう》に燃《も》えさかる杭《くい》を打たれたみたいに感じているのは、あたしだけみたい。ベッカとジェイソンはたんに、キモチワルいから人が舌《した》を他人の口のなかに入れるのを見たくない、と思っているだけだ。

「ゲーッ」ベッカが目をそらした。

「うー、キモい」ジェイソンがいった。「あんなキモいシーンありかよ」

あたしは背《せ》のびして、手すりから乗りだすようにして見た。だけどふたりは建物の下にかくれてしまっている。マークがＡＴＭでお金をおろしているらしい。見えるのは、ローレンの髪《かみ》だけだ。

「なんであんなことする必要があるんだ？」ジェイソンがいった。「人前でイチャイチャだぜ？　自分には相手がいるってところを見せびらかしたいのか？　オマエらにはいないだろう、って？　そういうことか？」

「わざとじゃないと思うわ」ベッカがいった。「気分悪いことにはかわらないけど。でもきっと、気持ちがおさえられないのよ」

「いや、そうは思わないね。わざとやってるに決まってるさ。『オマエらにはソウルメイトがいなくてお気の毒さま』とかいいたいんじゃねぇの？　高校なんかでソウルメイトが見つかるって、ありえねぇし」

「どうして高校でソウルメイトを見つけちゃいけないの？」ベッカがたずねた。「これから先、見つかるチャンスなんてないかもしれないのよ。せっかくのチャンスかもしれないのに、それをダメにしちゃったら、二度と見つからないかもしれないわ。そうなったら一生、ひとりさみしくすごさなきゃいけないのよ」

「ソウルメイトがひとりしかいないなんて、オレは思ってねぇんだよ。何人もいるし、何回でもチャンスはあると思う。ま、高校でも見つかるかもしれない。だけど、それをのがしたら一生会えないなんてことはねぇな。もっといいタイミングで会えるさ」

「高校で会うと、なんでタイミングが悪いの？」

「そうだなぁ……」ジェイソンは、深い考えでもあるみたいにあごをさすりながらいった。「たとえば、まだ親と同居《どうきょ》してるだろ？　ソウルメイトとふたりで、どこに行けばいいんだよ？　いざコトにおよぼう、ってときにさ」

ベッカは考えてからいった。「車」

「おいおい、それじゃ、ムードもなにもあったもんじゃねぇぜ。やめとけって」

「じゃ、高校生はデートしないほうがいいってこと？　車のなかでイチャつくのがムードがないから？」

「デートくらいはいいさ。映画《えいが》に行ったり、ぶらぶらしたり。けど、恋《こい》に落ちるのはありえねぇ」

「えっ？　ずっと？」ベッカはビックリした顔でいった。

「同じ学校のヤツとはね。つーか、手近で調達なんて、やめといたほうがいいって」

「調達なんて、ヒドい」ベッカがいう。

「マジでいってんだよ。同じ学校のヤツなんかとつきあったら、わかれたときどうなる？　それでも毎日顔を合わせなきゃいけないんだぜ？　やりにくいったらねぇよ。超《ちょう》ビミョーな雰囲気《ふんいき》だろうが。でなくても、学校なんかロクなとこじゃねぇのにさ」

「じゃ、つまり……」ベッカはどうしてもハッキリさせたいみたいだ。「ジェイソンはぜったいに、なにがあっても、同じ学校の女の子とはつきあったことも、好きになったこともないのね？　どんな相手でも？」

「そのとおり。これからもないね」

ベッカは信じられないみたいだったけど、あたしは、ジェイソンが本心でいってるのが経験《けいけん》からわかっている。五年生のときに新しい先生がきて、あたしたちはとなり同士の席にされてしまった。あたしはジェイソンにつねられたり、つつかれたり、からかわれたりしつづけて、とうとうガマンできなくなった。おじいちゃんに、どうしたらいいか相談すると――つねりかえすべきか、告げ口すべきか――おじいちゃんはいった。「ステファニー、男の子が女の子をイジメるのは、その子のことが好きだからだよ」

だけどあたしがその話をそのまま――いまにして思うとバカだった――ジェイソンにすると（あたしがすわる直前にイスに鼻くそをなすりつけるフリをしたときだ）、めちゃくちゃおこって、口をきいてくれなくなった。G・I・ジョーとバービーのカップルは生まれなかった。ボードゲームをいっしょにすることもなくなった。自転車競走も、レッグ・レスリングもなし。かわりにジェイソンは、おバカ友だちのスタッキーとつるみはじめた。あたしは、眠《ねむ》れる森の美女（＝ベッカ）と仲よくするしかなかった。

ジェイソンがあたしに対する態度《たいど》をやわらげたのは、六年生になってからだ。〝スーパーゴクゴクサイズ事件《じけん》〟の直後。ローレンのあたしに対する排斥《はいせき》運動がピークに達したとき、学食でぽつんとすわっているあたしにさすがに同情《どうじょう》したらしく、やっとまたいっしょにお昼を食べてくれるようになった。

ジェイソンは、校内恋愛《れんあい》なんて、ぜったいしない。どんなことがあっても。

「なぜなら、校内でつきあったりしたら……」ジェイソンは、カフェのテーブルの前にすわったまま話をつづけた。「あそこのバカップルみたいになっちまう。ところで、クレイジートップ、おたずねしますが、ナニやってんの?」

あたしは、砂糖《さとう》のパッケージの封《ふう》をひらいてバルコニーの手すりごしにまいていた手をとめた。そして、しらっとした顔でジェイソンを見た。「なんにも」

「いや、なんにもってことはない。ぜったいになんかやってたぜ。オレの見たとこじゃ、砂糖をローレン・モファットの頭にふりかけてた、ってとこじゃないかな」

「シーッ、雪がふってるの。ただし、ローレンの上にだけね」あたしはまた、砂糖のパッケージをふった。「メリークリスマス、ミスター・ポッター」あたしは、『素晴《すば》らしき哉《かな》、人生』のジミー・スチュワートのセリフをマネして、ローレンにそっとささやいた。「メリー・クリスマス」

ジェイソンはげらげら笑いだした。

あたしはあわててシーッといった。

砂糖《さとう》がなくなったのを見て、ベッカがすかさず新しいパッケージをわたしてくれる。

「大声で笑わないでよ。あのふたりのせっかくの甘《あま》いムードがぶちこわしでしょ」あたしはさらに砂糖を手すりごしにふりかけた。「メリー・クリスマス、そしてグッドナイト」

「キャッ！　なに？」ローレン・モファットのあきらかにムッとした声が下からひびいてくる。「ヤだ！　髪《かみ》になんかついてる！」

あたしたちは、あわててテーブルの下にうずくまった。ローレンが気づいてこちらを見あげても、あたしたちだってバレないように。こちらはバルコニーの柵《さく》のすきまからローレンのようすが見えるけど、むこうからは見えないはずだ。ローレンは髪の毛をしきりにはたいている。

あたしのむかいでうずくまっているベッカは、笑い声がもれないように口をふさいでいる。

ジェイソンは、顔を真っ赤にしてげらげら笑うのをこらえている。

「どうかした？」マークがバルコニーの下から出てきて、お財布《さいふ》をズボンのポケットに入れた。

「なんか……砂《すな》かなんかが、髪についちゃったの」ローレンはまだ、髪をはらっている。

せっかくアイロンでストレートにしたのに、お気の毒さま。

マークは顔を近づけて、ローレンの髪《かみ》をチェックした。「なんともなさそうだけどな」

それをきいて、あたしたちはさらにウケて、涙《なみだ》が出るほど笑った。

「そうかしら……」ローレンは、さらさらストレートの髪を最後にもう一度はらった。「そうかもしれないわね。さ、行きましょ」

ふたりが角を曲がって〈ペンギン・カフェ〉のほうにむかうと、あたしたちはやっと立ちあがって、ヒィヒィ笑いころげた。

「ねえねえ、ローレンの顔、見た？」ベッカがけらけら笑いながらいった。「『なんか、髪についちゃったのぉー』だって！」

「クレイジートップ、サイコーだったぜ」ジェイソンは涙をぬぐった。「これまででダントツ一番の策略《さくりゃく》だ」

ホントはちがう。長い目で見れば、もっといい策略がある。ジェイソンはまったく気づいてないけど。

「いつものでいい？」このテーブル担当《たんとう》のウェイトレス、カーステンがききにきて、テーブルをふきだした。どうやら、あたしが砂糖《さとう》をこぼしたのに気づいたらしい。

カーステンが担当《たんとう》だとたいてい、ジェイソンはナプキンかなんかをわざと落としてしゃがんでさがすフリをする。ジェイソンのカーステンに対する思いは、あたしがマークに感じてるものと同じだから。つまり、カーステンはサイコー、と思っている。たしかに、そうなのかも。あたしには判断《はんだん》できないけど。カーステンはスウェーデン出身で、〈コーヒーポット〉でかせいだチップで大学に通っている。ブロンドのハイライトを入れる余裕《よゆう》は残しているみたいだけど。ジェイソンはよく〝いつもの丘《ザ・ヒル》〟に寝《ね》ころがって、カーステンをたたえる〝俳句《はいく》〟をつくっている。カーステンがメンズの白いボタンダウンのシャツのすそをあばら骨《ぼね》の下で結んで着てノーブラだと、ジェイソンの創作意欲《そうさくいよく》はとくに増《ま》すらしい。

あたしも、カーステンはいい子だとは思う。でも、ジェイソンとお似合《にあ》いとは正直思えない。もちろん、ジェイソン本人にそんなことをいったことはないけど。しかもあたしは、カーステンのひじがカサカサなのに気づいちゃっている。ローションくらいぬればいいのに。

だけど今夜はどういうわけか、ジェイソンはカーステンに目もくれない。月曜日の朝はどうしようかという話に夢中《むちゅう》だから（あたしがジェイソンのおばあちゃんの本の力を借りて、ブルームビル高《ハイ》における評価《ひょうか》を変えようとしていることではない。だいたい、ジェイソンもベッカもそのことは知らないし。たぶん）。あたしたちは、ジェイソンの新車で学校に行くには家を何時に出ればまにあうか、相談しているところだった。最初のベルが鳴る八時十分までに着くには、八時でまにあう。うちの近所にスクールバスがくる七時三十分に出かける必要はない。

「わたしたちが駐車場《ちゅうしゃじょう》に登場したら、みんな、どんな顔するかしら？」ベッカは、カーステンがオーダーをとりにきたときにいった。

「しかもきいてる音楽が、ビージーズだもんねー」あたしは指摘《してき》した。

「一軍のヤツら、くやしがるだろうなあ」ジェイソンがいった。

「〝一軍〟って？」カーステンがたずねた。

ベッカは、カフェインぬきコーヒーにパルスイートを入れてかきまわしている。ベッカは農場でくらしていたころ、家から歩ける距離《きょり》になんにもなくて移動《いどう》はすべて親の車だったせいで、ダイエットの必要性《ひつようせい》にかられている。町に引《ひ》っ越《こ》してからもまだ両親は、車に乗せてベッカを連れまわしているし。ハイウェイ建設《けんせつ》でもらったお金でキャデラックも買ったので、見せびらかしたいからだ。「人気者のグループのことよ」ベッカは説明した。

カーステンは不思議そうな顔をした。「あなたたちは人気者じゃないの？」

この発言に、あたしたちはどっとウケた。いくらげらげら笑っても、ここなら心配ない。ブルームビル高《ハイ》でこの店にくるのは、あたしたちだけだ。ちょっと主流とははずれたかわった店で、詩の朗読会《ろうどくかい》が定期的におこなわれていたり、巨大《きょだい》なプラスチックの容器《ようき》にティーバッグじゃなくて葉っぱの紅茶《こうちゃ》が入っていたりする。

しかも、グリーン郡の若者《わかもの》は、あんまりコーヒーは飲まない（あたしが飲んでいるみたいな、コーヒーとミルクが半々で砂糖《さとう》をたっぷり入れたものでも）。どっちかというと、〈ペンギン・カフェ〉の超甘《ちょうあま》いブリザード（本家の〈デイリー・クイーン〉に商標侵害《しんがい》でうったえられないように、アルファベットのスペリングは変えてある）派《は》が多い。

「だって、あなたたち、こんなにいい子たちなのに」カーステンは、あたしたちが笑いやむといった。「わからないわねぇ。学校で一番人気がある子って、一番いい子とはちがうの？　スウェーデンのわたしが通っていた学校ではそうだったわ」

ヒィーッ、ありえない。あたしは涙《なみだ》が出るほど笑った。こんな甘い話、きいたことない。一番人気がある子が、一番いい子？　スウェーデンって、めちゃくちゃ住みやすいんだろうな。だって、ここアメリカ中西部では、容赦《ようしゃ》なく、人気と性格《せいかく》は無関係。もちろん、マーク・フィンレーは例外だけど。

「ウソでしょ？　わたしのこと、からかってるのよね？」カーステンがにっこりして、犬歯がのぞく。ジェイソンがひんぱんに俳句《はいく》に登場させる犬歯だ。「あなたたち、人気者よね？　わたしにはわかるわ」

これをきいて、ジェイソンは笑うのをやめて、いった。「おいおい……じゃ、カーステン、もしかして、ステフ・ランドリーの話、きいたことないトカ？」

カーステンは大きな茶色い目をパチクリさせて、あたしを見つめた。「だって、あなたでしょ？　ステフ、あなた、有名人かなにかなの？」

「ある意味」あたしは決まり悪くなった。

カーステンはきっと、グリーン郡であたしの例の話をきいたことのないただひとりの人物だろう。

ありがたいことに、ジェイソンがしっかり訂正《ていせい》してくれたけど。

人気を落とすようなまちがいを、つぐなうことは可能《かのう》なのでしょうか？

もちろん、可能です！

人気者への道を歩むための第一歩は、あなたのふるまいや服装《ふくそう》や「外見」に、改善《かいぜん》の余地《よち》があるかもしれないと、素直《すなお》にみとめることです。
完璧《かんぺき》な人などいません。そしてだれでも、少なくとも二、三個《こ》は、人気者に仲間入りするチャンスをへらしかねない、おかしな部分があるのです。

この事実をまっすぐに受けとめてはじめて、
人気者への道を歩むことができるのです。

4 双眼鏡《そうがんきょう》

作戦決行まであと1日
8月27日　日曜日　午前0時15分

キライになれればいいのに。だけど、なれない。シャツをぬぐと超《ちょう》カッコいい男の子をキライになるのは、むずかしい。

そんなことを考えるなんて、自分でも信じられない。だいたい、ここにすわってこんなことをしていること自体、信じられない。もうやらないって誓《ちか》ったのに。二度としない、って。

っていうか、悪いのはむこうだ。ブラインドをおろさないのが悪い。

問題は、悪いとわかっていながらやめられないときはどうすればいいのか、ってこと。

もちろん、本気でやめようと思えばやめられる。でも……やめたくない。それが本心だ。

ま、ある意味、ただのリサーチともいえる。男の子にかんするリサーチ。ジェイソンの上半身ハダカが見たくなるのは、純粋《じゅんすい》に科学的興味《きょうみ》からだ。そういうわけであたしは、十一歳《さい》のときに買ったバズーカ・ジョーのキャラクター入り双眼鏡《そうがんきょう》（バズーカ・ジョー風船ガムの包み紙六十枚《まい》に、送料手数料の四ドル九五セントを同封《どうふう》して郵送《ゆうそう》した。けっこう、ちゃんと見える）を使って、のぞきをしている。そうそう、男子の日常《にちじょう》生活を観察して、どうしてヤなヤツになるのかを考察する必要もあるし。ハダカだと、なおよし。

だけど、罪悪感《ざいあくかん》は大アリ。とくに、双眼鏡を使っている点は。

とはいえ、やめなきゃならないほどではない。

しかもいわせてもらえば、のぞかれて当然かも。とくに今夜は、カーステンに例の〝スーパーゴクゴクサイズ事件《じけん》〟をしゃべったりして。わざわざカーステンにまで知らせる必要ある？

あんなことをしといて、よくもヌケヌケと「おい、〝いつもの丘《ザ・ヒル》〟に行こうぜ」なんていえたものだと思う。〝ステフ・ランドリーなことしないでよ〟のフレーズを知らないこの町でたったひとりの住人にあたしのことを告げ口したヤツと、星をながめになんか行くと思う？

だいいち、虫よけスプレーももってなかった。流れ星を二、三個《こ》見るためだけに、芝生《しばふ》に寝《ね》そべって虫にさされるなんて、冗談《じょうだん》じゃない。おじいちゃんだって、そういうことを考えて天文台を建てたんだし。

だから、罪《つみ》の意識《いしき》はそれほどない。もちろん懺悔《ざんげ》する気なんて、さらさらない。懺悔なんかしようものなら、チャック神父はうちのママになにかしらいうはずだ。ぜったい、いう。そうしたら、ママはキティにいう。で、キティが息子《むすこ》のドクター・ホレンバックに話して、ドクター・ホレンバックがジェイソンに話す（または少なくとも、ブラインドをおろすように忠告《ちゅうこく》する）。そうなったら、二度とジェイソンを見られなくなる。っていうか、上半身ハダカでは。

そんなの、めちゃくちゃつまんない。

しかも、あたしの行為《こうい》がまったくいけないこととはいえないと思う。昔から男子は女子に、同じようなことを何百回も――何千回かも――してきたんだから。この世に窓《まど》があって――ブラインドをおろさずに――その前で着がえる人がいるかぎり、その窓をながめる人もいるというものだ。

女の子だって、そろそろちょっとは借りを返してもらってもいいはずだ。あたしがいいたいのは、そこ。

で、あんまりいいたくないけど、ジェイソンからは定期的に借りを返してもらっている。ヨーロッパでなにを食べてきたのか知らないけど、帰ってきたら、めちゃくちゃカッコいいんだもん！　前はあんな上腕二頭筋《じょうわんにとうきん》してなかったはず。腹筋《ふっきん》だって、割《わ》れてなかった。

まあ、あたしが気づいてなかっただけかもしれないけど。

もちろん前は、それほどひんぱんにジェイソンのハダカを見ていたわけではない。ジェイソンが屋根裏《やねうら》部屋にうつってから、うちの二階のバスルームの窓《まど》から見えるようになって、のぞきが可能《かのう》だと気づいた。

うちの家族たちは、あたしがバスルームで長時間なにをやってるのか、不思議に思っている。いまだって弟のピートが、ドアをバンバンたたいた。

「ねー、なにしてんの？　もう一時間もそこにいるじゃんっ！」

ドアをあけちゃったのが、大きなまちがい。

「なんなのよ？　寝《ね》たんじゃなかったの？」

「オシッコしたくなったんだもん」ピートはあたしの横をすりぬけて、ジャーッとオシッコをはじめた。「ほーら、どう？」

「ゲーッ」まったく、ローレン・モファットだったら、目の前で弟にオシッコされたら、ぜったいキレると思う。

もちろんローレンには専用《せんよう》のバスルームがあるだろうけど。四人の——もうすぐ五人になる——弟や妹たちと共有する必要なんか、ないはずだ。

「もれちゃうっていったじゃん」ピートはいった。目の前で丸出ししてあたしに精神的《せいしんてき》な傷《きず》を負わせたことなんか、気にしちゃいない。ピートはきょろきょろしてからいった。

「ねー、なんで真っ暗にしてたの？」

「してないよ」あたしは答えた。ホントは電気を消していたけど。窓《まど》からさしてくる月の光だけで、ジェイソンの姿《すがた》は見える。

「うそだーっ。真っ暗だったじゃん」ピートはオシッコをしおえて、水を流した。「なーんかヘンなの。ステフ、ヘンだよね？」

あーっ、もうっ。「バカいってないで、早く寝《ね》なさいよ」

「どっちがバカ？」

そういいながらも、ピートはベッドにもどった。双眼鏡《そうがんきょう》も気づかれてない。ホッ。

もうちょっと、ピートがどんな思いをしているかに理解《りかい》をしめしてあげるべきかもしれない。悪名高きステフ・ランドリーを姉にもっているんだから。それってたぶん、少なくともこの町にいるかぎり、人づきあいにおいてかなりのハンデのはず。だけどピートは、ちゃーんとガマンしている。からかわれたり、けなされたり、運動場でいたぶられたりしても。

考えてみたら、まだマシなほうかも。去年、ジャスティン・イェーガーっていう女の子が学校にいたんだけど、ホンモノの天才で、成績《せいせき》バツグンで大学進学適性検査《てきせいけんさ》で最高点をマークしてた。だけど対人能力《のうりょく》はゼロに等しくて、本は読めても空気はまったく読めなかった。学校で一番人気の女の子のスカートに超《ちょう》特大サイズのチェリーコークをぶちまけちゃうより、ヒサンだった。だれひとり、お昼休みにジャスティンのとなりにはすわろうとしなかった。ジャスティンが話すことといったら、自分がほかの人よりいかに賢《かしこ》いか、ばっかりだから。

だからあたしは、めちゃくちゃヒサンな状況《じょうきょう》におちいるといつも――いまみたいに、夏休み最後の土曜の夜なのにデートとかパーティとかバーベキューとかの予定もなく、バスルームで親友が服をぬいで寝《ね》るしたくをしているところをのぞき見しているようなとき――ジャスティン・イェーガーじゃなくてよかったー、って思うことにしている。すると、癒《いや》される。
ちょっとは、だけど。
少なくともあたしはひとりぼっちではない。パーティとかバーベキューとかには招待《しょうたい》さ
れないけど。
でもやっぱり、ヤんなる。めちゃくちゃヤんなる。あした、教会の礼拝《れいはい》のとき、神にゆ
るしを請《こ》わなくちゃ。チャック神父にはいえないから、直接《ちょくせつ》、神さまに打ち明けよう。あ
いだに人をはさまないほうがいい。おじいちゃんから、いつもそう忠告《ちゅうこく》されてるし。
もちろんおじいちゃんは知らない。おじちゃんとジェイソンのおばあちゃんが結婚《けっこん》した
ら、ジェイソンはあたしの義理《ぎり》のナニカになるわけだけど、その未来の義理のナニカのハ
ダカをあたしがしょっちゅうのぞき見してるとは。
ま、いいけど。

人気者のヒミツは？

好かれる人と、まったく好かれない人がいるのは、どうしてでしょう？

人気者
いつもニコニコしている。

ほかの人や、その人がいおうとしていることに、心から興味《きょうみ》をしめす。

人の名前というものは、その人にとってとても大切で甘《あま》くひびくものだから、ほかの人を名前でよぶ。

あなたのことをもっとききたいといい、話してもらい、
よく耳をかたむける。

話をしている人に、自分が大切にされていると心から感じさせる。

つねに自分ではなく、相手についての会話をする。

❀5 あたしのおじいちゃん

引きつづき作戦決行まであと1日
8月27日　日曜日　正午

教会のミサが終わると、みんなが地下室でコーヒーを飲みながらドーナツを食べているあいだ、あたしはおじいちゃんと待ち合わせをしている天文台にむかった。どっちにしても、フレンチクルーラーもオールドファッションも食べるわけにはいかない。すぐにオシリの肉になっちゃうから。ドーナツたった一個《こ》ぶんのカロリーを消費するには、一時間も自転車をこがなきゃいけない。そこまでして食べたくないし。もちろん、できたてほやほやのグレーズドがかかったクリスピークリームなら話はべつだけど。

おじいちゃんはあたしの体質《たいしつ》を、最初の奥《おく》さん、つまりあたしのおばあちゃんに似《に》たんだといっている。ホントかどうかは不明だ。おばあちゃんは、あたしが生まれる前に肺《はい》が喫煙者《きつえんしゃ》のおじいちゃんは、おばあちゃんはすってなかったのに。タバコはすってなかったから。タバコはすってなかったのに。おばあちゃんは、喫煙者《きつえんしゃ》のおじいちゃんのせいで肺《はい》がんになったといっていたらしい。いくら本当でも、そういういい方はないと思う。おじいちゃん、かなり責任感《せきにんかん》じてるみたいだし。

タバコをやめるほどではなかったみたいだけど。

でもそれも、キティとつきあうまでの話だ。キティがひと言、「タバコをすうなんて、ろくでもないわね。喫煙者とつきあうなんてありえないわ」といったとたん、おじいちゃんはタバコをやめた。あっさり。

ママはそのことも気に入らないらしい。だけど、例の本のパワーの力が証明《しょうめい》されたというものだ。

「きたよー」あたしは、天文台のなかに入るといった。電動式のロックは、おじいちゃんに教わった暗号ではずした。暗号は、キティの誕生日《たんじょうび》だ。かなりロマンティックだと思う。それ以上にロマンティックなのは、この天文台をキティにちなんで名づけたことだ。キャサリン・T・ホレンバック天文台。で、町に寄付《きふ》した。

ママは、あんまりロマンティックとは思っていない。おじいちゃんがハイウェイI-69号線に土地を売ってもらったお金で「とんでもない浪費《ろうひ》をした」とかいっちゃって、おかげで〝ダウンタウンコミュニティ〟の会合に顔を出せなくなったといっている。ただしダウンタウンコミュニティのほうは、天文台ができたことに大喜びだ。内部は最新式だけど、外観は、この地域《ちいき》の一九三〇年代の美術《びじゅつ》計画にのっとった建築物《けんちくぶつ》とマッチするように設計《せっけい》されている。

だけどママは、おじいちゃんが新しく買った湖畔《こはん》のコンドミニアムと、まだ手もとにはきてないけどホイールウェルのカバーを特注した黄色いロールスロイスの話ばかりもちだしてくる。

「ここだ」おじいちゃんは、丸い部屋の奥《おく》から返事をした。観測《かんそく》ドームにある備品《びひん》をいじくっているところだ。日曜日だから作業員はきていなくて、おじいちゃんとあたしだけだ。どちらにしても、ほとんど完成していて、コントロールルームにあと数枚《すうまい》、石膏《せっこう》ボードをはるだけだ。「調子はどうだ？」

「いいよ」あたしはデッキにあがりながら、スカートのポケットに手をのばした。「はい、八七ドル、もってきた」

「おお、ありがとう」おじいちゃんはお金を受けとると、きちんとそろえてたたみ、自分のお財布《さいふ》に入れた。わざわざ数えるようなことはしない。あたしが数えまちがえるわけないのは、暗黙《あんもく》の了解《りょうかい》だ。

それからおじいちゃんはシャツのポケットからメモをとりだし、ていねいに金額《きんがく》を書きこむと、あたしにくれた。「金利の差がちぢまってきたぞ」

「けさ、ネットで見たよ」あたしはメモをポケットに入れた。

おじいちゃんとあたしには、共通して好きなものがある。お金だ。数学が大きらいだったあたしが中学一年のある日、おじいちゃんに教わって開眼《かいがん》した。「いいか、スーが何個《なんこ》リンゴをもっているかなど、どうだっていい。スーに、本屋のアルバイトにきてもらっていると考えてみよう。土曜の夜で、いつもなら時給七ドル五〇セントのところを、八ドル五〇セント出さないとシフトに入ってもらえないとする。スーも本当は、ボーイフレンドと〈シズラー〉で食事してから映画《えいが》に行きたいからだ。残業をしたことにしようと思うが、お母さんに架空《かくう》の残業代を出したことを知られたくない。バレないようにバイト代を支払《しはら》うには、どうすればいいかな？」

あたしは速攻《そっこう》で返事をした。時給八ドル五〇セントで八時間はたらくと、六八ドル。六八ドルを七ドル五〇セントで割《わ》ると、だいたい九。だから、八時間ではなく九時間はたらいたことにすればいい。

そのあと、スーほどモテないバイトの娘《コ》をさがして、土曜日にきてもらう。そうすれば、もう時給をごまかさなくてすむ。

「よくできた」おじいちゃんはあのとき、そういった。

あれ以来、あたしは数学が得意になった。

数学を具体的に時給や労働時間で考えると、さーっと霧《きり》が晴れるように理解《りかい》できる。いまではクラスでトップの成績《せいせき》だし、お店の給与《きゅうよ》計算もおじいちゃんから引きついだ。ママとケンカしているせいで、おじいちゃんは店に出入り禁止《きんし》になったようなものだから。

「ちゃんと役に立ってるんだろうな?」おじいちゃんはきいてきた。あたしがおじいちゃんから借りたお金で買ったもののことだ。

あたしは、ムッとした目でにらんだ。

「おじいちゃん。あたしをだれだと思ってるの?」

「ただの確認《かくにん》だよ」

おじいちゃんは、天文台のエアコンを〝最強〟にしていた。外はめちゃくちゃ暑くてありえないくらいムシムシしていたから。つまり、典型的なインディアナ州の八月の天気だ。

「前にもいったが、例の貯金を小切手にしたか?」おじいちゃんはたずねた。

「もちろん」

おじいちゃんは、やれやれというふうに首をふった。歳《とし》の割《わり》には、かなりオシャレでカッコいい。だけど本人は、身長が一七〇センチしかないのをすごく気にしている。だいじょうぶだよ、トム・クルーズだってそれくらいなんだから、それにおじいちゃんは財政的《ざいせいてき》にかなり成功してるし、って何度もいっているのに。もっともあたしも、背《せ》が低いのはおじいちゃんの遺伝《いでん》かもって思っている。

だけど六十九歳《さい》にして、おじいちゃんはゴルフを十八ホールまわれるし、夜十一時のニュースだってしっかり起きて観《み》ている。髪《かみ》がふさふさなのが（真っ白だけど）ご自慢《じまん》だし、口ひげもかなりカッコよくて、こちらも真っ白。この口ひげは、タバコのせいでだんだん黄色くなってきていたけど、キティとつきあいだしてから、また雪のように白くなった。

「ダレンはよくやってくれてるか？」おじいちゃんがたずねた。ダレンというのは、インディアナ大学の学生で、うちの店の日曜日と夕方のシフトに入ってもらうために雇《やと》ったバイトの男の子だ。〈コートハウス広場書店〉での仕事は、ほとんどお客さんがこなくてバイト中に宿題をかたづけられるから気に入っているらしい。

「うん。この前の晩《ばん》、予約商品の棚《たな》を整理してくれて、丸々一年、だれもとりにこなかったシュタイフのテディベアを発見してくれた。また売り場にもどしたけど」

おじいちゃんは舌打《したう》ちをして、また六十インチの望遠鏡をいじくりだした。わかっていじっているわけではない。おじいちゃんは、天文学に興味《きょうみ》なんかない。天文台の設計《せっけい》は、インディアナ大学からたくさんのプロをよんで手伝ってもらったし、大学院生がここの運営《うんえい》で単位をもらえることになっている。おじいちゃんが天文台をつくろうとした理由は、もとはといえば、ジェイソンが星を見るのが大好きで、キティがジェイソンをすごく愛しているから。すべては愛する女性《じょせい》のため、ってワケだ。

あたしだって、マーク・フィンレーのためだったら天文台くらい建てちゃう。ま、マークが星好きだったらの話だけど。

「で、お母さんはどうだ？　元気でやってるのか？」

「うん、元気だよ。あと一カ月で生まれる」

「店のことをまかされて、だいじょうぶなのか？」おじいちゃんはきいてきた。「その〝人気者計画〟ってのも同時進行するんだろう？　お母さんはしばらく、新しく生まれてくる子にかかりきりだろうに」

「楽勝だよ」ただひとり、おじいちゃんだけには、例の本のことを話してある。本を見せたりもした。お金を借りるためには、見せないわけにいかなかった。でも、どこで手に入れたかはいってない。キティがおじいちゃんをゲットするのにこの本を使ったと思われたくないし。

おじいちゃんの反応《はんのう》は予想どおりだった。「シャロン・モファットの娘《むすめ》なんぞにどう思われようと、関係ないだろうが？　あの娘は、国債《こくさい》がなんたるかも知らないだろう」

だけどあたしは、どうしても必要なんだって説明した。おじいちゃんが、この町のために天文台をどうしても建てなきゃいけなかったのと同じように。だれひとり、天文台なんか望んでなかったのに。まあ、たぶん、ジェイソンは例外だろうけど。ジェイソンは毎年、天文クラブをつくろうとしては断念《だんねん》している。三年生のときに『未知との遭遇《そうぐう》』を観《み》てからというもの、頭からはなれないらしい。

だけどおじいちゃんのいうように、ほとんどの人は愚《おろ》かにも自分が本当はなにを欲《ほっ》しているか、わかっていないんだろう。

「それにしても、気に入らんな」おじいちゃんは、ものすごく大切らしい仕事をやりおえて、あたしが入ってきたドアのほうにむかった。あたしもあとをついていく。「おまえをひたすらイジメてきた小娘にヘイコラするとは」

「あたし、ヘイコラなんてしないよ、おじいちゃん。信じてよ。しかも、もとはといえばあたしの責任《せきにん》だし」

「なに？」おじいちゃんはドアをあけながら――スープがあふれるみたいに、耐《た》えがたいほどの熱気がおしよせてくる――あたしをちらっと見て、ムッとした顔をした。「つまずいただけだろうが？　それだけのことだぞ！　十二歳《さい》のときにつまずいたせいで、一生からかわれなきゃいかんのか？　バカげとる」

あたしは、気持ちをおさえてニッコリした。おじいちゃんは、ティーンの女の子がどんなものか知らないから。ひとり娘《むすめ》――つまりママ――が思春期のころ、おじいちゃんはほとんど家にいなかった。農場の経営《けいえい》でいそがしかったからだ。あたしが痛々《いたいた》しい青春時代を送っているのを見るのが、おじいちゃんにとって初の〝ティーンの女の子の内に秘《ひ》めた敵対心《てきたいしん》〟や〝敵対心が引きおこす苦痛《くつう》〟を目《ま》のあたりにする経験だ。

「お母さんがいるぞ」おじいちゃんは、教会のドアのほうにうなずいてみせた。天文台の階段《かいだん》から、ちょうど教会が見える。聖《セント》チャールズ教会からは人がたくさん出てくるところだけど、うちの家族はすぐわかる。ママの巨大《きょだい》なおなかのせいもあるけど、弟たちや妹たちが大はしゃぎしているから。数キロはなれていてもきこえてきそうだ。

ママからきいた話だと、おじいちゃんは、おばあちゃんが死んでから教会に行くのをやめてしまったらしい。これもまた、ママとおじいちゃんの争いの種のひとつだ。おじいちゃんがいうには、ゴルフの九番ホールにいても教会にいるのと同じくらい神を崇拝《すうはい》はできるらしいけど。自然に近いから、ゴルフコースにいれば、聖《セント》チャールズ教会の信徒席に負けずに神にも近いということになる。あたしとしては、おじいちゃんの不滅《ふめつ》の魂《たましい》だかなんだかが心配ではあるけど、チャック神父がいつもいっているように、本当に神さまがすべてをゆるしてくれるなら、おじいちゃんもゆるされるだろう（そしてあたしも、きのうの夜のおこないをゆるしてもらえる）。

おじいちゃんにとってはラッキーだけど、キティはそれほど信心深いタイプではない。ふたりは一週間後、教会ではなくカントリークラブの庭で、グリーン郡の判事《はんじ》に式をあげてもらうことになっている。

「うん。あたし、行かなくちゃ。おじいちゃん、不安になってない？」

「不安だと？」おじいちゃんは、カギをかけながら、とがめるような目でこちらを見た。「なんで不安にならなきゃいけないんだ？　グリーン郡で一番のカワイ子ちゃんと結婚《けっこん》するんだぞ」

「今度の日曜に、おおぜいの人の前に立たなきゃいけないことだよ」あたしはさらっといった。

「ヤキモチだな」おじいちゃんは、きっぱりいった。「みんな、わたしにヤキモチをやいとるんだよ。キティが自分ではなく、わたしと結婚《けっこん》するもんだから」

おじいちゃんのスゴいのは、本気でそう思っていることだ。太陽はキャサリン・T・ホレンバックの頭上にのぼり、その足もとにしずんでいくと思っている。それって、キティが例の本の指示《しじ》にしたがったせいなんじゃないかって、あたしは信じている。ふたりは——おじいちゃんとキティは——ブルームビル高《ハイ》にいっしょに通っていたころからの知り合いだ。一九五〇年代のことで、キティはそのころ、おじいちゃんの存在《そんざい》にまったく気づいてなかったらしい。すごくカワイくて人気者だったのに、おじいちゃんは背《せ》が低くてシャイだったから。存在を認識《にんしき》してもらったのは、去年、湖畔《こはん》のコンドミニアムにふたりとも引《ひ》っ越《こ》して、そこで出会ってからだそうだ。おじいちゃんは高速道路に土地を売ってお金をもらったし、キティは都会の生活にあきあきしたから。

「あいつに、歩みよりの兆候は出てきたかな？」おじいちゃんは、ママのほうにうなずいてみせた。ママはおじいちゃんの結婚式をボイコットする姿勢《しせい》だ。キティがきらいだからではない。まあ、大好きというわけでもないけれど。キティはおじいちゃんが思いがけなくリッチになるまで目もくれなかった、と指摘《してき》しているのは、ママだけではない。だけどおじいちゃんは、そんなことはこれっぽっちも気にしてない。それにママのボイコットの理由はおもに、〈サブマート〉のことだ。

でも、ほかの家族には出席してもいいといっている。あたしとしては、助かった。あたしはキティの介添《かいぞ》え人《にん》をすることになっているし、ピートはおじいちゃんのつきそい役のひとりだ（もうひとりは、ジェイソン）。そしてケイティとロビーは、フラワーガールとベル運びをすることになっている（サラはまだ小さすぎて、なにもしないことになった）。

あたしは、キティが大好きだ。みんなに（ママをのぞいて）好かれているから、だけではない。あたしの一番恥《は》ずかしいヒミツを知っているから、というのもある。いままではそれほど恥ずかしくないけど。オトナになる過程《かてい》のひとつだとわかったから。

だけどあのときは、サイアクだと思っていた。ジェイソンによばれて家に遊びに行ったときのことだ。幼稚園《ようちえん》のころで、まだ女の子と男の子がいっしょにお泊《と》まりパーティしてもゆるされた。ジェイソンの両親は出かけていて、おばあちゃんのキティがめんどうをみてくれた。

ジェイソンの両親で前からスゴいなと思うのは、子どもをひとりだけつくってそこでストップしたこと。どんどんつくっちゃうウチの親とはちがう。で、ジェイソンの両親はジェイソンぬきでパリ旅行なんてロマンティックなことをしたり、裏庭《うらにわ》にプールまでつくったりする余裕《よゆう》がある（ただし、あたしがこのことでママに文句《もんく》をいうと、いつもいわれる。「ふーん、じゃ、どの子をつくらなきゃよかったっていうの？」それって、イジワルな質《しつ》問《もん》だ。だってあたしは、弟や妹たちを愛してるから。まあ、ピートがいないとせいせいするかもしれないけど）。

とにかく、あたしは初のお泊《と》まりでちょっと興奮《こうふん》していたらしい。あるいは、キティが出してくれたコーラのせいかも。うちでは、感謝祭《かんしゃさい》とかイースターとか特別な行事以外は飲ませてもらえないから、ゴクゴク飲んじゃった。で、あたしは真夜中に（自分ではそう思いこんでいたけど、どうやら十二時をちょっとまわったばかりだったみたい）オネショして目がさめた。

あのときあたしはパンツをぬらしたまま、どうしようかとほうにくれていた。ジェイソンは眠《ねむ》っている。もし起きていても、話すつもりなんかなかった。どうなるかはわかっている。「オネショなんて赤んぼうだーっ！」ってはやしたてられるのがオチだ。ジェイソンのことをもっと知っていたら、そんなことはいわないとわかっていたかもしれない。だけど混乱《こんらん》した四歳児《さいじ》の頭では、バレたらもう友だちになってもらえないとしか思えなかった。しかも、ゲームとかで勝とうものなら、「ふーん、ま、いっか。キャンディランドでは負けたけど、オレ、オネショしないし」とかなんとかいわれるに決まっている。

とうとうあたしは、どんどん冷たくなるパンツに耐《た》えきれなくなり、起きあがると、キティが寝《ね》ているベッドルームにむかった。

キティは、ちょっとぼーっとしていたけど、すぐに起きてくれた。

「まあ、ステファニー」キティは、あたしだと気づくといった。「まだ起きてこなくていいのよ。あのね、この家では、時計の大きい針《はり》が十二、小さい針が八か九のところにきたら起きるの」

そこであたしは、起きたくて起きたんじゃないって説明した。アクシデントがあったんだ、と。

キティの行動はすばやかった。ジェイソンの目をさまさないよう、あたしのぬれたパンツをぬがせ、洗濯機《せんたくき》にほうりこんだ。

それからあたしをふたたび寝かせようとしたけど、あたしがパンツはいてないからイヤだとぐずったので（そう。あたしってそういう子だった）、ジェイソンのパンツを出してきて、男の子用の下着も女の子用とかわらないから、といった。パジャマの下にはいてればジェイソンにはわかりっこない、と。

あたしはもちろん、納得《なっとく》はしてなかった。男の子用のパンツと女の子用じゃ、まったくちがう。だって、前に穴《あな》があいてるし！　しかもジェイソンのパンツには、バットマンの絵がついていた。

でも、ノーパンよりはいい。そこであたしは、ジェイソンのバットマンパンツをはいてベッドにもどった。朝になったら洗《あら》ってかわかしたパンツを返す、と約束してもらって。

あたしは横になったまま考えていた。「あたし、ジェイソンの〝ビッグボーイ・パンツ〟をはいてるんだ」あのころ、幼児《ようじ》の練習用パンツの次にはくパンツのことを、そうよんでいた。ジェイソンのは、ビッグボーイ・パンツ。あたしのは、ビッグガール・パンツ。

正直いって、ジェイソンのビッグボーイ・パンツをはいていると思うと、ちょっとワクワクした。あたしって、あのころからあらゆる意味でしょうもなかったみたい。

朝になると、ジェイソンがトイレに行っているあいだに、キティがこっそりパンツを返してくれた。あたしもジェイソンのビッグボーイ・パンツを返したけど、なんとなくさみしい気もした。キティはだれにも――ジェイソンにも、ジェイソンの両親にもうちの両親にも――ひと言もいわなかった。そして今日にいたるまで、むこうはおぼえているかどうか知らないけど、あたしはキティに助けてもらったのをわすれたことはない。

だから、キティがおばあちゃんになるのはすごくうれしい。女の子にとって、サイコーのおばあちゃんだと思う。

ママが賛成《さんせい》してくれてないのが残念だけど。たぶん、〝おもらし事件《じけん》〟のような超恥《ちょうは》ずかしいできごとからすくってもらった経験《けいけん》がないからだろう。

「ううん」あたしは、ママのようすをたずねてきたおじいちゃんに返事をした。「でも、心配しないで。そのうちわかってくれるよ」

そうはいったものの、たぶんムリだ。おじいちゃんが、いまみたいに悲しそうな顔をしていると、ついついそういってしまうけど。うちのママって、超ガンコだから。前にも、万引き犯人《はんにん》じゃないかと思った男の人を店から本気でほっぽりだしたことがある。イヤリングの棚《たな》のあたりをあんまり長いことうろうろしていたってだけの理由で。ママよりずっと体格《たいかく》がよかったのに、関係ないらしい。ママの重心って、人より低いし。何人も子どもを産んでると、そうなるみたい。

「だといいがね、ステファニー」おじいちゃんはいった。青い目を細めて、教会の駐車場《ちゅうしゃじょう》にいるママのほうをじっと見つめている。「あの子がいないとさみしいだろうからね」

あたしはおじいちゃんの腕《うで》をポンとたたいた。「ちゃんと報告《ほうこく》入れるよ。それに、来週もまた、分割《ぶんかつ》ばらいのお金、もってくるし」

「利率《りりつ》には注意しておくよ」おじいちゃんはいった。

あたしはおじいちゃんにバイバイのキスをすると、ブルームビル・クリーク公園をかけぬけて、ミニバンのところに集まっている家族と合流した。例によって、だれもあたしがしばらく消えていたことに気づいていない。

それって、もうすぐ五人になる弟や妹がいる利点かも。

人気者には、どういう特徴《とくちょう》があるでしょうか？

人気者とは……

「本物」ならではのやり方をもっている。自分自身に正直で、うそいつわりがない。

思っていることとやっていることに、矛盾《むじゅん》がない。プライベートでも、人といるときと変わらない。

自分がやりたいことをしている。さまざまな趣味《しゅみ》や活動を楽しんで、目的をもって生きている。

正直で裏表《うらおもて》がなく、いつでも他人の気持ちを思いやる。

決してにせものやいんちきではない。

自分自身に照らし合わせて、いかがですか？

✻6 女子っぽくなる

引きつづき作戦決行まであと1日
8月27日　日曜日　午後3時

これからの一週間にそなえて必要なアイテムを広げてチェックしていたら、ジェイソンがやってきた。「ナニやってるんだ?」

「なにやってるように見える?」あたしはたずねた。

「さあ。服の整理、トカ?」

「そっ。これで、新しくはじまる高校二年生を乗り切れるってものでしょ」

「ミョーだぜ」ジェイソンは、あたしの服をまじまじと見ていった。「これ、全部新しいんじゃねぇの?」

「そうだよ」

「そんな金、どこにあったんだよ？」

あたしはジェイソンをじっと見つめた。ジェイソンがお金の計算に弱いのは有名だ。車を買うお金をためられたのだって、あたしがお金をあずかったからだ。あたしがずっとあずかって、六カ月後、きちんともどしてあげた。

今回のケースにかぎっては、おじいちゃんから借りたことをバラす必要はないだろう。貯金は全部、おじいちゃんとの共同資金《しきん》に入れてあるから、借りるしかなかった。

「ふーん」ジェイソンは、バカな質問《しつもん》をしたことに気づいたらしくいった。「ま、いっか。けどよ、いったいいつから、服なんかに興味《きょうみ》もつようになったんだ？」

「あたし、前から服に興味あるけど？」あたしは、意外なことをきかれてビックリした。

「っていうか、オシャレには気をつかってるし」

「へーえ、そうだっけ、クレイジートップ？」

「いっときますけど、この髪型《かみがた》だって、パリの最新流行なんだからね」まあ、これをまっすぐにブローすれば、だ。学校のない日にわざわざそんな手間をかけるつもりはない。

「テキサスのパリだろ」ジェイソンは、床《ゆか》の上でコーディネート中の服が散らかっていない唯一《ゆいいつ》のスペースにすわった（例の本には、着ていく服は下着をふくめて前もって選んでおくように、とハッキリ書いてあった。ギリギリになってヘンなかっこうになるのをさけるためだ)。

「フンッ」髪《かみ》をストレートにブローしたあたしの姿《すがた》を見れば、ジェイソンだって態度《たいど》を変えるだろう。一番変わってほしいのは、マーク・フィンレーだけど。「なんか、やることないの?」

「ああ。〝ザ・B〟を湖に連れてってやろうかと思ってさ」ジェイソンは、新しい車のことをそうよぶことにしたらしい。〝ザ・B〟って。「くるか?」

ジェイソンがシャツをぬいだところを――バズーカ・ジョーの双眼鏡《そうがんきょう》なしで――見られるのは魅力的《みりょくてき》だけど、さそいに乗るわけにはいかない。秋のワードローブをチェックしなきゃ。

「おいおい、いつからそんなに〝女子〟っぽくなったんだよ?」

あたしはジェイソンをにらみつけた。「おほめにあずかりまして」

「そういう意味じゃねぇって」ジェイソンはあおむけになって、四年生のとき、いっしょに天井《てんじょう》にはりつけた暗闇《くらやみ》で光る星座《せいざ》をながめながらいった。「つーか、服だの髪型だの、あとケツの大きさだの、前はそんなもん気にしてなかったじゃねぇかよ」

「フンッ、みんながみんな、好きなだけ食べても太らないわけじゃないから。それにみんながみんな、太らなきゃいけないわけじゃないし。どっかのだれかさんとはちがってね」

ジェイソンは、片《かた》ひじをついて体を起こした。「それって、マーク・フィンレーのことか？」

顔が赤くなるのがわかる。マークのことをいわれたからではない。ジェイソンがひじをついたとき、シャツのそでの下からわき毛が見えたからだ。それで、カラダのほかの部分の毛のことを思い出しちゃった。窓《まど》から、バズーカ・ジョーの双眼鏡《そうがんきょう》でのぞいたときに見えた。

「ちがうよ」あたしは、思わず大声を出した。「それだったら、なにがあってもいっしょに行くでしょ？　湖って、マークたち〝一軍〟が今日あたりいそうだし。そこで質問《しつもん》なんだけど、なんでわざわざそんなとこに行きたがるワケ？　あの人たちのこと、きらってるくせに」

ジェイソンはうつぶせになって、青いけばけばのラグにむかって顔をしかめてみせた（そう、あたしの部屋には青いラグがしいてある。うちの親たちはすこしずつ家を改装《かいそう》しようとしてるけど、パパがお手製《てせい》のグラノーラをつくりながら書いているミステリーが売れてくれないかぎり、青いけばけばのラグをとりはらうことは期待できない)。

「〃ザ・B〃を湖に連れてってやりたいんだよ。あの子、まだ行ったことないんだぜ。少なくとも、オレといっしょにはね。それにほら、とちゅうのターンパイクのあのカーブを走らせてやりたいんだ」

「ったく、あたしのこと、女子っぽいなんてよくいえるね。自分こそ、男子全開《ゼンカイ》のくせに」

ジェイソンは立ちあがっていった。「わかった。オレひとりで行ってくるよ」

「ベッカをさそってみれば? たぶん家で、スクラップかなんかやってるだろうし」ベッカは農場から引《ひ》っ越《こ》してきたものの、時間に余裕《よゆう》があることになかなか慣《な》れなくて、ピローケースからスカートをつくってみたり、雑誌《ざっし》からかわいい子ネコの写真を切りぬいてスクラップしたり、手芸っぽいことをしてヒマをつぶしている。友だちじゃなかったら、そんなことをしていると知ったら、たぶんヒイてたと思う。

「湖に着くまでに車に酔《よ》うに決まってるよ。だろ?」

「助手席にすわらせてあげればだいじょうぶだよ」

「ベッカは……」ジェイソンは、あたしの部屋のドアのところでぐずぐずしていた。なんか……ミョーな顔をしているとしかいいようがない。「ベッカは最近、オレといるときに挙動不審《ふしん》なんだよ。気づいてないか？」

「ううん」ホントに気づいてなかった。

だいたい、ジェイソンといるときに挙動不審なのは、あたしのはずだ。っていうか、ヌードを見てるのはベッカじゃなくて、あたしだ。

しかも、かなりコーフンする光景だし。

もっとも、くらべる対象は弟たちくらいしかいないけど。

「とにかく、ヘンなんだよ。あだ名をつけてくれとかしつこいし。この前だって、ソウルメイトを見つけるとか見つけないとか、さんざんこだわってた。そういうのが多いんだ」

「ジェイソン、ベッカだっていっしょうけんめいなんだよ。ワルぶろうとしてるんだよ。っていうか、ベッカにとって、都会の暮《く》らしはタイヘンだろうし。牛だのなんだのとの生活に慣《な》れてるから。大目に見てやってよ。あだ名だって、つけてあげればいいのに」

「ヤだね」ジェイソンはそっけなくいった。「今夜、〝いつもの《ザ・》丘《ヒル》〟に行かないか？」

「やめとく。この前なんか、下着のなかに入りこんだツツガムシを追いはらうのに、ガソリンをひたした布《ぬの》でたたかなきゃいけなかったんだからね」

「じゃ、天文台に行こうぜ」

「なんで？　ペルセウス座流星群《ざりゅうせいぐん》はもう終わったでしょ。オリオン座流星群は十月まで見られないよ」

「おいおい、流星群以外にも、空には見るものがたくさんあるんだぜ。アンタレスだって、アルクトゥルスだって」

正直、いってやりたかった。「あのね、ジェイソン、わかる？　これだから人気者になれないんだよ。ホントならもっと人気があってもいいのに。顔だって悪くないし、あたしはよーく知ってるけど、いいカラダしてるし。ユーモアのセンスもあるし、ひとりっ子だからいい服だって買ってもらえるし。成績《せいせき》がいいのは、人気的にはハンデだけど、ゴルフやるから相殺《そうさい》かな。最近、ティーンに人気のスポーツだし。なのにジェイソンときたら、天文学とＢＭＷオタクのせいで、台なしにしてるんだよ。いったいなに考えてるワケ？」って。

もちろん、いえないけど。そんなイジワルなこと、いえない。

そこであたしはいった。「ジェイソン、あしたから学校なんだよ。天文台なんか、行ってられないよ」

「だれが天文台に行ってられないって？」パパがジェイソンのうしろから顔を出した。

「あっ、こんにちは。ランドリーさん」ジェイソンはふりかえっていった。「ステフとちょっと話があって」

「ああ、そうか」パパは、白々しいくらいさりげなくいった。〝娘《むすめ》のベッドルームにきている男の子との会話用〟の声だ。相手はただのジェイソンなのに。「新しい車はどうだい？」

「サイコーです。けさはダッシュボードのバルブをみがきました。新車かと思うくらいピッカピカですよ」

「そりゃ、よかった」パパはいった。そしてふたりして、電気配線の話なんかをとりとめもなくはじめた。

やれやれ。オトコって、ホントにバカ。

人気のあるグループを観察してみましょう。

じっくりながめてみましょう。

どこに行くか、見ていましょう。

なにをするか、どうふるまうか、ながめましょう。

なにを着ているか、分析《ぶんせき》しましょう。

どんな話をしているか、耳をすませましょう。

その人たちが、あなたのお手本です。「まねをする」のではなく（人まねは好かれません！）、その人たちのようになろうと努力しましょう。

7 変身用アイテム

引きつづき作戦決行まであと1日
8月27日　日曜日　午後9時

さて、と。これで準備《じゅんび》オッケー。そろえたアイテムは……

1　ダークカラーのデニムのストレッチジーンズ（ピチピチすぎず、ゆるゆるすぎず）。
2　スリムフィットのコーデュロイパンツ各色。
3　キレイ目カラーのシンプルかつ使いまわしのきくアンサンブルセーター。
4　スポーツ用ウェア（フードつき）。ジョギングパンツはNG。おなかのあたりの引きひもに注目されてしまうから。
5　コーデュロイとデニムのジャケット。ウエストがシェイプされたもの。あたしの砂時《すな》計体型が目立つように。

6 スカート各種。ひざ丈《たけ》のタイト、コーデュロイ、デニム、ミニ（マイクロミニはNG。その手のは、ダーリーン・スタッグスにまかせておく）。

7 トップス各種（ヘソ出しはNG。女の子はそのあたりを、プール用にかくしておくべき。または、特別な相手のために）。えりぐりが深いものと、フリンジつきTシャツは今期のマストアイテム。あと、女の子っぽさを強調するために、そで口かネックラインにちょこっとヒラヒラがついているブラウス。

8 バレエシューズ、ぺったんこヒールのブーツ、ヨガ用スニーカー。カジュアルなお出かけ用にピッタリ目のダウンジャケット、もうちょっとオシャレなお出かけ用にえりに（フェーク）ファーがついたコート、冬にそなえてカシミアのスカーフと手袋《てぶくろ》。

10 ダンスパーティ用に、黒かピンクのワンピース（露出系《ろしゅつけい》じゃなくて、フレアスカート）。

もちろん、例の本のアドバイスは少々カイザンした。あの本って、大昔のものだし。ガードルとか、「キュロットスカート」とかいうものが、ブルームビル高《ハイ》で受けいれられるとは思えない。

それに、白いイブニング用手袋《てぶくろ》なんかで歩きまわったら（いくら〝シミひとつない真っ白で清潔《せいけつ》な〟ものでも）、ローレンやその仲間たちにファッションで勝てるワケがない。

だから、ファッションにかんしては少々アレンジした。

ティーン向けのファッション誌《し》にある『バック・トゥ・スクールのためのワードローブ』情報《じょうほう》の助けは借りたけど、なかなかうまくいったと思う。〈TJマックス〉の品ぞろえに感謝《かんしゃ》、としかいいようがない。あ、それと、七月の週末にパパとベッカのお母さんに連れていってもらったアウトレットにも感謝。でなかったら、ベネトンのセーターを一五ドルで手に入れられるワケがない。

とにかく、たぶん準備《じゅんび》はオッケーのはず。あしたの朝は――それをいうなら、例の本の指示《しじ》にしたがうとこれから毎朝――しなきゃいけないことがたくさんある。

1　シャワーを浴びる。髪《かみ》にトリートメントをして、ピーリングをして、足とわきの下のムダ毛の処理《しょり》をして、クリームをぬる。

2　デオドラントスプレーをたっぷり使う（白くならなくて乾《かわ》きがはやいタイプ。シャツにシミが残らないように）。

3　歯をみがいてデンタルフロスをする（毎日朝晩《あさばん》三十分、クレストホワイトストリップスをつけてホワイトニング）。

4　ムースでブローしてストレートアイロンをかける。

5　清潔《せいけつ》な下着をつける。サイズの合ったブラ（〈メイデンフォーム〉のアウトレットの販売員《はんばいいん》のお姉さんのおかげで、ちゃんとサイズを計ってもらった上で補正《ほせい》下着を買った）をつける。

6　靴《くつ》はピカピカにみがいておく。

7　爪《つめ》のお手入れをしっかりして、透明《とうめい》なマニキュアをぬる。

8　カンペキにメイクする。ファンデーションを薄《うす》くぬって、シミを目立たなくする。最低でもSPF15。ニキビが出現《しゅつげん》したらかならずカバー（ジェイソンのパパに処方《しょほう》してもらったレチンAをつけて、夜はしっかりオフして、化粧水《けしょうすい》をつけ、寝《ね》る前に殺菌効《さっきんこう》果《か》のある薬をぬること）。目の下のクマも消す。ロングラスティング効果のあるリップかグロスを、地味なモーブのみ、つける。アイライナー（グレーとかラベンダーと

9 かを薄《うす》く)。ウォータープルーフの黒いマスカラ。
服装《ふくそう》がキチンとしているかチェック。シワがないか、コーディネートはカンペキか、見せてはいけないものが見えてないか。前の晩《ばん》に、着る服をそろえておくこと!

10 アクセサリー選び。イヤリング(小さいスタッズか、輪っかのみ)、ネックレスはつけるとしたら一本のみ。腕《うで》時計。もう片方《かたほう》の腕に(つけるとしたら)ブレスレット。NGなのは、ピアス(耳もヘソも)、アンクレット、タトゥー(ありえない)。黒か茶のバックパック(新しい小さめのもの)または、トートバッグ。ブランド物オンリー。

やれやれ。あたしみたいな夜型人間にとっては、かなりキツい。

だけど、七時十五分前にしたくをはじめて朝食はプロテインバーかなんかですませれば、ジェイソンとベッカと八時に落ちあって、〝ザ・B〟に乗って八時十分の始業ベルにまにあうはず。カフェイン補給《ほきゅう》は、体育館の横の自動販売機《はんばいき》でダイエットコーラを買えばいいし。

ママが部屋に入ってきて、ベッドのあたしのとなりにすわった。

「なにやってるの？　あしたの学校の準備《じゅんび》？　うちの娘《むすめ》がもう高校二年だなんて、信じられないわ！」

「うん。準備万端《ばんたん》オッケーだよ。あたしのことは心配いらないから」

「家族で心配いらないのは、あなただけだわ」ママはいって、あたしの脚《あし》をポンとたたいた。「この頭のなかには、ぎっしり脳《のう》みそがつまってるし」

それからママは、クローゼットのドアにかけてある服に気づいた。

「あら。新しいのね」

あんまりオモシロくなさそうないい方だ。

ママって、そういうところがわかってない。ラングラーのジーンズとカルバン・クラインのデニムじゃぜんぜんちがうって、前にも説明しようとしたのに。みんなが〝ステフなことしないでよ〟をいいはじめたら、学校で「ローレンなんかムシ」するのはムリだってことも話した。

だけどママは――パパもだけど――まったくわかってくれない。たぶん、学校での人気なんて気にしたことがなかったからだ。ママの昔からの夢《ゆめ》は本屋さんをやることだった。パパの夢は、ミステリー作家になること（まだ実現《じつげん》してないけど）。

あたしは、かんじんなのは人気者になることではない、とわかってもらおうとした。みんなから好かれるチャンス――六年生のあの日、ローレンにうばわれてしまったチャンス――がほしいだけなんだ、って。

だけどママは、ローレン・モファットみたいな子に好かれるかどうかなんてどうだっていい、という。知能《ちのう》レベルだってずっと下なのに、って。

だからママには、例の本の話はできない。わかってもらえるワケがないから。

「それを買うのに、おじいちゃんからお金を借りたんでしょう？」ママは服をながめながらいった。

「えっ？　まあね」

ママは、あたしの不思議そうな顔を見て肩《かた》をすくめた。

「だって、あなたが服を買うために貯金に手をつけるわけがないもの。そういうところは、あなた、しっかりしてるから」

なんだか、罪《つみ》の意識《いしき》を感じる。ママがおじいちゃんにどんなに腹《はら》を立てているかは知っているから。

「ママ、気にしてないよね？　あたしがまだ、おじいちゃんと連絡《れんらく》とりあってること」

「あら、ヤだ」ママは笑った。そしてこちらにかがみこんで、目にかかっているあたしの前髪《まえがみ》をはらった（ヘアサロン〈カールアップ&ダイ〉のトップスタイリスト、クリストフによると、この髪型が〝サイコーにイケてる〟らしい。この前行ったとき、「オテンバ娘《むすめ》ってカンジでいいわ！　無造作《むぞうさ》なのがいいのよ！　学校のほかの女の子たちはみんな、真ん中分けでしょう？　ダサいったらないわぁ。あなたの髪型なら、『あたしって洗練《せんれん》されてる』っていってるようなものよ」といっていた）。

「あなたはおじいちゃんとそっくりだもの」ママはいった。「ふたりを引きはなすなんて、犯罪《はんざい》みたいなものよ」

よかった。いくらママがおじいちゃんに腹《はら》を立てていても、あたしは似《に》ているといわれてうれしい。あたし、おじいちゃんみたいになりたいから。ヒゲは、はやさないけど。

「どうして仲よくできないのか、わかんないよ」あたしはいった。「〈サブマート〉のことでおこってるのはわかるけど。でもおじいちゃんは、あのお金を自分のために使ったわけじゃないし。天文台をつくって、町に寄付《きふ》したんだよ」

「町のためにやったわけじゃないわ。彼女《かのじょ》のためよ」

ひぇーっ。ママ、キティを本気できらってるらしい。　それとももしかして、おじいちゃんがキティのために禁煙《きんえん》したのが気に入らないのかも。おばあちゃんのためには禁煙しないで、おばあちゃんはがんで亡《な》くなったから。

でも前にパパがママのいないところで、おばあちゃんはけっこうな教育ママだったって教えてくれたことがある。それでママは子どものころ、読書ばかりしていたらしい。いつもガミガミおこってばかりいる母親からのがれるために。

とはいえ、いくら母親にもんだいがあったとしても、父親がほかの女性《じょせい》を理想のオンナだなんていうのはききたくないだろう。おじいちゃん、しょっちゅうキティのことをそういってまわってるから。

「この町に必要なのは、あなたたちみたいな子どものためのレクリエーションセンターよ。そうすれば、土曜日の夜にメインストリートを車で行ったりきたりとか、壁《かべ》の上に腰《こし》かけたりとか、虫だらけの丘《おか》の上に寝《ね》そべったりとかしてすごさずにすむでしょう？　おじいちゃんが本気で人の役に立ちたいなら、そういう施設《しせつ》をつくるべきよ。プラネタリウムなんかじゃなくて」

「天文台だよ。ママのいってることもわかるけど。でも、ホントにママとパパ、結婚式《けっこんしき》に出ないの？」

おじいちゃんとキティの結婚式《けっこんしき》は、一大イベントだ。町の人の半分が招待《しょうたい》されているし、おじいちゃんがいうには、五万ドルくらいかかるらしい。だけど、それだけの価値《かち》があるともいっている。理想のオンナと結婚するんだから、って。

もちろん、おじいちゃんがそういうたびに、ママはムカついた顔をする。「キティ・ホレンバックは、前は父さんなんか見むきもしなかったのよ」前にママが、パパに文句《もんく》をいっているのをきいたことがある。「なのに父さんがお金持ちになったとたん、コロッと態《たい》度《ど》をかえちゃって」

キティは、そんな人じゃないと思う。じっさいはすごくクールで、おじいちゃんがキティとあたしとジェイソンをカントリークラブにディナーに連れてってくれると、いつもマンハッタンを注文している。おばあちゃんは、きいた話からすると、アルコールを口にするのは罪《つみ》だと思っていて、しょっちゅうおじいちゃんにもそういっていたらしい。おじいちゃんは、お酒大好きなのに。

「考えてみるわ」ママはいつも、あたしが結婚式のことをたずねると答える。

だけど、「考えてみる」っていうのがどういう意味かはわかっている。うちの家族のあいだでは、「ぜったいムリ」ってことだ。今回の場合、ママが父親の結婚式に行くことはありえない、ということ。

ママがここまでおこるのも、しかたないのかも。地元の小さな個人《こじん》商店にとって、〈サブマート〉みたいな大型スーパー——ほとんど同じ商品がそろっていて、しかも一カ所で買えるから便利——が参入してくるのは、かなりの痛手《いたで》だ。

でも考えようによっては、〈サブマート〉だって書籍《しょせき》コーナーを管理する人が必要なはずだ。ママ以上の適任者《てきにんしゃ》なんて、いる？

ただしママは、赤い〈サブマート〉エプロンを身につけるくらいなら死んだほうがマシ、といっている。

「ま、おやすみなさい」ママはいって、よっこらしょとベッドから立ちあがると、ドアのほうに重たい体を引きずるように歩いていった。

「うん、おやすみ」

いいたかったことは、口にできなかった。「おじいちゃんにお金を借りればいいのに。となりの〈フージャー・ケーキ店〉が閉店《へいてん》したから、店を拡大《かくだい》して、カフェをつくるの。そうすれば、〈コートハウス広場書店〉は〈サブマート〉に勝てるよ。たのめば、おじいちゃん、貸《か》してくれるはず。そうすれば、赤いエプロンつける心配なんかしなくてすむのに」

だけど、お金を借りたら、キティに冷たい態度《たいど》をとれなくなる。

そんなこと、ママは耐《た》えられないだろう。

ちょっと待って！　髪型《かみがた》と服装《ふくそう》は完璧《かんぺき》かもしれませんが、
イメージチェンジにはほかにもまだ注意点があります。

どんなときでも、身につけていればかっこよく、
すてきに見せてくれるものは、〝自信〟です。

自信をもつことは、なによりの、欠かすことのできない
アクセサリーです。

みんな、自然とリーダーに引きつけられます。
そしてリーダーというのは、自信をもっている人のことです。

❀8 マークとローレン

作戦決行日
8月28日　月曜日　午前9時

「おはよう、クレイジート……おい、いったいどうしたんだよ？」ジェイソンは、あたしが〝ザ・B〟の後部座席《ざせき》に乗りこむなり、いった。

「べつに」あたしはさらっといって、ドアをしめた。かかっている音楽は、一九七七年のヒット曲を集めたCDらしい。ローリング・ストーンズが鳴りひびいているからわかる。

「その髪《かみ》、なんなんだよ？」ジェイソンはさらにきいてきた。バックミラーで見るだけではなく、運転席にすわったままわざわざふりかえっている。

「ああ、これ？」あたしは前髪を引っぱり、片方《かたほう》の目にセクシーにかかっているかどうかチェックした。クリストフにそうしろといわれているから。「ストレートアイロン使っただけだけど？」

「わたしはステキだと思うわ」ベッカが助手席からきっぱりいった。

「ありがと、ベッカ」

ジェイソンはまだ上半身をひねってこちらをむいている。ミック・ジャガーが、「ぜったい満足《サティスファクション》はできない」となげいている。

「それ、どういう靴下《くつした》だよ？」ジェイソンがたずねた。

「ニーハイソックス」あたしはめんどうくさがらずに答えた。

心のなかでは、もしかしてはずしちゃったかも、と心配でしょうがなかった。どのファッション誌《し》にも、肌《はだ》のすける素材《そざい》のニーハイソックスがこの秋のマストアイテム、って書いてあったけど。

でも、ジェイソンの表情《ひょうじょう》を見ていると、とんでもないかっこうをしてきちゃったような気がしてきた。

「ステキだと思うわ」ベッカがいった。

「スカート、短すぎじゃねぇ？」ジェイソンは、なぜか顔を赤くしている。あたしのスカート、ただのミニで、マイクロミニじゃないのに。もしかしてジェイソン、朝食にあったかいオートミールを食べさせられたのかな。あれを食べるといつも、ジェイソンはようすがおかしくなる。学年の初日は、お母さんは決まってジェイソンにあれを食べさせようとする。しかも、レーズンまで入れて。ジェイソンはレーズンが大っきらいだ。三歳《さい》のとき、レーズンと鼻の右の穴《あな》にまつわるイヤな経験《けいけん》をしたから。

「流行《はや》ってるの」あたしは肩《かた》をすくめた。

「おい、いつから流行りなんか気にするようになったんだよ?」ジェイソンは、ほとんどなっていた。

「ありがと、ほめてくれて」あたしは傷《きず》ついたフリをした。「べつに学年の初日にオシャレなかっこうをしようなんてつもりはないしねー」

「あたしはステキだと思う」ベッカがいった。

でも、ジェイソンは納得《なっとく》しなかった。

「クレイジートップ、なにたくらんでるんだよ?」ジェイソンは、ギアを入れながらいった。

「べつに、なにもたくらんでなんかいないよ。それに、クレイジートップってよぶの、やめてくれる?　もう髪《かみ》だって、くるくるじゃないんだし」

「オレはオレのよびたいようによぶ」ジェイソンはムッとしていった。「で、なんなんだよ？」

いくらなにもたくらんでないって主張《しゅちょう》しても（もちろん、たくらんではいたけど）、ジェイソンは信じてくれなかった。

生徒用の駐車場《ちゅうしゃじょう》に入って、赤いコンバーチブルのうしろに車をとめたとき、ローレン・モファットが出てくるのが見えた。そのとき、ジェイソンはカンペキにキレてしまった。「靴下《くつした》、同じじゃねぇかよ！」まだ車のなかにいてローレンにはきこえなかったからセーフだったけど。

たしかに。ほっ……ファッション誌《し》に書いてあったことはまちがいではなかった。肌《はだ》のすけるニーハイソックスはこの秋のトレンド。っていうか、ローレン・モファットがはいているなら、だいじょうぶ。

ただしローレンのは、あたしのネイビーブルーのとはちがって、白だ。

例の本に書いてあったファッションの法則《ルール》に、はなはだしく違反《いはん》している。白いタイツを――いくら肌がすけるタイプでも――はいていいのは、看護師《かんごし》さんだけだ。薄《うす》い色は、脚《あし》をじっさいより太く見せてしまう。

ホントだ。ケータイを耳にぴったりあてて駐車場《ちゅうしゃじょう》を横切っていくローレンのいつもはキレイな脚《あし》が、まるでゾウだ。っていうか、まあそんなカンジに見える。

「いったいどうなっちまってるんだ？」ジェイソンは、裏門《うらもん》に（ここを使うのははじめて。いままでは、正門の前でバスをおりていたから）むかって歩きながらいった。「いつからステフ・ランドリーとローレン・モファットが、おんなじようなカッコするようになったんだ？」

「おんなじじゃないよ」あたしはドアをあけながらいった。「っていうか、むこうはマイクロミニだし、あたしのはただの……」

だけど、最後まではいえなかった。校内に足をふみいれたとたん、ものすごいさわぎで声がかき消されてしまったからだ。ロッカーのダイアルキーをまわす音。ロッカーのドアをバタンとしめる音。夏休み明けでひさしぶりに会う女子たちは、金切り声をあげて抱《だ》きあっているし、男子はハイタッチをしあっている。教室の入り口に立っている先生たちは、湯気のあがっているコーヒーカップを手に、ウワサ話をしあっている。モーラ・ワンプラー副校長は――みんな〝どろんこ・ワンプラー《スワンピー》〟ってよんでいるけど――職員室《しょくいんしつ》の前に立って、意味なくわめいている。「さっさと教室に行きなさい！　ベルが鳴る前に行くん

げた。

ですよ！　初日から居残《いのこ》りになりたいの？」

「始業集会のとき、となりにすわろうね」ベッカが、さわぎに負けないように声をはりあ

「じゃ、あとで」あたしもさけびかえした。

「クレイジートップ、オレは納得《なっとく》してねぇぜ」ジェイソンは、自分のロッカーの前にくるときっぱりいった。あたしのロッカーはもうちょっと先だ。「ぜったい、なんかたくらんでるだろ。つきとめてやるからな！」

あたしは思わず笑っていった。「がんばって！」そして、ひとりで歩いていった。

自分のロッカーのほうに行くと、あたりがしーんとしてきたような気がした。そんなの、ありえないのに。なにしろあたしのロッカーは、大きな廊下《ろうか》がふたつ、交差している場所にあるから。となりには女子トイレも冷水機もあるし、学食におりていく階段《かいだん》に通じるドアまである。いつもなら、校内でも一番うるさい場所だ。

だけど今日はどういうわけか、あたしが歩いていく先でみょうにあたりが静まりかえっている気がした。ホントなら、あたしの新しい服と髪型《かみがた》がめちゃくちゃ似合《にあ》っていてみんながビックリしてだまりこんだから、といいたいところだ。ドリュー・バリモアが、映画《えいが》

『エバー・アフター』で天使のかっこうをして舞踏会《ぶとうかい》に登場するシーンみたいに。だけどじっさいは、いつもとかわらないさわがしさだった。ただ、しーんとしているようにあたしが感じただけだ。

どうしてかというと、マーク・フィンレーが視界《しかい》に入ってきたから。

マークのロッカーは、あたしのロッカーから廊下《ろうか》をはさんだむかいにある。あたしが通りかかったとき、マークはそこで、フットボール部の男子としゃべっていた。紫《むらさき》と白のジャージを着たマークは、日焼けしていて、ライトブラウンの髪《かみ》はこの夏しょっちゅう湖に行っていたせいでところどころ色がぬけて金色になっている。薄茶色《うすちゃいろ》の瞳《ひとみ》が、日に焼けて黒くなった顔のせいでより明るく見える。

もちろんあたしは、目が釘《くぎ》づけになった。女の子ならだれでもそうだと思う。

こんなステキな光景が視界に入っているときに、ローレン・モファットとその取りまきの〝ダークレディ〟たち、アリッサ・クルーガーとベベ・ジョンソンが冷水機の前に立ってこちらをじろじろ見ていることなんて、気がつかなくてもしかたない。

「ヤだ」ローレンは、あたしの頭から、メアリー・ジェーンのぺったんこ靴《ぐつ》をはいたつま先まで、じろじろ見つめた。「いったいどういうつもり?」

ラッキーなことに、ちょうどきのうの夜、例の本の嫉妬《しっと》にかんする項目《こうもく》を読んだばかりだから、どう対処《たいしょ》すればいいかはわかっていた。

「あっ、ハイ、ローレン」あたしは、にこーっと笑ってみせた。「夏休みはどうだった？」

ローレンは、アリッサとベベのほうに、信じられないという顔をむけてから、こちらを見た。

「はぁ？」

「夏休みだよ」ロッカーのダイアルキーをまわす指がふるえているのに気づかれませんように。「どうだった？　楽しかった？　そうそう、お母さんって本が好きなの？」

ローレンは、ぽかんとしている。やった、出しぬいた。いままでのことはなにもかも――〝スーパーゴクゴクサイズ事件《じけん》〟以来のことは――ついきのうのことみたいだ。ローレンにイジワルなことをいわれて、あたしは返事を……できなかった。

だけどいまは、あたしが返事をしたことで――しかも、平然と――ローレンは、カンペキに調子がくるったらしい。

「そうだとうれしいけど」あたしはいった。

ローレンは、青い目をすこしとじてまゆをよせた。「はぁ？」イライラした声だ。

「うちの店でお母さんが買った本、おもしろいといいけど」あたしはいった。

そのときベルが鳴った――助かった――あたしはロッカーのドアをしめて、買ったばかりのバッグを肩《かた》にかけていった。「じゃ、始業集会で」そして、廊下《ろうか》を歩いていって……

……マークの前を通りすぎた。

マークは、あきらかにこっちをながめている。自分のカノジョとしゃべっていたからか、それとも――ポジティブすぎるのはわかっているけど、例の本によると、楽観主義《しゅぎ》はどんなときでも成功の秘訣《ひけつ》らしいし――あたしのニーハイソックスに見とれていたからかも。

どっちにしても、あたしたちは目が合った。

あたしはにっこりしていった。「ハイ、マーク。夏休み、楽しかった?」

マーク・フィンレーに、はじめて話しかけた。

たぶん、期待していた効果《こうか》は得られたはず。あたしが通りすぎるとき、マークの声がきこえた。「あれ、だれ?」ローレンが、ムッとして答える。「ヤだ、ステフ・ランドリーよ」

はいはい、ステフしましたとも。

そして生まれてはじめて、ステフしてよかった、と思えた。

服装《ふくそう》の問題が解決《かいけつ》したら、今度は内面に目をむけてみましょう。

あなたは社交的ですか？　“人づきあい”のいいほうですか？
ちがう場合は、そうなりましょう。

では、どうやって？

おもしろそうなクラブや課外活動に参加するのです。

だれだって、楽しそうになにかしらの活動をしている人に魅力《みりょく》を感じます。カーウォッシュでも、ダンスパーティでも！

スケジュールのゆるすかぎり、できるだけたくさんの学校行事に参加しましょう。そして、愛校精神《せいしん》をしめすのです！

熱心さは伝染《でんせん》します。まもなく、あなたにも！

9 ひざがふるえても

引きつづき作戦決行日
8月28日　月曜日　午前11時

「うー、だりぃな」ジェイソンが、講堂《こうどう》の最後列のいつもの席にむかいながらいった。去年、生徒会集会のとき、あたしの思いつきでこの席から空《あ》き缶《かん》を最前列にむかってころがしたことがある。床《ゆか》はコンクリートだから、期待どおりのガラガラガラーッという音を立ててくれた。

あたしたちをうたがう人はいなかった。あたしたちって、マジメな生徒だから。

ワンプラー副校長は、あたしたちの前の列にすわっている無実の生徒をどなっていた。大学進学組ではないってだけの理由で。場合によっては居残《いのこ》りまでさせそうないきおいで、顔を真っ赤にして、「だれのしわざですか?」なんてわめいていた。

あのときは、おなかがよじれるほどヒィヒィ笑った。

「ちょっと考えがあるの」あたしは、ジェイソンが席につく前にいった。「もっと前にすわろう」そう、熱心さは伝染《でんせん》する……。

ベッカははしゃいでいった。「わーい！　また悪だくみを考えついたの？」

「うん、まあね」

「前なんかにすわったら、空《あ》き缶《かん》をころがせないじゃねぇかよ」ジェイソンがいった。

「そりゃあね」あたしは、前から二、三列目の三つならんで空いている席をさがした。

「ナニ考えてるか知らねぇけどよ」ジェイソンは、席がワンプラー副校長をはじめとする先生たちが立っているすぐ近くなのを見ていった。「それ相応《そうおう》のことはあるんだろうな？　こんなとこにすわってたら、きいてるフリしなきゃいけないんだぜ？」

「うん」あたしは、通路側の席にすわった。

「わかんねぇな」ジェイソンは首を横にふった。「まず髪《かみ》、それから靴下《くつした》、今度はこれかよ。もしかしてこの夏、オレの知らないところでアタマ打ったかなんかした？」

「シーッ」ワンプラー副校長が始業集会をはじめようとしている。これはブルームビル高《ハイ》の恒例《こうれい》行事で、全校生徒が講堂《こうどう》に集まり、ドラッグ依存症《いぞんしょう》だった人とか飲酒運転で友人を殺してしまった人とかが体験談を語るのをきくのだ。

〝どろんこ・ワンプラー《スワンピー》〟は生徒たちを静めようと、「みなさん、静かに。さあ、おしゃべりはやめてください」とか何度もマイクにむかってさけんでいる。

あたしは、〝一軍〟の人たちがぞろぞろ入ってきて、あたしたちの前の列にすわるのをながめていた。

アリッサ・クルーガーは、ジューシー・クチュールのジーンズにキラキラ光るトップスというでたちで、ショーン・デ・マルコのがっちりした肩《かた》にしなだれかかりながらキャアキャア笑っている。

ベベ・ジョンソンは、いつものことだけど、不自然にかん高い声で意味もないおしゃべりをしている。

ダーリーン・スタッグスは例によって、男子にとりかこまれている。男子のひとりがおもしろいことをいったらしく、ダーリーンはのけぞって笑っている。ハニー・ブロンドの髪《かみ》がイスの背《せ》もたれに滝《たき》のようにさーっと落ちる。

男子たちは全員、声を立てて笑っているダーリーンのみごとなバストに見とれている。声といっても、げらげらじゃなくて、ウフフフフだ。

そしてベルが鳴る直前、ローレン・モファットがマーク・フィンレーと手をつないでやってきた。ふたりとも、相手の顔は見ていない。「心から愛してる」みたいに相手の目をのぞきこんだりはしていない。ふたりとも、通路を歩く自分たちの両側にすわっている生徒たちを、ゆうぜんと見わたしている。花嫁《はなよめ》と花婿《はなむこ》の入場みたいに、集まった人たちにむかってうなずいている。または、王と女王が国民にむかってうなずきかけているみたいに。

ある意味、ローレンとマークは、うちの学校のクイーンとキングみたいなものだ。ジェイソンはみとめようとはしないだろうけど。あたしの視線《しせん》を追って、不愉快《ふゆかい》そうにケッとっている。

ローレンとマークが席につくと——最前列だ。マークは生徒会長だから、壇上《だんじょう》で始業のあいさつをすることになっている。それと、最上級生が春の恒例《こうれい》行事で遊園地のキングスアイランドに行くための資金《しきん》集めをよびかけるはずだ——グリーア校長がやっとマイクに近づき、おしゃべりがピタッとやんだ。なにしろウワサではグリーア校長は、ゴルフが趣《しゅ》味《み》で校長室にクラブを常備《じょうび》していて、だれが校長室にいようがおかまいなしでスイングの練習をするらしい。ガソリンスタンドではたらいている卒業生で片目《かため》を失明している人がいるけど、スワンピー・ワンプラーに口答えしたことで校長室送りになったときに、五番アイアンが目にあたったという話だ。

グリーア校長は、始業のあいさつをはじめた。「おはようございます、みなさん。また、ブルームビル高《ハイ》でのあらたな学年がはじまります」とかなんとか。

ジェイソンはあたしのとなりに浅く腰《こし》かけていたけど、さらに姿勢《しせい》をくずしてだらっとなって、ハイカットのコンバースを前列の背《せ》もたれにのっけた。前の席にすわっていた優等生《ゆうとうせい》のコートニー・ピアスがふりかえってにらみつけたけど、ジェイソンは「なにか？ さわってないぜ」なんて答えている。それって、うちの弟のピートから教わったセリフだ。

ジェイソンだけでなく、ベッカもあきらかにタイクツして、うちの店の社員割引《わりびき》で買った（一ドル一二セントのところを三十五パーセント引きで七三セント）紫《むらさき》のキラキラペンをとりだすと、ジェイソンのコンバースの底の白い部分に星を描《か》きはじめた。

ジェイソンは、ギョッとした顔で（「おまえの頭のおかしな友だち、なんとかしろよ」というふうに）こちらを見たけど、そのままの姿勢でベッカの好きにさせていた。ちょっとでも動いたら、ペンでさされると思っているみたいに。

グリーア校長の「これからの一年で自分の能力《のうりょく》をぞんぶんに発揮《はっき》してください」とかなんとかいう頭がぼーっとするほどタイクツな話が終わると、〝どろんこ・ワンプラー《スワンピー》〟の

『生徒の行動規範《きはん》』の読みあげがはじまった。カンニング禁止《きんし》、暴力《ぼうりょく》禁止、あらゆる反抗《はんこう》禁止。違反《いはん》した者は、退学《たいがく》か、カルヴァー陸軍士官学校またはフリースクールへの転校とする。

どっちがサイアクかはギモンだ。カルヴァーでは、夜明けとともに起床《きしょう》して訓練をしなきゃいけない。フリースクールに行ったら、戦争にかんする意見を表明したお芝居《しばい》なんか演《えん》じさせられる。どっちにころんでも、サイアクだ。わが校の行動規範《きはん》に違反しないようにしたほうが得策《とくさく》というもの。

そのうち全員が、あとどのくらいで昼休みだろうと時計をながめたり、いびきをかいたりしはじめると、やっとのことでスワンピーは、マイクをマーク・フィンレーにわたした。マークは嵐《あらし》のような拍手《はくしゅ》のなか、壇《だん》にあがっていった。そのさわぎで何人かの生徒が――うとうとしていたジェイソンとか――ビクッとして目をさました。

「おいおい」ジェイソンは、コンバースを見おろした。ベッカは星だけでなく、小さいユニコーンの絵まで描《か》いていた。

「かわいいでしょう?」ベッカは、自分の芸術的《げいじゅってき》センスにほれぼれしている。

「おいおい」ジェイソンはまたいった。かわいいと思っている顔ではない。

だけどあたしは、ジェイソンのスニーカーにかまっている場合ではなかった。マークが話をはじめたからだ。

「やあ」マークは、低い声でぶっきらぼうに――だけど、めちゃくちゃ魅力的《みりょくてき》に――マイクにむかっていった。小柄《こがら》なワンプラー副校長がどいたあと、マークがマイクの高さを自分の背丈《せたけ》に合わせて調整したので、くすくす笑いがあちこちからきこえた。「ってことで、新しい学年だ。つまりどういうことかというと、去年の二年生が最上級の三年生になり、そして……」

ここで、さらなる拍手《はくしゅ》と歓声《かんせい》がわきあがった。最上級生たちが、飲酒運転とかプールの浅いところに頭からとびこんだとかで命を落とさなかったこと（もちろん、レモンジョイのレモネードを飲まなかったことも）を祝っている。

「まあ、そういうことだ」マークは、歓声がおさまると、照れ笑いをしながらいった。「そこでだ。どういうことかというと、春の旅行の準備《じゅんび》をはじめなきゃいけない。つまり、資金《しきん》集めが必要ってことだ。去年の最上級生は、週末に洗車《せんしゃ》をして五〇〇〇ドル集めた。今年も同じことをしようと思うけど、どうかな？　モールの〈レッドロブスター〉にきいたら、今年も駐車場《ちゅうしゃじょう》を使わせてくれるそうだ。賛成《さんせい》してもらえるかな？」

さらに歓声《かんせい》があがった。今回は口笛や、「ゴー、フィッシュ！」というさけび声もあがった。子どものころによくやったトランプのかけ声だ。

どうしてうちの学校のマスコットが〝ファイティング・フィッシュ〟なんていう魚のキャラクターなのか、不思議でしょうがない。魚のマスコットなんて、ダサいにもほどがある。どうやら、庁舎《ちょうしゃ》の屋根のてっぺんにある魚の形の風向計からきているらしいけど……あの魚、湖に生息しているクラッピーとかいうしょうもない名前の淡水魚《たんすいぎょ》ではないかという話だ。そうなると、もうサイアク。なにしろ、あたしたち、〝戦う《ファイティング・》ダメ人間《クラッピー》〟ってことになるから。

マークは講堂《こうどう》を見わたして、「ゴー、フィッシュ！」以外にいいたいことがある生徒がいないか、確認《かくにん》した。

あたしもあたりを見まわした。

手をあげたのは、ゴードン・ウーひとりだった。二年生の学年委員だ（選ばれた理由はただひとつ、ほかに立候補者《りっこうほしゃ》がいなかったからとしかいいようがない。うちの学年って、けっこう無関心だから）。ゴードンは立ちあがっていった。「えっと、マーク？　洗車《せんしゃ》じゃなくても、ほかにも資金《しきん》を集める方法があるんじゃないかな？　ほら、ぼくたちのなかには、週末にべつのことをしたいと思ってる生徒もいるし。科学の実験レポートとか……」

この発言をきいて、みんなから不満の声と、「ステフするにもほどがあるぞ、ウー!」という声があがった。

信じられない。めちゃくちゃラッキー。よりによってゴードン・ウーが、あたしが計画を実行しやすくするためのドアをあけてくれるとは思ってなかった。

あたしは、マークが口をひらかないうちに、すかさず行動に出た。

「ゴードンのいうことにも一理あると思います」あたしは立ちあがった。

いきなりだったから、ジェイソンがビックリして前の席の背《せ》もたれから足を落とした。コンクリートの床《ゆか》が大きな音を立てたのにも気づいていない。ジェイソンはあたしのほうに顔を近づけて、口パクでいった。「ナニやってるんだよ? すわれって!」

ベッカは指を口にあてて(爪《つめ》はかんだせいでボロボロだ)、ゾッとした顔であたしを見つめている。

講堂《こうどう》のなかに沈黙《ちんもく》が流れ、全校生徒の視線《しせん》があたしに注がれた。

ほっぺたが赤くなるのがわかる。でも、気にしない。いましかチャンスはない。いまこそ、あたしの愛校精神《せいしん》をしめすとき。長いこと、ジェイソンがちょっと前までしてたこと――つまり、いねむり――を、学校関連のあらゆる行事に参加させられるたびにやってきたし、ゆるされるものなら参加しないできた。

でも、これからはちがう。

「この学校には、いろんな才能《さいのう》をもった人がたくさんいます」あたしはつづけた。よかった、ひざがふるえているのがみんなに見えなくて（ジェイソンの位置からは見えるけど、ジェイソンはあたしのひざは見ていない）。「それをムダにするなんて、もったいないと思います。そこで考えたのですが、春の旅行の資金《しきん》集めをするいい方法があるんです。才能をお金にかえるタレント・オークションをひらくのです」

ついさっきまでだまりこくっていたみんなが、ガヤガヤしだした。

ローレン・モファットは目を輝《かがや》かせて（人前であたしに恥《はじ》をかかせるチャンス……またしても、ってことらしい）、前かがみになってアリッサ・クルーガーに耳打ちしている。

「説明させてください」あたしは、まわりのがやがやに声がかき消されないうちに急いでいった。「たとえばゴードンだったら、コンピュータがすごく得意なので、だれかのかわりにコンピュータのプログラミングをするための二、三時間を、オークションにかければいいのです」

ガヤガヤが大きくなった。みんながそわそわしはじめたのがわかる。そのうち、「ステフするのもいいかげんにしろ」がはじまるだろう。

でも、そうはさせない。そんなこと、もうおしまいにするんだ。

「または、たとえばマークは……」あたしは壇上《だんじょう》を見あげて、マークの薄茶色《うすちゃいろ》の瞳《ひとみ》を見つめた。この目で見つめられたブルームビル高《ハイ》の女子生徒たちがどれほど舞《ま》いあがっているか、本人は気づいているのかな……あたしはぼんやり、そんなことを考えていた。

こんな大切なときに、こんなことを考えるなんて、ヘンだけど。

「わが校の花形選手だから、地元のテレビ局のコマーシャル出演《しゅつえん》とかモデル料をオークションにかけるのです。みんな、マークが宣伝《せんでん》に出てくれるなら、大金を払《はら》うはずです」

ふと見ると、マークが立っている演壇のうしろのテーブルにいるワンプラー副校長とグリーア校長が、こちらをじっと見つめている。〝どろんこ・ワンプラー《スワンピー》〟なんか、身を乗りだして校長になにやらいっている。校長はじっとあたしを見つめたまま、うんうんとうなずいている。もしかして、去年の空《あ》き缶《かん》ころがし事件《じけん》の犯人《はんにん》があたしたちじゃないかとずっとうたがっていて、ついに確信《かくしん》したのかも。ま、あのふたりのことはムシするにかぎる。

「この学校には、とにかくたくさんの、すばらしい才能《さいのう》をもった生徒がいると思うんです」

ここが、一番むずかしいところだ。例の本にはハッキリと、こびるような態度《たいど》をとってはいけない、と書いてあった。どんな状況《じょうきょう》におかれても、それだけはしてはいけない、と。だけど、それってむずかしい。こびているように見せずに、人にこびるなんて。

「もともと得意なことで能力を発揮《はっき》する機会がないなんて、もったいないと思うんです。せっかく才能があるのに、強制的《きょうせいてき》にはたらかせるなんて……つまり、洗車《せんしゃ》させるなんて」

ささやき声がきこえてきた。「じゃ、ステフ、あなたの才能ってなんなの？」答える声もする。「あっ、そうだわ。超《ちょう》特大カップいりのドリンクをこぼすことでしょ？」

そちらを見なくても、だれがいったかはわかっている。アリッサとローレンだ。あのふたりの声なら、イヤというほどきいている。

「だからといって……」アリッサとローレンのやりとりをきいた人たちの、あざ笑いがきこえる。「洗車をやってはいけない、ということではありません。タレント・オークションに加えて、やればいいと思うんです。自分には才能がないと思っている人が参加できるように」

ホントはいいたかった。「または、才能《さいのう》を活《い》かそうと思うと刑務所《けいむしょ》行きになるような才能しかもっていない人のために」と、ローレンにむかって。

だけど、例の本に書いてあったから。人気を持続させたかったら、人前で敵《てき》を侮辱《ぶじょく》してはいけない、って。

ってことは、ローレンはわかってないのかな。人気のトーテムポールのてっぺんにいられるのも時間の問題だということを。

「ただ、タレント・オークションも検討《けんとう》してみるべきだと思うんです」

そういって、あたしはすわった。

ひざがガクガクしてしょうがなかったから、助かった。もう立っていられない。心臓《しんぞう》がばくばくして、口からとびだしそうだ。あたしはジェイソンとベッカのほうを見た。ふたりとも口をあんぐりあけて、こちらを見つめている。

「なんなんだ?」ジェイソンが小さい声でいった。「どういうつもりなんだ? いったいいつから……」

だけど、その先はきこえなかった。マークが、ガヤガヤいいはじめたみんなの注目を集めるためにマイクをトントンとたたいていったから。「どうもありがとう、えっと……その……」

「ステフ・ランドリーよ！」ローレンが、自分の席からさけんだ。くずれるようにキャッキャッ笑っているので、白いニーハイソックスのかたまりみたいにしか見えない。

「ありがとう、ステフ」マークはいった。そして、ワンプラー副校長とグリーア校長のほうを見た。

ふたりとも、うなずいている。

あれって、どういう意味？　あたしのアイデア、気に入ったってこと？

それともマークは、あっさりムシするつもり？

「えっと、そうだな。その、タレント・オークションってのは……」マークは、薄《うす》茶色の瞳《ひとみ》でこちらをまっすぐ見て――ううん、あたしをつきとおすように見つめて――いる。イスの上でくずれていくような気がする。ただし、ローレンみたいに笑いすぎたせいではなく、恥《は》ずかしくてたまらなくて。「いい考えかもしれないな」

「えっ？」

思わずあがったその声が――声の主《ぬし》はローレンだ――カーレースのスタートを告げるピ

ストルの音みたいに、講堂《こうどう》にひびきわたった。

みんな、ローレンは、おもしろいくらい怒《いか》りくるった表情《ひょうじょう》をうかべている。

ローレンのほうを見た。

少なくともあたしにはおもしろい。

マークはローレンからあたしに視線《しせん》をうつした。ぽかんとした表情からして、自分のカノジョがなににおこっているのか、見当もつかないらしい。

「よし」マークはあたしにいった。「ってことで、責任者《せきにんしゃ》になってもらってもいいかな、ステフ？　その、タレントなんとかの？」

「もちろん」あたしはいった。

「よし」マークはまたいった。「じゃ、次は恒例《こうれい》の、〝ファイティング・フィッシュ・スラップ〟にうつろう」

そしてマークの号令で、あたしたちはわが校の応援歌《おうえんか》をうたいながら、腕《うで》をぶつけあって、魚が水にしっぽを打ちつけているみたいな音をたてるというしょうもないふりつけをした。

そして、ベルが鳴った。

あなたが新しく自信を身につけたことに憤慨《ふんがい》して、
成長しようというあなたの努力を台なしにしようとする人がいても、
おどろいてはいけません。

その人たちはまちがいなく、やきもちをやいているのです。
そしておそらく、あなたの人気が急上昇《きゅうじょうしょう》したことで、
自分の立場があやういと感じているのでしょう。
その人たちの心配をできるだけしずめてあげるのです。
そして、古い友人も、新しい友人に負けないほど、
以前と変わらずに大切だと知らせてあげましょう。

10

どんな作戦だよ？

引きつづき作戦決行日
8月28日　月曜日　午後1時

みんな、お昼を食べに行った。

あたし以外、みんな。

あと、ジェイソンとベッカも。ふたりとも、あたしが動かないせいで列から出られずにいるから。

だけどもちろん、動くなんて不可能《ふかのう》だ。ひざがまだガクガクしている。たったいま起きたことが、信じられない。

講堂《こうどう》を出ていく人たちが通りすがりにあたしに声をかけたりするものだから、よけい動けなくなった。ゴードン・ウーとかが立ちどまって、「ステファニー、すばらしいアイデアだよ」とか、「ねえ、あたし、絵を教えられるんだけど、ほら、子どもとかに？ それってオークションにかけられると思う？」とか。

グリーア校長まで、ゴルフの練習に行くとちゅうであたしの横にきて、「ティ、ティファ、ア、ニー、とてもいい提案《ていあん》だったね。きみが学校行事に参加する気になってくれてうれしいよ」とかいった。そして、ジェイソンとベッカのほうをちらっと見ていった。「きみの友人たちも、見習いたくなるといいがね」

「ステファニーです」ジェイソンは、歩いていこうとするグリーア校長にいった。「名前、ティファニーじゃなくてステファニーです」

だけどグリーア校長は、きこえてないみたいだった。

べつにかまわない。校長に名前を知られているかどうかなんて、どうだっていい。マーク・フィンレーが、あたしの名前を知ってくれている。

それでもう、じゅうぶん。

マーク・フィンレーがあたしの名前を知っているとわかったのは、壇上《だんじょう》からおりてきてあたしのとなりにきて、うなずきながらにっこりしたから。

「ステフ、クールなアイデアだったよ。じゃ、また」

そういうマークの腕《うで》は、ローレン・モファットの肩《かた》にまわされていたけど。でもそれは、ローレンが自分でマークの腕をとって肩に置いたからだ。あたし、この目で見たし。ローレンはマークが壇上《だんじょう》からおりてくるのを待ちかまえていて、ほとんどぶつかるようにして抱《だ》きついていった。

あたしの横を通りすぎるとき、ローレンはバカにするような笑《え》みをうかべていた。自分がぴたっとくっついている男の子が、にこにこしているというのに。

だけど、それがなんだっていうの？　マーク・フィンレーが、あたしににっこりしたんだもん！

ベッカは、みんながいなくなるとそれを指摘《してき》した。

「マーク・フィンレー、ステフににっこりしてたわね」うやうやしい口調だ。「にっこり。ステフにむかって。感じよく、にっこり」

「うん」だんだん脚《あし》に力がもどってくるのがわかる。

「マーク・フィンレー……」ベッカは、不思議そうにつぶやいた。「だってマークって……この学校で一番人気なのよ」

「うん」あたしはまたいった。だれもいなくなった講堂《こうどう》は、人がいっぱいいたときとまったくちがって見える。声がすみずみまでひびきわたって、なんだかほっとする。

「なんだっていうんだ？」いままでミョーにだまりこくっていたジェイソンが、とうとう大声でいった。「ステフ、どうなってるんだよ？　けさ、コーンフレークに幻覚《げんかく》作用のあるドラッグかなんか、ふりかけられたんじゃねぇの？」

「なんのこと？」あたしは、なんの話かさっぱりわからないみたいな顔を――声も――しようとつとめた。ドラッグのこともムシ。

「とぼけたってムダだぜ。なんのことか、わかってるんだろう？　いったいなんなんだよ？　タレント・オークション？　どういうつもりだ？　愛校精神《せいしん》でもしめすつもりか？」

そのころには脚《あし》のふるえがおさまってきて、立ちあがれるようになった。

「助けになればと思っただけだよ」あたしはいった。「っていうか、来年、あたしたちがキングスアイランドに行く番になったとき、同じことしてもらえるでしょ？」

「キングスアイランドなんか、おまえ、キライだろ？」ジェイソンは立ちあがった。「前にいっしょに行ったとき、ウォーターシュートで気持ち悪くなってゲーゲー吐《は》いて、二度と乗らないっていったじゃねぇか」

「だから？」あたしは肩《かた》をすくめてみせた。「だからって、ほかの人が楽しめるように手を貸《か》しちゃいけないってことないよね？　あたしが高いところがきらいだからって理由で」

「いや、いけない」ジェイソンは、出口にむかって通路を歩きだしたあたしのあとを追いかけてきた。「そんなこと、愛校精神《せいしん》があるヤツのすることだからな。そしておまえは、そんなもん、もってないはずだ」

「っていうか、あたし、ずっと考えてたんだけど……」

「おいおい、やめてくれよ」ジェイソンは、ドアから出ようとするあたしの前に立ちはだかって、ハンドルを体でおさえた。「ステフ、オレをだまそうったってムリだ。いったいどうすれば、あんなヤツらが旅行に行って楽しむ手助けをしようなんて気になるんだ？　いままでさんざん、ヤツらのせいでイヤな思いをさせられてきたのに」

「あの人たちのせいじゃないよ。ローレンだよ。ローレンは二年だから、キングスアイランドには行かないし」

「だから？」ジェイソンはつめよってきた。「ローレンはおまえの天敵《てんてき》だろ？　そしてヤツらは、ローレンの仲間だ。つまり、ヤツらもおまえの天敵だ」

あたしはつっ立ったまま、ジェイソンを見つめていた。ほかにどうしようもない。ジェイソンにドアをブロックされているから。

「ジェイソン、もっとオトナになってよ」あたしは、理性的《りせいてき》な声を出そうとつとめた。「ちょっとくらい愛校精神《せいしん》をしめしたっていいでしょ？　こまっている人を助けたいだけなんだし。あたしたちだって、卒業まであと二年しかないんだよ。残されたわずかな時間を楽しむべきだと思うけど」

少なくとも、例の本にはそう書いてあった。つまり、高校生活をできるだけ楽しむべきだ、って。二度と経験《けいけん》できないのだから、って。

ジェイソンは、あの本を読んでいるわけではないし。だけど、このようすからして、もし読んでいても、あんまり変わらないような気がする。

ジェイソンは手をのばしてきて、熱でもあるんじゃないかというふうにあたしのおでこにあてた。

「ベッカ、こいつ、熱でもあると思わないか？」ジェイソンはいった。「なんか、悪い病気としか思えねぇぜ。ラッサ熱か、エボラ出血熱かもしれないな。または、じつはエイリアンに誘拐《ゆうかい》されてクローンとすりかえられたのかも」ジェイソンは、あたしのおでこから手をどけて、あたしの目をのぞきこんだ。「おい、答えてみろよ。ステフ・ランドリーとオレが七歳《さい》のころ、うちで地面を掘《ほ》ってプールをつくってるとき、泥《どろ》の山の上で遊んだのは、どんな遊びだ？　答えられなきゃ、エイリアンがよこしたクローンってことになるぜ。ホンモノのステフは、おまえが乗ってきた宇宙船《うちゅうせん》にとじこめられてるんだろう？」

あたしはジェイソンをにらみつけた。「G・I・ジョーと探検家《たんけんか》のバービーごっこ。いいから、バカなことというのはやめて。もう行かなきゃ。学食でいいテーブル、とれなくなっちゃうよ」

とうとう、ベッカが口をひらいた。

「お昼、外に食べに行かない？　ほら、ジェイソンの車があるし」

「外なんてダメだよ！　わかんないの？　お昼休みは、学校生活でもっとも大切な社交の場なんだよ」

口に出してすぐ、自分がなにをいったのか、気づいた。もちろん、例の本からそのまま引用したものだ。

でもジェイソンとベッカは、本のことは知らない。ふたりともワケがわからないという顔をしていた。ふだんなら、あたしがいいそうもないセリフだからだ。ふたりとも、あたしが話しおえないうちから、ぽかんとした顔をしていた。

「つまり、あたしがいいたいのは、学食に顔を出さないわけにはいかないってこと」あたしは、すごく冷静なつもりの口調でいった。「登録したい人がいるかもしれないから、あたしがその場にいないとこまるでしょ？　ほら、オークションに。だよね？」

「ふーん」ジェイソンは、うなずきながらいった。「どういうことか、わかったぜ。どうせ、悪質《あくしつ》な犯罪《はんざい》計画の一環《いっかん》なんだろう？　それなら、オレたちはおりるぜ。そういうことなんだろう？」

「どういうこと？」

「マーク・フィンレーを生徒会長の座《ざ》からおろして、自分が乗っとろうとか、そういう極《ご》悪非道《あくひどう》な計画なんだろう？」

なんて答えたらいいのか、わからない。たしかに、ある計画の一環だ。だけど、ジェイソンが思っているような計画ではない。

ジェイソンは、あたしが答えもしないうちに勝手に納得《なっとく》したらしく、ベッカのほうをむいていった。「おい、行こう」

ベッカは、あわててジェイソンについていった。狂犬病《きょうけんびょう》にかかった犬を見るみたいな目であたしを見つめながら。

それでもあたしは、わかっていなかった。すぐには理解《りかい》できずにいた。たぶん、事態《じたい》が思ったより深刻《しんこく》だったからだ。

あたしは、「よかった」なんていった。ふたりがわかってくれたと思って、ほっとしていた。「さ、学食に行って、サラダでも食べよう。それから園芸部が植えた植物の横にすわって、もしだれか通りかかったら……」

「オレは手を貸《か》すつもりはない」ジェイソンは、ドアをあけてベッカを外に出しながらいった。

「そっか」あたしは、まだ理解できずに、ふたりのあとをついていった。「いいよ。っていうか、もちろんかまわないよ。あたしの仕事だし。ふたりは手伝わなくていいよ。だけどもし……ちょっと、どこ行くの?」

ふたりは学食のほうにむかわずに、駐車場《ちゅうしゃじょう》のほうに曲がっていった。

「ピザ・ハットに行くんだよ」ジェイソンはいった。「気が変わったらきてもいいぜ」

あたしはふたりを見つめたまま、つっ立っていた。なにが起きたのか、理解できない。

ジェイソンとあたしはずっと、いっしょにお昼を食べてきた。っていうか、五年生のときにケンカしいてたあいだはべつだけど、それ以外はいつも。

なのにジェイソンは、あたしを見捨《みす》てるワケ？　あたしが愛校精神《せいしん》をしめしたってだけで？

「ね、ふたりとも」もしかしてふたりとも、ふざけているのかも。「冗談《じょうだん》でしょ？　ねえ、やめようよ。このままずっと、反体制側《はんたいせい》でいるわけにはいかないよ。すこしは学校行事に参加しなきゃ。でなかったら、だれもあたしたちのこと、わかってくれないよ。これからずっと、『ステフなことするなよ』なんていわれつづけるなんて……ね、ちょっと！　ジェイソン！　ベッカ！」

だけど、もうおそかった。気づいたら、ふたりともとっくにいなくなっていた。

なにより大切なのは、思いやりです。
ほかの人の気持ちを理解《りかい》し、その人の視点《してん》でものごとを見ましょう。

人気者は、他人の気持ちを自分におきかえ、その人たちに「仲間意識《いしき》」をもたせるようにします。悩《なや》みを打ち明けられたとき、わかっていることをしめすためにうなずくだけではなく、その人がどう感じているか、自分が同じ立場だったらどうふるまうかを想像《そうぞう》しようと真剣《しんけん》に努力します。

他人の気持ちにもっと共感できるようになれば、その人たちもあなたにもっと親しみを感じるようになります。そしてあなたはもっと人から好かれるようになり、人気も爆発《ばくはつ》的《てき》に上昇《じょうしょう》するでしょう！

✿ 11 期待してて

引きつづき作戦決行日
8月28日　月曜日　午後2時

ブルームビル高《ハイ》の学食って、オソロシい場所だ。メニューもだけど、それだけではない。インディアナ州ブルームビルのティーンエイジャーにとってのメインストリートのようなものだ。つまり、人を観察して、人から観察される場所。ならんでいるテーブルは丸くて、十人くらいしかすわれない。つまり、あたしみたいな生徒が人気者のテーブルにすわろうと思ったら、入りこめそうな場所をむりやり見つけるしかない。

もっと重要なのは、入りこませてくれそうな人がすわっているテーブルを見つけなきゃいけないということ。

サラダバーでサラダをとって学食のなかを見わたしてみると、やっぱり——さっき講堂《こうどう》で、ジェイソンとベッカにいったとおり――いい席はもうとられてしまっていた。〝花形〟テーブルはもう、一、二席しか空いてない。ローレンやマークやその取りまきのアリッサ・クルーガーやフットボールチームの部員たちがすわっているあたりだ。

いっぽう、ゴードン・ウーがすわっているテーブルにはたくさん空席がある。しかもゴードンはあたしが立っているのを見つけると、立ちあがって手をふってきた。そして、まるで場所をとっといたみたいに、自分のとなりの席においてあったバックパックをどかした。

まあ、やさしかったりするとは思う。

だけど、ゴードン・ウーのとなりなんかにすわったら、「ステフなことしないでよ」といわれつづけている自分の立場を変えることはできない。

そのときふと、ダーリーン・スタッグスのテーブルにまだ空席があるのに気づいた。マークやローレンのテーブルのとなりだ。いつもなら、ダーリーンもマークたちといっしょにすわっている。

だけど去年の冬休みのあいだにダーリーンは、たぶんグリーン郡で一番のオッパイの持ち主となった（ジェイソンみたいな口の悪い人たちは、ダーリーンの胸《むね》は〝つくりもの〟

だといっている。だけどどんな無責任《むせきにん》な親だって——うちの親でも——十六歳《さい》の娘《むすめ》に豊胸《ほうきょう》手術《しゅじゅつ》なんかさせるワケがないと思う。まだこれから成長するのに)。それでダーリーンは、どんどん増殖《ぞうしょく》していく男性《だんせい》信者たちのためにテーブルをうつらなきゃいけなくなった。

ダーリーン・スタッグスはたぶん、あたしが知っているなかでもっとも頭の弱い女の子だ。中二の生物の授業《じゅぎょう》で、ダーリーンははじめてハチミツは蜂《はち》がつくっていると気づいた。それで、自分の大好物が、本人いうところの「虫のオシリからとったもの」だと知って気持ち悪くなり、保健室《ほけんしつ》に行かされておでこに冷たい布《ぬの》をあてられて寝《ね》かされた。

でもダーリーンは、頭のほうは残念だけど、ありあまるほどの美しさにめぐまれている。もっともあと数年もすれば(どこかの銀行家の自慢《じまん》の奥《おく》さんになって、子どもを二、三人も産んだあと)、あたしがいまオシリ関係で悩《なや》まされているのと同じ重力の法則《ほうそく》と闘《たたか》うことになるだろうけど。

だけどいまのところは全校で一番美人だし、いつも男子にとりかこまれている。男子たちはいつの日かダーリーンのいいにおいのするやわらかいものに顔をうずめる日を期待して群《むら》がってくる。

ダーリーンについてもうひとついえることは、ローレンやアリッサやベベがイジワルの才能《さいのう》をさずかっているあいだにチョウチョでも追いかけていたかなんからしく、イジワルなところがまったくない。だけどローレンはダーリーンを、〝ダークレディ〟とつるませている。これくらいキレイだと、そばに置いておいたほうがトクだからだ。おこぼれにあずかれるかもしれないし。

そういうわけであたしは、ゴードン・ウーのほうにごめんねという視線《しせん》を送って、ダーリーンのすわっているテーブルに近づいていった。空いている席は、ローレンとマークがすわっている席のすぐそばだ。

「ハイ、ダーリーン」あたしは、トレイをテーブルに置いていった。「ここ、すわってもいい？」

テーブルにいた八人の男子が、ダーリーンのオッパイから視線を引きはがして、こちらを見た。っていうか、正確《せいかく》にいえば、あたしのニーハイソックスの上の肌《はだ》見せ部分を見た。

「あら、たしか、今日の集会で発言した二年生よね？」ダーリーンは、ふんわりといった。なにをしても〝ふんわり〟だ。「もちろんよ。どうぞ」

そこであたしは席について、ベイクドチキンにとりかかった。必要以上の脂肪《しぼう》がオシリにつくのを防止《ぼうし》するために皮をていねいにはがす。

「ソックス、いいね」トッド・ルビンが、イヤらしいとしかいいようのない笑《え》みをうかべていった。

前だったら「ヘンな目で見ないでよ、このスケベ」とかいうところだけど、例の本を読んだいま、あたしはいたずらっぽく笑ってみせた。「ありがとう、トッド。あ、そうだ、トッドって、数学の上級クラスにいるよね？」

トッドはダーリーンのほうを不安そうな目で見た。まるで、数学の能力《のうりょく》を指摘《してき》されると、ダーリーンにアピールするのに不利な立場におかれると思っているみたいに。ダーリーンの成績《せいせき》の平均《へいきん》は、たぶん本人が空《そら》でいえる首都の数と同じくらいだろうから。

その数って、たまたま去年の世界文化の授業《じゅぎょう》でいっしょだったから知ってるけど、二個《こ》だ。

「まあね」トッドはおそるおそるいった。

「だったら、タレント・オークションに登録してみない？　たぶん中三のカワイイ女子のなかに、数学を教えてもらいたいって子が山ほどいると思うんだ。どう？」

トッドは、またダーリーンのほうをちらっと見た。

ダーリーンはキャロットスティックをかじりながらぽかんとした顔でトッドのほうを見

つめていたけど、なんとも思ってないみたいだ。あたしがいったことは、トッドに対するほめ言葉だし。あこがれの女性《じょせい》の前で。

「うん。つーか、いいよ。つーか、かまわないよ」トッドはいった。

「よかったー」あたしは、学食にくるとちゅうで教務室《きょうむしつ》からもらってきたクリップボードをとりだした。「じゃ、ここに記入して。この調子ならきっと、かなりの額《がく》が集まるね。三年生、フランスにだって行けちゃうかも。ほかの人たちは？　だれか、女の子に自分を落札してほしい人はいない？」

五分後、テーブルにいた男子全員が登録した。名前と、オークションにかける特技《とくぎ》を記入する。芝生《しばふ》を刈《か》るとか、バイクに乗せてあげるとか、グリーン湖で二時間釣《つ》りをするとか、モールで買いものするときの荷物もちとか、プロなみの車の装飾《そうしょく》とか。

ダーリーンのテーブルにいる男子たちが盛《も》りあがっているのに気づいたほかの人たちも、なんのさわぎかとよってきて、自分も登録した。午後の始業ベルが鳴るころには、約三十人の登録者が――そのうちほとんどが〝一軍〟だ――いた。そのなかにはさっき、すごくかわいらしく「ねえ、みんな、わたしはどうすればいい？　特技なんかないし」ってたずねたダーリーンもいた。

「ナニいってるの、あるに決まってるよ、ダーリーン」あたしは、男子たちにいったのと同じように、明るくはげました。例の本には、外交的で陽気な人にだれもがひかれるって書いてあったから。「こんなにきれいなんだもん。メイクをしてあげるっていうのはどう?」

「まあ」ダーリーンはうれしそうな声をあげた。「モールにあるランコムのカウンターでやっているみたいなの?」

「うん、そう」ダーリーンがわかってないみたいなので、あたしはつけたした。「ただし、ダーリーンがメイクしてあげる方だよ。してもらうんじゃなくて。自分がいつもしているメイクを落札者にしてあげるの」

「あら」ダーリーンはがっかりしたみたいだった。どうやら、タダでメイクしてもらえると思っていたらしい。まあ、いつもタダでいろんなことをしてもらっているから、そう思うのもムリないかも。「でも、だれも買ってくれなかったら?」

「心配いらないよ、ダーリーン」マイク・サンダースがすかさずいった。ダーリーンの悲しそうな顔なんか見たい人はいない。「おふくろにいって、入札してもらうよ。メイクしてもらったら、よろこぶはずだし」

ダーリーンは顔を輝《かがや》かせた。「マイク、本当？　本当にやってくれる？」

「もちろんだよ」マイクはきっぱりいった。するとテーブルにいたほかの男子全員も、自分の母親もぜったいにメイクをしてもらう必要がある、といいだした。

そんな話をしているとき、ベルが鳴って、みんなは立ちあがって教室にむかいはじめた……マーク・フィンレーとローレン・モファットも。ふたりは、最後の数人の名前をメモしているあたしのうしろを通っていった。

ローレンはまたしてもマークの腕《うで》を自分の肩《かた》にのせていたけど、マークはローレンのほうは見ていないようだった。あたしのほうを見ている。

「やあ」マークはにっこりして、クリップボードのほうにうなずいてみせた。「ずいぶんたくさん集まったみたいだね？」

あたしは、にこーっとしてみせた。ローレンのムスッとした視線《しせん》をさけながら。

「うん」あたしは明るく答えた。「みんな、興味《きょうみ》もってくれたみたい。次は、『ブルームビル・ガゼット』紙に広告を出して町の人たちにオークションのことを知らせるつもり。入札にきてもらうために。開催《かいさい》はいつにすればいいかな？　オークションだけど？」

「木曜日は？　それなら広告にまにあう？」

ギリギリだけどなんとかやってみる、とあたしは答えた。

「そうだ、さっきの話だけどさ」マークの薄茶色《うすちゃいろ》の瞳《ひとみ》は、蛍光灯《けいこうとう》の光を反射《はんしゃ》してグリーンがかって見える。「講堂《こうどう》でいってたことだよ。ぼくのコマーシャル出演《しゅつえん》に、入札する人がいるんじゃないかって」

「いるに決まってるよ」あたしは、ローレンのほうをちらっと見た。こんな状況《じょうきょう》、ガマンできないんじゃないかと思って。自分のカレシがあたしなんかに話しかけているという状況だ。

ローレンは、トカゲみたいに目を半分とじていた。さっさと立ち去りたいと思っているのはミエミエだ。

「登録する？」あたしはマークにクリップボードをさしだした。「マークが名前を記入してくれれば、もっとたくさんの人が登録してくれるだろうし」

「そうかな？」マークはそういいながら、すでにペンをもって名前を書いていた。「特技《とくぎ》のところにはなんて書こう？」マークがこちらにむけたひかえめな笑《え》みには不安がまざっていて、それがまたなんともいえずチャーミングだ。「『宣伝《せんでん》モデル』って書いておけばいいかな？」

「『スポークスマン』って書いておくよ」あたしはほほえみかえした。そして、ムシしてるみたいに思われたくなかったから、ローレンにもいった。「ローレンも登録しない？お父さんのBMWで送りむかえとか、どう？」

ローレンは、氷のように冷たい視線《しせん》をむけた。「どうもご親切に」皮肉たっぷりないい方だ。「だけどわたし、パパの新車にどこのだれかもわからない人を乗せる気、ないから」

そして、あたしのいったことがどれほど不適切《ふてきせつ》か強調するために、アリッサのほうをちらっと見た。

アリッサはダイエットソーダをふきそうになりながら笑っている。

ローレンはいった。「ヤあね、これ以上ステフなことってある？」

けれどもマークは、ぜんぜんおもしろがってはいなかった。

「なあ、ローレン」マークは、自分の（めちゃくちゃたくましい）腕《うで》と肩《かた》にかこまれたローレンの小さな顔を見おろしながらいった。「チャリティーのためなんだよ。っていうか、ほら、三年生の旅行のためなんだ。そんないい方するなんていけないよ」

アリッサは、本気でソーダをふきだした。ほとんどだれもいなくなった学食の床《ゆか》に、プーッと。

ローレンのほうはマークを見あげて、小さな顔をこわばらせている。「ヤだ、ただの冗談《じょうだん》よ」

そしてローレンはあたしからクリップボードをひったくると、自分の名前を書いて、特《とく》技《ぎ》の欄《らん》には、「なんでも」と記入した。

たしかに、そう書くのが一番だ。ローレンが一番得意とする、マーク・フィンレーにベタベタしているところを見るために入札する人なんて、どこにもいないだろうから。なにしろ、毎日タダで見させられているし。

この話、あとでジェイソンにしなくちゃ。ジェイソンなら、ぜったいウケてくれるはず。

「これでいい？」ローレンは、クリップボードをつきかえしてきた。

「うん、助かる。ありがとう」あたしは、ローレンの失礼な態度《たいど》なんかなんとも思っていないフリをした。「これでずいぶんちがってくると思うよ。期待してて」

それからあたしはローレンに、最後にもう一度にっこりして手をふった。そして、午後の授業《じゅぎょう》の教室にむかった。

あなたは人気のある女の子ですか？　これを守れば、
だれでも人気のある女の子になれます。

だれに対しても敬意《けいい》をもって、礼儀《れいぎ》正しく接《せっ》する。
ほかの人の立場に自分の身を置き、その人の気持ちを優先《ゆうせん》する。
時間と才能《さいのう》をおしまない。
陽気で外交的。

12 勝手にしろ

引きつづき作戦決行日
8月28日　月曜日　午後4時

ジェイソンもベッカも、帰りの車のなかで、ミョーに静かだった。

あたしが〝ザ・B〟の前での待ち合わせにおくれたせいかも。廊下《ろうか》を歩くたびにいろんな人によびとめられて、タレント・オークションに登録できないかときかれるから。もう百人以上の志願者《しがんしゃ》が集まった。予想よりずっと多い。ひと晩《ばん》でオークションをおえられるかどうか心配なくらい。

ジェイソンもベッカも、参加する気はないらしい。ふたりとも、すばらしいスキルがあるのに。

「ジェイソン、ゴルフのレッスンをしたら？　みんな、よろこぶと思うよ」あたしは、帰りの車のなかでいった。「それとも、車で天文台に連れてってあげるとか。ベッカは、スクラップブックの個人指導《こじんしどう》なんてどう?」

だけどジェイソンは、マーク・フィンレーの利益《りえき》になるような活動に参加する気はない、ときっぱりいった。

ベッカはただ、「そんな、ムリよ。わたし、そんなにじょうずじゃないから。それに、パパとママがゆるしてくれないと思う。わたしがオークションにかけられるなんて」

「ベッカをオークションにかけるわけじゃないよ。ベッカの特技《とくぎ》だよ」

だけどベッカは、首を横にふるだけだった。

ベッカの気持ちはわかる。あたしたちといっしょにいるとき以外は、ものすごく恥《は》ずかしがり屋でおとなしいから。でもジェイソンは外向的だし……反社会的と外向的が両立するならば、だけど。

車のなかでは説得するチャンスはなかったけど、ラッキーなことにうちに帰ってすぐ、キティから電話があった。あたしとケイティに、ドレスが――ピートとロビーのタキシードも――できたという連絡《れんらく》だ。「最終フィッティングをしたいからこっちにきてほしい」って。

「すぐに行きます」あたしはいって、ケイティをよびに行った。ケイティはもう宿題をやっていた。グリーン郡では三年生になると宿題を出すようになるから、ケイティはそれがうれしくてしょうがなくて、待ちきれずにいた（ガリ勉なのはあたしをふくめてうちの家族の特徴《とくちょう》だから、それほど心配はしないけど）。ピートとロビーは、リビングでＭＴＶ２を観《み》ながら、ママが設定《せってい》した子どもに見せたくない番組の受信制限《せいげん》のはずし方を相談していた。

あたしはパパに、キティの家に行ってくるというと、セーラに『ドーラといっしょに大《だい》冒険《ぼうけん》』を観《み》させて（そうすればパパに、あたしたちがパスワードを知っているとうたがわれずにすむ）、四人でジェイソンの家に結婚式《けっこんしき》の衣装《いしょう》の試着をしにむかった。

あたしって、そんなに〝ファッション命《イノチ》〟ってタイプではない。っていうか、ニーハイソックスをはいたりはしたけど、家に帰るなりぬいだし、それ以外はそれほどオシャレに興味《きょうみ》はない。

だけど、キティがあたしたちに選んでくれた介添《かいぞ》え人《にん》とフラワーガールのドレスは、特別だった。ノースリーブの淡《あわ》いけどガーリーすぎないピンク色のサテンで、もっと薄《うす》いピンク色のシフォンがかかっている。ふちには、いろんな大きさの透明《とうめい》なクリスタルがついていて、光があたるとキラキラ輝《かがや》く。でも、プリンセス・バービーみたいな安っぽいカンジではない。濃《こ》いピンクのリボンベルトをはずせば、プロムにも着ていける。まあ、だれかにさそわれたらの話だけど。

一番ステキなのは、おじいちゃんが買ってくれたというところだ。ママなんかにまかせたら、〈シアーズ〉のお買い得品コーナーで買ったワンピースを着させられる。キティ専《せん》属《ぞく》の仕立て屋さんとデザイナーさんがつくってくれたきれいなドレスではなくて。

「いらっしゃい」あたしたちが裏口《うらぐち》から入っていくと、キティはいった。ホレンバック家では、裏口しか使ってない。キティが生まれ育ったこの家はこのあたりでは一番古くて、農場主が所有していた（農場の部分はずっと前に売却《ばいきゃく》されて、家を数軒《すうけん》建てた。うちもそのひとつ）大きなビクトリア朝様式の邸宅《ていたく》だ。豪華《ごうか》な寄《よ》せ木張《ぎば》りの表口があるけど、だれも使っていない。家のなかには食器室や使用人部屋（ジェイソンが最近うつった屋根裏《やねうら》部屋だ）があって、ダイニングルームのテーブルの下には、メイドさんをよぶためのボタンがついていた。ジェイソンとあたしは、子どものころいっしょに遊んでいるときにそのボタンを何度もおしたので、とうとうジェイソンのお母さんにはずされてしまった。

「レモネード、飲む?」キティがたずねた。

これだから子どものころ、ジェイソンの家にくるのが楽しみだった。理由はいろいろあって、まず、このあたりでエアコンがあるのがこの家だけだったというのもある。いつでも涼《すず》しくて快適《かいてき》だった。

だけど、ジェイソンのお母さんがいつも、レモネードとかしぼりたてのオレンジジュースとかを出してくれたというのもあった。うちでは、ミルク以外の飲みものといったら、水だ。水道の水。パパは、うちにはジュースを買う余裕《よゆう》はないといっている。濃縮還元《のうしゅくかんげん》でも高いし（しかも、たまにうちの冷蔵庫《れいぞうこ》に入っているようなことがあっても、ただちにピートが飲んでしまう）、砂糖《さとう》は体によくないといって、クールエイドとかのソーダも飲ませてくれない。

ジェイソンは、好きなだけ砂糖を摂取《せっしゅ》してきた。その結果、もうほしくないといっている。

あたしたちはレモネードを十リットルくらい（そのうち半分はピート）飲みほしてから、やっとキティのいうことをきいて、階段《かいだん》をあがって試着をした。

試着をしたとたん、すっかり舞《ま》いあがってしまった。

「まあ」キティは、ケイティとあたしが前にジェイソンが使っていた部屋から出てくると声をあげた。壁紙《かべがみ》はレーシングカーのままだけど、にわかごしらえのソーイングルームになっている。「なんてステキなの！　ふたりとも、まるでプリンセスよ！」

ケイティはフラワーガールのドレスを着た自分の姿《すがた》を見おろした。あたしのドレスとそっくりのミニチュア版《ばん》だけど、ちょっとだけ飾《かざ》りが少ない。「ホント？　ホントにそう思う？」そして、ものすごくうれしそうな顔をした。

「本当にそう思うわ」キティはいった。仕立て屋さんのミセス・リーは、あたしたちをじっくりながめてから、あたしに近づいてくると、脇《わき》下のダーツをつかんだ。「ここをもうちょっと、つまんだほうがいいわね」

「そうね。ほんのちょっと」キティはうなずいた。

あたしたちのドレスと同じピンク色の蝶《ちょう》ネクタイをきゅうくつそうに引っぱっていたピートが、フンッといった。ミセス・リーがあたしの胸《むね》のあたりの生地《きじ》がたるんでいるという話をしている。最初にサイズをはかったときは、まだ補正《ほせい》ブラをつけてなかったからだ。いまではサイズの合ったブラをしているけど、ドレスのサイズが合わなくなった。

「ピート、うるさいよ」あたしはいった。「まにあいますか？」

「もちろんよ。あっというまにやっちゃうわ」そしてミセス・リーは、ケイティにいった。

「あなたのはカンペキよ。もうぬいでいいわよ」それからピートとロビーのほうをむいて、さっきよりつっけんどんにいった。「あなたたちもね」

ピートとロビーは、わーいといって、さっさとカマーバンドをはずして上着をぬいだ。男の子用の試着室になっていたバスルームにも行かずに。

ケイティは、どうしてもドレスをぬぎたくないようだ。

「おばさまのドレスはどんなのなの？」ケイティは、キティにたずねた。

「キティってよんでちょうだい」キティは笑いながらいった。キティはあたしたちみんなに、名前でよぶようにいっていた。とくに、本当のおばあちゃんになるのだから、と。だけど小さい子たちは、すぐにわすれてしまう。

「あなたたちのほどキレイなドレスじゃないわよ。でも、エミールは気に入ってくれると思うわ」

「きっと気に入るよ」ケイティはきっぱりいった。「キティのカラダにぞっこんだから」

「ケイティ！」あたしはゾッとしてさけんだ。

キティとミセス・リーは、おかしそうに笑っている。

「だって……」ケイティは、あたしにむかって言いわけするような顔をした。「ジェイツンがいってたの、きいたんだもん」

「ジェイソンといえば……」キティがいった。「どこへ行ったのかしら？　あの子にもタキシードをフィッティングしてもらわなくちゃいけないのに」

「ここだよ、ばあちゃん」ジェイソンが、ドアのところに姿《すがた》をあらわした。サラダボウルからシリアルをスプーンですくって口に運びながら。サラダボウルといっても、ひとり用の小さいのではなく、とりわけ用の木のボウルだ。ジェイソンはそこに、ハニーナッツチエリオスをひと箱丸々入れて、ミルクを五リットルくらい注ぎこむ。放課後の定番おやつだ。

「まあ、ジェイソン」キティはため息をついた。「せっかくお母さんが夕食をつくってくれるのに」

「そのころにはもう腹《はら》へってるよ」ジェイソンは肩《かた》をすくめた。

キティとジェイソンは、明るいブルーの瞳《ひとみ》とほっそりしたところが似《に》ている。でも、キティとちがってジェイソンは背《せ》が高くて、黒い髪《かみ》を長くのばしている。キティは、おじいちゃんと同じ真っ白な髪をショートカットにしている。ママがなんといおうと、ふたりはお似合いだ。

キティは、やれやれと首をふっていった。「まったくうらやましいわね。ね、ステファニー?」キティはあたしにウインクしてみせた。「馬みたいにガツガツ食べて、これっぽっちも太らないなんて」

ホントは、「ええ。だけど、馬みたいな顔になるよりはマシかな」とかいいたかったけど、だまっていた。孫を馬あつかいされて、キティがよろこぶとは思えないし。

でもジェイソンは今日一日、さんざんイジワルな態度《たいど》をとったんだから、それくらいいわれても当然だと思う。

ミセス・リーが、タキシードに着がえさせるためにジェイソンをバスルームに追いやった。ふつうの服に着がえたピートとロビーをしたがえて出てきたジェイソンは、まだシリアルを食べていた。

それでも、タキシード姿《すがた》のジェイソンを見たとたん、あたしはゾクゾクッとした。あんまりカッコいいから。まるでジェームス・ボンドかなんかみたい。まあ、ジェームス・ボンドはサラダボウルからシリアル食べないだろうけど。

「ねえ」ピートは、ジェイソンを見あげながらいった。一八〇センチ以上あって自分の車をもっているジェイソンは、ピートのあこがれだ。「今度の5シリーズは、五リッターエンジンで、十気筒《きとう》なんだよ。めちゃくちゃイケてるよねっ」

「そうだな」ジェイソンは、シリアルを食べながら答えた。

「ステファニー、ご両親は？」キティは、ミセス・リーがジェイソンのカマーバンドをつけているあいだ、さりげなくたずねた。「土曜日、いらしてくださらないのかしら？」

「たぶん、ムリだと思います」あたしは、キティと目を合わせないようにしていた。キティのことは大好きだから、うちの両親の態度《たいど》は——おもにママだけど。パパは、ママにいわれたとおりにしているだけだから——恥《は》ずかしい。おじいちゃんの結婚式《けっこんしき》のほうが、くだらないスーパーの開店なんかよりずっと大切なのに。どうしてママは、わかってくれないんだろう。

「そう……」キティはため息をついた。でも笑顔《えがお》は瞳《ひとみ》と同じで、まだ輝《かがや》いている。「決まったわけではないものね。まだ時間はあるし。いちおう、おふたりぶんの席はとっておくわ。ジェイソン、お願いだから、結婚式の前にその髪《かみ》、切ってちょうだいね。それとも、そうやって目にかかったままにしておく気？」

「じゃ、こうするよ」ジェイソンはいって、前髪を指でとかして目の前にたらした。まるでコリー犬だ。

ピートとロビーは、大よろこびでげらげら笑った。

「まったく、ジェイソンときたら」キティはため息をついた。でもキティも、孫のおふざけが決してきらいではないのがわかる。

そのとき、ロビーがジェイソンの飼《か》っているネコ、ミスター・ソフティを見つけて、だっこしようとしていた。

ケイティが、ロビーからミスター・ソフティをとりあげようとしている。

「ケイティ、ミスター・ソフティにはかまわないで、早くドレスをぬいで」あたしはいった。

ミセス・リーとキティがすかさずとめに入る。ミセス・リーはケイティを両手で抱《だ》いて、黒ネコから引きはがした。ペルシャだから、めちゃくちゃ毛がぬける。キティはロビーとピートの気をそらすため、手づくりのアイスクリームサンドを下で食べないかとたずねた。

みんなが行ってしまうと、ふたりっきりになったジェイソンとあたしは、気まずい沈黙《ちんもく》のなか、見つめあっていた。ジェイソンは髪《かみ》を手でささっともとにもどして、やっと前が見えるようになったらしい。

めちゃくちゃミョーだ。ジェイソンとあたしにかぎって、気まずい沈黙なんてありえない。いつもなら話すことがたくさんあって、先を争うようにして自分のいいたいことをしゃべる。

なのにいまは……しーんとしている。

タキシードを着たジェイソンがカッコいいから、だけではない。しゃべることがないのは、例の本のせいだって気がしてしかたない。

どうしてジェイソンは、よろこんでくれないんだろう。やっとのことでみんなに、〝超《ちょう》特大サイズのドリンクをローレン・モファットのD&Gのスカートにぶちまけた女の子〟以外の目で見られるようになったのに。べつに、人気が出たからってジェイソンやベッカのことをわすれたりはしない。パーティに招待《しょうたい》されるようになったら、ふたりのこともさそうつもりだし。

なのに、なんでおこってるの?

ジェイソンが、先に口をひらいた。「見ろよ、こんなふうにされたんだぜ」ジェイソンはムッとした声でいった。

「なにを?　だれに?」キティになにかされたのかと思って、あたしはたずねた。

「おまえの友だちのベッカだよ」ジェイソンはいって、ハイカットのコンバースの底をこちらに見せた。集会のとき、ベッカが絵を描《か》いていたスニーカーだ。

「こんなとこにも描いたんだぜ！　信じらんねぇよ！」ジェイソンはわめいた。

「だから？」なんでそんなにおこってるワケ？　「口、なくなっちゃったの？　やめろっていえばよかったのに」

「傷《きず》つけたくなかったから。あいつの性格《せいかく》、わかってるだろ？　すぐにめそめそするし」

「じゃ、あたしに責任《せきにん》をなすりつけるのはやめて」

「なんでだよ？　おまえの友だちだろ！」

「あなたの友だちでもあるでしょ？　だいたい、今日のランチにピザ・ハットに連れていったのはだれ？」

「ああ、まったく悪夢《あくむ》みたいだったぜ。ハッキリいって、あいつ、どっかおかしいな。あの挙動不審《ふしん》、まるで……」

ジェイソンはそこで言葉を切った。あたしはジェイソンをにらんだ。

「なによ」

「いや、べつに。とにかくオレは……」

「なんなのよ？」ふいに、エアコンがきいているのにドレスを着ているのが暑くてしょうがなくなった。「いいからいいなさいよ。まるであたしみたいに挙動不審《ふしん》だっていいたいんでしょ？　そういうつもりだったんでしょ？」

「まあな」ジェイソンは、サラダボウルをもったままカマーバンドをぐるぐるまわしてはずそうとしている。「おまえがいったんだぞ。オレはいってない。だけど、そこまでいうならいってやるよ。いったいなにがあったんだ？　今日の態度《たいど》はなんなんだよ？　ああいうの、キライだと思ってたぜ」

「かして」ジェイソンの不器用さに耐《た》えられなくなって、あたしはカマーバンドをはずしてやった。「たまに愛校精神《せいしん》をしめしたからって、なにが悪いの？　っていうか、のけ者にされてうれしいなんていうはずないでしょ！」

「のけ者でうれしいのかと思ってたよ」ジェイソンは心底おどろいたみたいだった。砂糖《さとう》の袋《ふくろ》をふるみたいな動作をする。「『メリー・クリスマス、ミスター・ポター！』わすれちやったのか？　のけ者って、楽しいじゃねぇか」

「わかってるよ」あたしはできるだけやさしくいった。思いやりの法則《ほうそく》だ。ジェイソンの気持ちを傷《きず》つけたくない。「ただ……ステフやってるのにうんざりしちゃったの」

「それがおまえの名前だろ？」

「まあね。だけど、もううんざり。ちがう女の子になりたいの。その女の子ってもちろん、クレイジートップじゃなくてね。あたしは、ちがうステフ・ランドリーになりたいの。つまり……」ジェイソンの目が見られない。「人気者のステフ・ランドリーに」

「人気者？」ジェイソンは、外国語でもきいたみたいにくりかえした。「人気？」

だけど、ジェイソンがその先をいわないうちに、ミセス・リーがこまった顔で入ってきた。

「ステファニー、こっちにきて、ケイティにドレスをぬぐようにいってくれる？　結婚式《けっこんしき》までずっと着てるってきかないのよ」

「はい」あたしはジェイソンにカマーバンドをわたした。「またあとでね」

「ああ」ジェイソンは、カマーバンドを受けとった。ワケがわからないという表情《ひょうじょう》と……ほかにいいようがないけど、傷《きず》ついたような表情がまざっている。「勝手にしろ」

だけど、なんでジェイソンが傷つかなきゃいけないの？　ジェイソンには、ローレン・モファットたちにガールスカウトのキャンプでイジメられて二日間トイレに行けなかった経験《けいけん》なんかない。ドッジボールのときにボールをよってたかって投げつけられたこともないはずだ。この町で「ジェイソンするなよ」とか「ジェイソンするにもほどがある」なんていう人はいない。

そう、ジェイソンにはそんな経験《けいけん》はない。ジェイソンならいくらでも、あきれたように「人気？」なんていえるだろう。でも、ジェイソンはわかってない。どんな気持ちか、わかってない。好きで変わり者をやってるんだから。ジェイソンはべつに、変わり者でいる必要はない。あんなにいいカラダして、こんな大きな家に住んでいるんだから。その気になれば、マーク・フィンレーみたいな人気者にだってなれるはずだ。

ただ、なりたくないだけ。

あたしには、一生、百万年たっても、理解《りかい》できそうもない。

人気のある女の子が決してしないことは……

外見や才能《さいのう》やもっているものを自慢《じまん》する。

男の子に「あつかましい」態度《たいど》をとらせる。

他人のうわさや悪口をいう。

ほかの女の子をからかったりいじめたりする。

13 メール

引きつづき作戦決行日
8月28日　月曜日　午後7時

タレント・オークションに、みんな興味津々《きょうみしんしん》だ。年間予算をがっちり確保《かくほ》するために、開催《かいさい》は木曜日の夜に決まった。マーク・フィンレーからメールがきて知らされた。

そう、このあたしが、ステファニー・ランドリーが、マーク・フィンレーからメールをもらったのだ。

どうやってあたしのアドレスを入手したのかは不明だ。でもブルームビル高《ハイ》の花形選手で生徒会長でローレン・モファットのカレシのマーク・フィンレーともなれば、だれのアドレスだろうとカンタンに手に入るんだろう。

家族で共有しているコンピュータでメールをチェックしたとき、あたしは気を失いそうになった。受信箱に、マーク・フィンレーの名前を発見したから。

たしかに、ラブレターとかではない。ただの、ビジネスライクな業務連絡《ぎょうむれんらく》だ。タレント・オークションを木曜日の夜七時にひらくために講堂《こうどう》よりもたくさん人の入る体育館を予約した、って。

それでも、マーク・フィンレーからのメールには変わりない。〝人気者〟からもらった初のメールだ。

しかも、最後のメールではなかった。きていたのはマークからのメールだけではなかった。たくさんの人たちが、タレント・オークションに参加したいと申し出てきた。ベビーシッターから、切《き》り株《かぶ》の除去《じょきょ》から、アコーディオンのホームコンサートまで。

うちの学校の生徒がこんなに多才とは知らなかった。

そのとき、ちょっとフツーではないメールが何通かきているのに気づいた。タイトルに、〝IhateU（大っきらい）〟とか〝Usuck《ムカつく》〟とかあるし、しかも送信者の名前は全部、〝SteffMustDie《ステフ死ね》〟。

おもしろいじゃない。あたしの名前のスペル、〝Steph〟なんだけど？

どういう内容《ないよう》かはわかっている。だれが送ってきたのかも、バレバレだ。

でも、だからいいというわけではない。クリックするときは、やっぱりムカムカした。削除《さくじょ》するだけだって、クリックしなきゃいけない。

「さっさとあきらめて、ダメダメ仲間とつるんでなさいよ」そういう文面が目に入った。「さっさと消えろ」次のメールにはそうあった。

たしかに、傷《きず》つく。胸《むね》のあたりがぎゅっとなる。息ができなくなるみたいに。こんな気持ちにさせるほどあたしのことをきらうって、どういう人？　あたし、だれにもなんにもしてないのに……まあ、となりに住んでいる男の子のハダカをのぞいたり、ローレン・モファットの髪《かみ》に砂糖《さとう》をふりかけたりはしたけど。

でも、ローレンはあたしだって気づいてないし。それに、「ステフしないでよ」なんていいだしたのはローレンのほうだ。

映画《えいが》で、女の子が友だちからイジワルなメールを受けとるシーンを何度か見たことがある。女の子は決まってショックで泣きだし、メールをプリントアウトして母親にいいつけに行く。母親が校長に文句《もんく》をいって、校長はどんなことをしても犯人《はんにん》を見つけると約束する。

映画では、校長は犯人を見つけて停学にする。犯人は最後にはかならず女の子にあやまる。で、ふたりは誤解《ごかい》もとけて、ふたたび友だちになる。美人教師《きょうし》があいだに入って、ふたりに思いやりについていいきかせたりするシーンのあとだ。

ハッキリいって、現実《げんじつ》には、そんなことは決して起こらない。イジワルなメールを送ってきた人はかならず知らんぷりを通すし、送られたほうは落ちこんで、自分をそんなにきらっているのはだれか、ずっとくよくよ悩《なや》む。あやしい人物に心あたりはあっても、確信《かくしん》できずにいる。そして、自分がもうちょっとちがうふうにふるまっていたら、そんなにきらわれなかったんじゃないかと考える。でも、そもそもどうしてそんなにきらわれたのかわからないから、どうしたらいいかわからない。

でも、あたしの場合はちがう。だれがやったか、ハッキリわかっているから。

ただ、うんと昔に起きたことで――しかもまったくの事故《じこ》だし――どうしていつまでも悩まされなければならないのかがわからないだけだ。

あたしは泣かなかった。母親にいいつけにも行かなかった。だまって、メールを削除《さくじょ》した。

ハッキリいって、どうでもいいから。もっとヒドいことを面とむかっていわれてきたし。ほんもののＩＤでメールを送ってくる勇気もない人間にイジワルされたって、ショックなんか受けない。

しかも例の本には、まわりを変えようとしているときには、不安や脅威《きょうい》を感じてジャマしようとする人がかならずいる、って書いてあった。脅迫《きょうはく》したり、仲間はずれにしたりして。

そういう人間は、本によると、ムシするにかぎる。それ以外に方法はない。変化をこわがるのは、理性的《りせいてき》なことではないから。

だから、あたしにはほかにどうしようもない。とにかく、削除《さくじょ》、削除、削除。

そのとき、ベッカからのメールに気づいた。

Scrpbooker90：ハイ、わたし。今日はなんだかヘンだったわね。なんか、クールだったけど、ヘンだった。でね、ひとつきいてもいい？　オークションには関係ないことなんだけど。

うちのママは、インスタントメッセージのアカウントをとることをゆるしてくれない。そんなものをやりはじめたら、ほかになんにもしなくなって、脳《のう》みそがブラックホールになると思っている（MTVについても同意見。それでパスワードを設定《せってい》している）。だからあたしは、ベッカにメールで返信しなきゃいけなかった。ちょうどベッカがネットにつないでいてくれれば、すぐに返事がくるはずだ。

StephLandry（本名のまんまのIDでカッコわるいけど、ママにコレに決められちゃったから）：ナニ？　なんでもきいて。

ベッカはちょうどネットにつないでいたらしく、すぐに返事がきた。

Scrpbooker90：あっ、ハイ。あのね、こんなことをきくなんてヘンなのはわかってるんだけど。でも、お願い、教えてほしいの。ジェイソン、あたしのこと好きだと思う？

あたしはスクリーンをまじまじと見つめた。十回くらい読んで、それでもまだ、理解《りかい》できない。っていうか、理解はできるけど……そのままの意味で受けとっていいものかどうか……。

StephLandry：もちろん好きだと思うよ。だって、友だちでしょ？

ベッカからの返信を待っているとき、ロビーがパパに口答えしているのがきこえてきた。パパが夕食にラザニアをつくったからだ。ロビーはラザニアが大きらいで――それをいうなら、赤い食べものは全部――どうしてもチキンが食べたいとダダをこねている。

Scrpbooker90：ええ、それはそうだけど。じゃなくて、ただの友だちとして以上に好きかどうかってことなの。なんか、そんな気がするのよ。今日もね、ピザハットで……ほら、ステフはいなかったけど、なんか、ジェイソンから伝わってくるものがあったの。

伝わってくるもの？　ベッカ、ナニいっちゃってるの？　ジェイソンがなにを伝えてるっていうの？　いつもの〝オレは腹《はら》がへってしょうがないからなんだって食うぜ〟以外に？　まあ、〝どうしてベッカはこんなに挙動不審《ふしん》なんだ？〟を〝どうしてベッカはこんなにかわいいんだ？〟と誤解《ごかい》した可能性《かのうせい》はあるけど。

StephLandry：えーっと、ね、ベッカ、それ、誤解《ごかい》だと思う。ジェイソンはカーステンが好きなんだよ？　でしょ？

キッチンでは、ロビーがラザニアバトルに敗退《はいたい》しつつある。いつもの「いいよ、じゃ、ぼく、ピーナツバターとジャムのサンドイッチ食べるもん」がはじまった。

Scrpbooker90：カーステンのことは本気じゃないのよ。まあ、好きは好きでしょうけど。でも、カーステンは大学生だし。ジェイソンなんかに興味《きょうみ》もつわけないでしょう？　いくら車が手に入ったからって。
わたし、本気でジェイソンはわたしのことが好きなんじゃないかって思うの。好きって、そういう意味でね。だって今日の集会のときだって、スニーカーに絵を描《か》いてもなんにもいわなかったでしょう？

やれやれ。なんてこと。

だって、ジェイソンがベッカを好きなワケがない。つい二時間くらい前だって、ベッカのことで文句《もんく》をいわれたばかりだし、しかも……ジェイソンとのつきあいもかなり長いけど――幼稚園《ようちえん》のころからだ――手に入る可能性《かのうせい》がある相手を好きになるタイプではない。ジェイソンが好きになるのは、プリンセス戦士ゼナとか、ララ・クロフトとか、スタッキーのお母さんとか、ブラック・アイド・ピーズのファーギーとか、手のとどかない相手ばかり。クラスにいる女の子なんか、ぜったいに好きにならない。

五年生のときにあんなケンカをしたから、あたしにはわかる。

ジェイソンがベッカを好きになるなんて、ぜったいにありえない。だけど、なんていえばいい？　ベッカの気持ちを傷《きず》つけずにいうにはどうすればいい？

まあ、やってみよう。

StephLandry：ね、ベッカ、この前の夜、ジェイソンがいったこと、おぼえてる？「高校のなかでつきあうなんてバカだ」って。

ベッカは、ソッコーで返信してきた。

Scrpbooker90：高校でソウルメイトを見つけるなんてバカだっていったのよ。つきあうくらいならかまわないって。映画《えいが》を観《み》に行ったりお茶したり。わたし、そういうことがしたいだけなの。いまのところはね。そのうち、ジェイソンも……わたしが〝運命の人〟だってわかるわ。

〝運命の人〟？　うー、思っていたより深刻《しんこく》だ。

StephLandry：ベッカ、悪く思わないでね。あたしもジェイソンのことは大好きだけど——もちろん友だちとして——ジェイソンがベッカの〝運命の人〟とは……ちょっと思えないんだよね。っていうか、ジェイソンってスクラップブックとかキライだし。創造性《そうぞうせい》ってものがかけらもないタイプだから。ベッカの相手は少なくとも、えーっと……ゴルフじゃなくて芸術《げいじゅつ》を好む人がいいんじゃないの？

ベッカは、これにもソッコーで返事をしてきた。

Scrpbooker90：ジェイソンが芸術《げいじゅつ》ぎらいなのは、あんまりふれる機会がなかったからよ。

StephLandry：ジェイソン、去年の夏におばあちゃんに、ルーブルに連れてかれてたんだよ！　あそこに九ホールのゴルフコースがあったらいいのに、っていってた。

Scrpbooker90：ねえ、ステフ、なにがいいたいの？　ジェイソンはそういう意味でわたしのことを好きじゃないってこと？

そのとおり！　ホントはそう書きたかった。まさにそういうこと、って。だけど、そんなイジワルなことはいえない。いくらホントのことだからって。

StephLandry：あたしはただ、もっとほかの男の子のことも知ったほうがいいと思って。ほら、自分の卵《たまご》を全部、ひとつのカゴに入れるな、っていうでしょ？

農場で育ったベッカなら、このたとえをわかってくれるはず。

StephLandry：あたし、ジェイソンにそれとなくきいてみるよ。でも、心の準備《じゅんび》はしててよ。ジェイソンがカーステンのことを想《おも》いつづけているってわかっても傷《きず》つかないように。または、大学で出会う女の子に期待してるとか。

ベッカは、メールの後半はまったく目に入らなかったらしい。理解《りかい》したのは、あたしがジェイソンにきいてみるってことだけ。

Scrpbooker90：ありがとう、ステフ！　ステフって、本当にたよりになるわ！　そうそう、わたし、やっぱりステフのいうことをきいて、オークションに登録することにする。ステフのいうとおりよね。スクラップのやり方を習いたい人、たくさんいると思うの。三時間の個人指導《こじんしどう》をしようと思うんだけど、どうかしら？

ベッカに入札する人なんて、いないかもしれない。ベッカのお母さんならべつだけど。

でもあたしは、よろこんでいるフリをしてお礼をいった。

ログオフしていると、ママが店からもどってきた。例によって、売上げがよくないと文《もん》句《く》をいいながら。

「ステファニー、去年の今日はいくらだった？」ママは、車のキーとポーチをドアの内側のフックにかけながらきいた。

「ママ、かんべんしてよ」あたしはうんざりというふうにいった。だけどもちろん、そんなことをいったらもっとおこらせるのはわかっていた。

案の定、あたしはママの命令でエクセルのファイルをチェックすることになった。去年より、六〇ドルのマイナスだ。

「でも、六〇ドルくらい、たいしたことないよ」あたしはいいきかせようとした。「〈サブマート〉とは関係ないと思うよ。ただ、ほら、今日は人形がひとつも売れなかったとか、そういうことじゃないかな」

「あーまったくもう。のどがかわいたわ」ママはあたしをムシしていった。

「前にも話したけど、カフェをつくること、考えてみてよ。〈フージャー・ケーキ店〉が閉《へい》店《てん》したから……」

「閉店《へいてん》！」ママはあたしをさえぎって声をあげると、本棚《ほんだな》の上にバレバレだけどいちおうかくしてあるトッツィーロールを（あたしにバレるのはかまわないらしい。弟たちや妹たちとちがって、太るのがコワくて手を出そうとしないから）、片手《かたて》いっぱいにとった。

「〈サブマート〉のせいでやっていけなくなったのよ！」

えーっと、それはちがうんじゃないかな。〈フージャー・ケーキ店〉は去年、古い水道の配管が天井《てんじょう》で爆発《ばくはつ》して、在庫《ざいこ》が全部台なしになって閉店した。だけど、ママみたいにホルモンに左右されっぱなしの女の人にさからってもしょうがない。

「〈フージャー・ケーキ店〉があったところまで店を拡大《かくだい》するのは、そんなにタイヘンじゃないと思うよ。となりなんだし……」

「で、そのお金をどこから調達しろっていうの、ステファニー？」ママはきいてきた。そして、あたしが答えないうちにいった。「まさか、おじいちゃんとかいうんじゃないでしょうね。あの人にこびへつらってお金を借りるつもりはないわよ。この町のほかの人たちとはちがって、わたしにはプライドってものがあるの」

やれやれ。キレやすいにもほどがある。

あたしはママに、心配いらないっていいたかった。「きっとなにもかもうまくいくから」

って。あたしには、この店を流行《はや》らせる計画があるから。

だけどいまは、よけいなことはいわないほうがよさそうだ。あたしはだまって、ロビーにピーナツバターとジャムのサンドイッチをつくってあげに行った。そうすればロビーも、パパのラザニアはイヤだなんて文句《もんく》をいわなくなるだろう。

理想の男の子に出会ったのに、
むこうはあなたの存在《そんざい》に気づいてもいない？

だいじょうぶです！

異性《いせい》の気を引く確実《かくじつ》な方法は、笑顔《えがお》です。

笑顔の効力《こうりょく》はてきめんです。

笑顔は、語りつくせないほどの力をもっています。
あなたが夢中《むちゅう》になっている相手にむかって、
にこっとしてみましょう。なによりも、
相手の気を引くことができます。

歯を真っ白にみがいて、練習しましょう。
そして次に彼《かれ》とすれちがったら、にこっとするのです！

その週のうちに電話番号をきかれることは、まちがいありません。

14 ダーリーン

人気者2日目
8月29日　火曜日　午後1時半

マーク・フィンレーが、今日のお昼もあたしに話しかけてきた。

あたしはテーブルについて、なんでもいいからダーリーンがわかりそうな話題を見つけようとしていた――メイクとか、ブリタニー・マーフィーの映画《えいが》とか（『8Mile《マイル》』について知ってることは全部話した。ダーリーンの取りまきの助けも借りて。そのうち何人かは、一番好きなのは工場でブリタニーが手をなめるシーンだといっていた）。

そのとき、男子のひとりがいった。「あっ、やあ、マーク」

見あげると、マーク・フィンレーがあたしの横に立っていた。

「やあ」マークは近くのテーブルからあたしのほうにイスを引きよせてくると、両足を広げてすわった。

「チラシ、いい出来だね」マークはあたしにいった。

そう。マーク・フィンレーが、あたしに話しかけるためにこっちのテーブルにやってきた。このあたしに。

ジェイソンとベッカはもう、あたしといっしょにお昼を食べようとしなかった。ジェイソンはあいかわらず、車が手に入ったからには外に食べに行くといってきかない。ベッカは、ジェイソンが〝運命の人〟なんじゃないかと思いこんでいるから、ぜったいについていく。

ただし今日はジェイソンは、男友だちのスタッキーもさそった。ベッカはスタッキーが苦手なのに。インディアナ州の大学バスケットの試合についてえんえんと話をきかされるから。

あきらかに、ふたりともあたしといっしょにお昼を食べたくないらしい。当然、けさいっしょに登校するときも、イヤな空気が流れていた。

ジェイソンはあたしの服装《ふくそう》についていちいちコメントしなきゃ気がすまないみたいだし——「そのスカート、どうなってんだよ？　なんでそんなにピッチピチなんだ？

ゴードン・ウーがまた実験室で爆発《ばくはつ》を起こして火事になって避難《ひなん》しなきゃいけなくなったら、どうやって走るつもりだ？」

ベッカまで、ジェイソンがいるところでは恥《は》ずかしくて口もきけなくなったらしい。だからあたしがひとりでしゃべってなきゃいけなかった。

バス通学を考えたほうがいいかも。

だけどマーク・フィンレーは、あたしといっしょに食べるのがイヤではないらしい。ちっとも。

「あ、うん」あたしはドギマギしていった。いくらきのうの夜メールをもらったからといって、面とむかって話すとなると……やっぱり、まったくちがう。マークの瞳《ひとみ》、どういうわけかいつもよりもグリーンがかって見えるし。

「あれくらい、楽勝」あたしはいった。

ちっとも楽勝ではなかったけど。あのチラシ——木曜の夜のオークションのお知らせ——をつくるのに、半分徹夜《てつや》した。宿題はぶっちぎることになったけど、それだけの価値《かち》はあった。最終的には、プロなみのしあがりになったから。地元紙に広告をのせなきゃいけないから、人目を引く必要がある。

ホントならママの助けを借りてもよかった。広告とかウインドウの陳列《ちんれつ》とかはママの得意分野だから。っていうか、店の運営《うんえい》にかんしてただひとつ得意なことといってもいいかも。この町でどんなものがとぶように売れるのか——伝記とか、マダム・アレクサンダー人形とか——とか、なにが売れないか——暴露本《ばくろぼん》とかキャラクター商品とか——を、予測《よそく》するのがうまい。

だけど、帳簿《ちょうぼ》つけやら経費《けいひ》の支払《しはら》いやらになると……あたしがいるからなんとかなっている。おじいちゃんを店から追いはらっちゃったから。

だけど、いまはまだあたしの計画をママに知られたくない。まあ、すでにうたがわれているような気もするけど。けさだってあたしがタイトスカートをはいて階段《かいだん》をおりてきたら、「どこに行くつもり？　学校？　そんなかっこうで？」とかいってた。

長いこと、ジーンズとTシャツばっかり着すぎてたらしい。

「あしたには広告がのるよ」あたしはマークにいった。「けさ一番で確認《かくにん》したから。たくさん人が集まるといいけど」

「集まるに決まってるさ」マークは照れたように笑った。あたしの心臓《しんぞう》は、ドキドキしはじめた。

マークのうしろに目をやると、ローレンがアリッサ・クルーガーとお気に入りのドラマ『パッションズ』について夢中《むちゅう》になって語り合っているフリをしている。

だけど、心配そうな目でずっとあたしのほうを見ている。あとマークのほう。

「きっと大成功だよ」マークはいった。「みんな、大さわぎしてるから。町じゅうがこの話でもちきりだ」

「よかった」あたしは、とっておきの笑《え》みをつくってみせた。

残念なことに、マークは気づいてないみたいだったけど。たぶん同じタイミングで、トッドがこういったからだ。

「おい、マーク、金曜日の石切り場でのパーティ、くるだろ?」

「もちろん行くよ」マークは、いつもの照れたような笑顔でいった。「トッド・ルビンの新学年パーティに行かなかったことなんか、あるかよ?」

「金曜日?」ダーリーンが、枝毛《えだげ》をチェックしていた視線《しせん》をあげた。「金曜日って、予報《よほう》は雨よ」

全員がぱっとダーリーンを見た。ダーリーンから新しい情報《じょうほう》を得ることなんて、めずらしいから。

だけど天気となると、ニュースとはワケがちがうらしい。ダーリーンは、みんなの不思議そうな顔に気づいていった。「わたし、いつも週間天気予報《よほう》はチェックしているの。湖で日焼けのスケジュールを立てなきゃいけないから」

一同、それで納得《なっとく》。

「雨じゃ、パーティどころじゃねえよ」ジェレミー・スツールが顔をしかめた。トッドも心配そうな顔をした。「なんとか方法を考えるよ」とはいったものの、自信はなさそうだ。

そのときローレンが、ふいにマークのとなりにあらわれた。

「ね、マーク、車のキーもってる？　キャリー・アンダーウッドのCD、車に置いてきちゃったみたいなの。アリッサが貸《か》してほしいっていうから」そして、はじめてあたしに気づいたみたいにいった。「あら、ステフ」

「ハイ、ローレン」あたしは、イジメがはじまるのを待ちかまえた。今度はなんだろう？

「ステキなネックレスね。ほんもののゴールドじゃないでしょ？　ヤだ、ホントにステフしてるわね」とか、「それ、シェフサラダでしょ？　これ以上、オシリが学食の面積を占領《せんりょう》したらタイヘンだものね。ステフするにもほどがあるわ」とか。

だけど、ローレンはその手のことはいわずに、両手でマークの腕《うで》をつかんだ。「うちのパパ、オークションを楽しみにしてるのよ。だれに入札するつもりか、あててみて」

マークは、うれしそうにこまってみせた。「だれかな？」

「バカね、あなたよ」ローレンは、のけぞって発作《ほっさ》みたいに笑った。

マークは顔をしかめた。「きみのお父さんのためなら、いつでもタダではたらくよ」

「ダメよ、パパにそんなことといっちゃ。毎日はたらかせられることになっちゃうもの。あなたが宣伝《せんでん》してくれたら、パパの仕事がどんなに助かるか、わかる？　ねえ？　とくに今年、チームが州大会に出てくれればね」

ファイティング・フィッシュが州大会に出場する可能性《かのうせい》は、かなり低い。みんな、それくらいわかっている。たぶん、マーク本人も。

だけどあたしたちはうなずいていった。「うん、たしかに」まるで本気で期待しているみたいに。

「ローレン、きみのお父さんが落札してくれたら、ぼくもうれしいよ」

ローレンは、満面の笑《え》みをうかべた。

なんか、ローレンがかわいそうな気がする。だって、ローレン・モファットが木曜日の夜、マーク・フィンレーを落札する可能性《かのうせい》はゼロだ。あたしと、おじいちゃんのお財布《さいふ》が、思い知らせてやるから。

大切なのは目です！

お気づきではないかもしれませんが、あなたの目は、人気をあげるのにもっとも強力な道具です。

いつも相手の目を見る人は、生まれながらのリーダーの素質《そしつ》があります。

今度だれかに目を見られたら、恥《は》ずかしがらずに、見返しましょう！

アイメイクは入念に。一番目につきやすい場所です（やりすぎは禁物《きんもつ》！）。そして、人を魅惑《みわく》する“輝《かがや》く瞳《ひとみ》”で、まわりの人を夢中《むちゅう》にさせるのです。

15

ジェイソン

引きつづき人気者2日目
8月29日　火曜日　午後4時

あたしの人生、どうかしちゃってるかも。

もちろん、最初はそんなふうではなかった。放課後、生徒用の駐車場《ちゅうしゃじょう》に行ってジェイソンをさがしたけど、ジェイソンの車がなかった。ふと見ると、ベッカが自転車置き場の横に立って、とんでもなく悲しそうな顔をしている。ドラマ『デグラッシ』でクレイグが躁《そう》鬱病《うつびょう》だと診断《しんだん》されたときより悲しそうだ。

「ホークフェイスは?」

すると、ベッカはいきなり感情《かんじょう》を爆発《ばくはつ》させた。

「大切な用事があるっていうの。おばあちゃんの結婚式《けっこんしき》の準備《じゅんび》だって」ベッカは泣きだした。まつげのはしっこに涙《なみだ》が光っている。「で、わたしたちを家まで送る時間はないから、悪いけどバスに乗ってくれっていうの！　バスよ！　ステフ、どうしてそんなことがいえるの？　バスなんて！」

ちょっと大げさだって気はするけど、まあ、気持ちはわかる。ＢＭＷで送りむかえをしてもらったいまとなっては、バスに逆《ぎゃく》もどりするのはけっこうツラい。

いくら、ビージーズをきかされるのに多少うんざりしてきたとはいえ。

「そんなに大さわぎするようなことじゃないよ」あたしは、ベッカの背中《せなか》をなぐさめるようにたたいた。「結婚式《けっこんしき》のこととかで、いまはちょっとゴタゴタしてるから。それで……」

「わたし、ジェイソンはウソついてると思うの」ベッカは手首で涙をふきながら、口をはさんできた。「だって、スタッキーは乗せていったのよ。スタッキーよ！　スタッキーが今日のお昼、ずっとなにをしゃべってたかわかる？　インディアナ州の一九八七年のＮＣＡＡファイナル四強のこと。一九八七年なんて、生まれてもいなかったのに。なのに、めちゃくちゃこまかいことまで知ってるの。その話をえんえんとされたのよ。なのにジェイソンは、わたしたちじゃなくてスタッキーを連れていったの。たぶん、わたしたちといっしょにいたくないからだと思う。わたしがジェイソンのことが好きなせいであんまり口をきかないから。それにステフが……」ベッカは言葉を切って、くちびるをかんだ。

「あたしがなんなの？」なにがいいたいかはわかっているけど。

「なんか最近、ヘンなんだもの！」ベッカはさけんだ。やっと口に出せてほっとしたみたいに。「だって、ダーリーン・スタッグスといっしょにお昼食べるなんて。ダーリーンみたいなふしだらな女と！」

「ねえ」あたしはやさしくいった。「ダーリーンは、ふしだらなんかじゃないよ。巨乳《きょにゅう》ってだけの理由で……」

「つくりものでしょ！」

「かもしれないけど、それで人は判断《はんだん》できないよ。ダーリーンは、すごくいい子だよ。ベッカもいっしょにお昼を食べればわかるよ」

「あの人たち、わたしなんかと口きいてくれないから」ベッカは、足もとを見おろした。「だってあの人たちにとって、わたしはまだ、授業中《じゅぎょうちゅう》にずっと居眠《いねむ》りしていた農場の娘《むすめ》だもの」

「ベッカ次第《しだい》かもよ。昔とはちがうって証明《しょうめい》してみればいいのに。さ、行かなきゃ。早くしないとバスに……」

そのときあたしは、日曜日にチャック神父に懺悔《ざんげ》しなきゃいけないような、ののしりの言葉を発してしまった。

「なに？　どうしたの？」

あたしは腕《うで》時計を見つめた。「バス、行っちゃったよ」

ベッカも、あたしと同じののしりの言葉を発したあとでベッカはなげいた。「どうしよう？」

「だいじょうぶだよ」あたしははげまそうとした。駐車場《ちゅうしゃじょう》はものすごく暑くて、汗《あせ》が出てくる。そろそろ、ブロウした髪《かみ》がチリチリになってくるはずだ。「パパに電話してみる。むかえにきてくれるよ」

「えーっ、そんな……」ベッカは不満そうだ。当然だから、失礼だと責《せ》めようとは思わない。学校に親のミニバンでむかえにきてもらうくらい、サイアクなことってない。

そのとき、奇跡《きせき》が起きた。

「あっ、やあ、ステフ」ききおぼえのある――それでもやっぱりゾクゾクしてしまう――声が、校舎《こうしゃ》の入り口のほうからきこえてきた。

ふりかえらなくても、だれかはわかる。うれしくて腕に鳥肌《とりはだ》が立ったから。

「ハイ、マーク」あたしは、できるだけさりげなくいって、ふりかえった。

そして、ガッカリした。ローレンとアリッサもいっしょだ。

やれやれ、あたしってば、なにを期待してたの？ マークは学校で一番人気なんだから、ひとりで行動するワケがない。

だけどそのとき、状況《じょうきょう》が好転しはじめた。

「どうかした？」マークが、ベッカの涙《なみだ》に気づいてたずねた（ベッカは必死でぬぐっていたけど、バレバレだった）。「帰りの車、乗りそこねた？」

「まあ、そんなとこ」あたしはにっこりした。ほほえみを返してくれたのはマークだけだ。

ローレンとアリッサは、かたまったままこっちをジロジロ見ている。

だけど、かまわない。例の本のおかげで、問題を解決《かいけつ》する一番の方法は明るい笑顔《えがお》だって知っているし。

「そりゃ、気の毒だな」マークはいった。薄《うす》い茶色の瞳《ひとみ》は、レイバンのサングラスのレンズのむこうだから見えない。「ぼくの車に乗せてあげたいけど、放課後の練習があるからまだ残ってなきゃいけないんだ。いまもローレンを車まで送りにきただけでさ」

「だいじょうぶ、心配しないで」あたしはさわやかにいった。っていうか、さわやかにきこえてるといいけど。「なんとかして帰るから」

「あっ、そうだ」

あたしにはわかった。たぶん、マークがあたしの〝運命の人〟だからだと思うけど、マークがなにをいおうとしているか、わかった。

「ね、ふたりを乗せてってあげたら？」マークはローレンにいった。

どうやら、ローレンにとってもマークは〝運命の人〟だったらしい。マークがなにをいうかわかっていて、ちゃんと答えを準備《じゅんび》していた。っていうか、少なくともそう見えた。あまりにも返事がソッコーだったし。「あら、ヤだ、そうしてあげたいけど。でも、ふたりとも、家がわたしの帰り道とはまったく逆《ぎゃく》だし」

たしかに。ローレンの家は、ベッカとあたしが住んでいる郡庁舎《ぐんちょうしゃ》から数ブロックはなれた世紀末風の（二十世紀ではなくて十九世紀）家が建つ地区から、五キロくらいはなれたところにある新築《しんちく》マンションだ。

「ああ、だけど、ダウンタウンのベネトンによるっていってなかったっけ？　金曜日のパーティに着ていくものをさがしに行くんだろ？　たしかさっき、そんなようなことをきいた気がするけど」

ローレンは、言いわけできなくなった。マークは、あたしがタレント・オークションというすばらしいアイデアを出したことを感謝《かんしゃ》している。ローレンは、マークの前であたしをけなせないはずだ。ローレンはしかたなく、ゆがんだ笑《え》みをうかべていった。「あ、そうだったわ。わすれてた。じゃ、乗ってく?」

となりで、ベッカが息をのむのがわかった。あたしは、あいかわらずさわやかに(っていうか、さわやかだといいけど)いった。「うん、ローレン。すごく助かる」

「よかった」マークはいった。

そして、さすがボーイフレンドの鑑《かがみ》らしく、マークはあたしたち四人を日の光にきらめくローレンの赤いコンバーチブルまで送ってくれた。

「じゃ、あとで」マークは、かがみこんでローレンにキスした。その前に、前の座席《ざせき》をたおしてベッカとあたしがうしろに乗れるようにしてくれた(ベッカはことの成りゆきにあぜんとしていて、前の席じゃないと車酔《くるまよ》いするというふいつもの主張《しゅちょう》さえわすれていた)。それからローレンを運転席に乗せた。まるで、きゃしゃなガラスかなんかでできているみたいにそーっと。

「練習、がんばってね」ローレンは、フレンチネイルをマークのほうにむかってきらめかせた。

そして、車を発進させた。

で、気づいたらベッカとあたしは、ローレン・モファットのBMWの後部座席《ざせき》にいた。てっきり角を曲がってマークから見えなくなったとたん、ローレンが車をとめて、「とっととおりなさいよ」とかいうんじゃないかと思っていた。『悪魔《あくま》の棲《す》む家』って映画《えいが》のポルターガイストみたいな声で。

だけど、ローレンは車をとめなかった。それどころか、おしゃべりをはじめた。ローレン・モファットが、あたしとおしゃべりをしようとしている。

「あなたたち、いつもはあの子といっしょに帰ってなかった？　あの、ジェイソンとかいう子。彼《かれ》、どうしちゃったの？」

ローレンてば、よくもまあジェイソンのこと、「あのジェイソンとかいう子」とかいえると思う。二年生のとき、ずっととなりの席だったのに。しかも学芸会でローレンが白雪姫《ひめ》をやったとき、王子をやったのはジェイソンだ（あたしは悪い魔女の役だった。そんな役にされて泣いてたら、おじいちゃんに、悪い魔女がいなかったら物語は成立しないからすごく重要な役だといわれて納得《なっとく》した）。

「ちょっと用事があって」

「おばあちゃんの用事よ」ベッカが口をはさんできた。「ジェイソンのおばあちゃん、今週末にステフのおじいちゃんと結婚《けっこん》するから」

うー、ベッカってば、調子に乗ってる。あたしはベッカに、〝はしゃがないで〟という視線《しせん》を送った。

でも、すでにベッカは、ぺらぺらしゃべりはじめていた。「ステフが介添《かいぞ》え人《にん》をやるのよ。で、ジェイソンが花婿《はなむこ》側のつきそいなの」

「それって、つまり、近親相姦《そうかん》ってこと？」ローレンは、おもしろがっているような顔でアリッサのほうをちらっと見た。アリッサは、たぶんこの日六杯《ぱい》めくらいになるダイエットコーラをすすりながら、笑いをかみ殺している。

「なんで近親相姦になるの？」ベッカがたずねた。

「あら、だって、ステフとそのジェイソンとかいう子、つきあってるんでしょう？」

「えっ？」ベッカは、平手打ちを食らったみたいな顔をした。「ううん、ふたりはつきあってなんかいないわよ」

「ホント？」ローレンは、バックミラーであたしの顔をちらっと見た。「わたし、前からあなたたちはつきあってるものだと思ってたわ。ってゆーか、いっつもいっしょにいるじゃない。幼稚園《ようちえん》のころからでしょ？」

あたしは、バックミラーに映《うつ》るローレンをじっと見た。「ジェイソンとあたしは友だちだよ」

「ただの友だちよ」ベッカがいい直して、アリッサのイスの背《せ》もたれをつかんだ。「ふたりはただの友だち。ジェイソンはフリーよ」

やれやれ。ベッカが、ジェイソンを〝運命の人〟だと思っているのはわかったけど。それにしても、もうちょっとおとなしくしてられないかな？

「あら、そうなの」ローレンは、またアリッサのほうを笑いながら見た。「よかったー」

「ホント」アリッサは、ソーダの残りを飲みほした。「よかったわー、彼《かれ》みたいないいオトコがまだフリーで」

そういって、ふたりはどうかしちゃったみたいにキャアキャア笑った。

あたしは、ふたりのうしろ姿《すがた》をにらみつけた。ジェイソンはたしかにちょっとヘンなヤツだけど、あたしの友だちだ。こんな子たちにバカにされるおぼえはない。

だいたいベッカだって、どういうつもり？　どうしてちょっとくらい、おとなしくしてられないの!?

ローレンは、あたしの家がどこかわすれたフリをした。前に遊びにきた話をしてやったのに。こげたオートミールのことも、アーミーバービーごっこ事件《じけん》のことも、まったくおぼえてないみたいな顔をしている。

例の本には、人気者になるためには調子のいいときだけ記憶喪失《きおくそうしつ》になるべきだ、なんて書いてないけど、それって大切な要素《ようそ》らしい。過去《かこ》の都合の悪いできごとは全部わすれちゃって、よりすばらしい将来《しょうらい》に期待するべきだ。今回のことで人気者になったあかつきには、あたし、自分で本を書こうっと。

あ、待った。あたし、すでに人気者だった。ローレン・モファットが家まで送ってくれるくらいなんだから。

そして、イジワルなことさえいってこない。

ジェイソンがキレて車に乗せてくれなくなったことって、じつはかなりラッキーかも。

惑星《わくせい》は、太陽のまわりをまわっています。人々も、太陽のように明るい人のまわりに集まります！

いつも幸せそうで明るい人の近くにいるのがいやな人など、どこにもいません。

だからこそ、人気者になりたかったら、
どんなときでも陽気に温かく人と接《せっ》することが大切なのです。

どんなことがあっても、暗い表情《ひょうじょう》をしてはいけません！
くもりをなくし、ハツラツとしていてください。
すぐにみんなが、あなたの輝《かがや》きを浴びようと集まってきます。

16 ベッカ

引きつづき人気者2日目
8月29日　火曜日　午後11時

ジェイソンにぶっちぎられてかえってラッキーなんて、思っていたのはわたしだけだった。ベッカは、めちゃくちゃこだわっていた。

Scrpbooker90：ジェイソンと話した？　わたしのこと、なんかいってなかった？

StephLandry：話すわけないよね？　ベッカといっしょで学校で会ったきりなのは、わかってるでしょ？

もちろん、ウソだけど。つい三十分前、ジェイソンの着がえシーンを見たばかり。だけどそのことは、チャック神父にもいわないつもりだし。神父にも打ち明けないのに、ましてベッカに話すつもりはさらさらない。

Scrpbooker90：じゃあ、あしたはどうなると思う？　ほら、あしたもバスに乗って帰らなきゃいけないのかしら？

StephLandry：うーん、その可能性《かのうせい》も考慮《こうりょ》しといたほうがいいかも。

Scrpbooker90：わたし、いやよ。ぜったいに、いや。パパに、送ってほしいってたのもうかしら。ああ、どうしてジェイソンは、こんな仕打ちするの？　ねえ、もしかして、わたしに対する気持ちに気づいたせいかしら？　それで、近くにいるのに耐《た》えられなくなったとか？　ほら、わたしが自分のものにならないと思って。わたしも同じ気持ちだって知らないから。

ベッカってば、あたしが貸《か》してあげたキティのロマンス小説の読みすぎだと思う。まさか、あの〝トルコ式〟なんとかっていう濃厚《のうこう》ラブシーン、読んでないといいけど。ベッカが両親にわからない用語を質問《しつもん》なんかしたら、あたしがマズいことになる。

StephLandry：うーん、かもね。

Scrpbooker90：ねえ、お願い、ジェイソンにきいてみて。でも、ジェイソン、ステフに本当のこと、いうかしら？　スタッキーにたのんでみたほうがいいかもしれないわ。ね、そうしたほうがいいと思う？

StephLandry：そうだね。スタッキーにたのんだほうがいいよ。

やった、これでベッカから開放される。

Scrpbooker90：じゃあ、そうするわ。スタッキーにきいてみる。化学の授業《じゅぎょう》がいっしょ

だし。あしたにでもきいてみようっと。ステフ、ありがとう！　やっぱりステフってサイコーよ！

でも、ベッカの意見は少数派《しょうすうは》だったらしい。あたしがサイコー、って。なぜなら、またしても〝StefMustDie《ステフ死ね》〟からメールがきていたから。

やれやれ。ホント、うんざり。

ハッキリいって、毎晩《まいばん》ジェイソンの着がえシーンを見るっていう楽しみがなかったら、いまごろ頭がおかしくなっていたと思う。

こんなふうにのぞき見するなんて、よくないのはわかってるけど。ホントに。

だけど、ジェイソンを見ていると――とくに、ボクサーショーツ姿《すがた》のとき――心の奥《おく》まで平和な気持ちになる。こんなこと、いままでになかった。

っていうか、あの夜、おねしょをしちゃってジェイソンのバットマンパンツをはいたときも、こんな平和な気持ちになった。

これって、なんなの？

気どりは禁物《きんもつ》！

自分が人よりすぐれていることをひけらかしていばっている人は、
だれからも好かれません。

たしかに、だれもが同じように、容姿《ようし》や頭脳《ずのう》や運動神経《しんけい》や富《とみ》にめぐまれているわけではありません。

けれども、そういう利点をいくつかもっているからといって、自分が人よりすぐれていると感じる――または、
それを態度《たいど》に出す――ことがみとめられるわけではありません。

人気者は、つねに謙遜《けんそん》の心をもち、ほかの人に自分の利点を見つけてもらうまでだまっています。決して、自慢《じまん》したりはしないのです。

17

ジェイソンの怒《いか》り

人気者3日目
8月30日　水曜日　午前9時

ジェイソンは、車でむかえにきた。けさ、あたしは家の前に立って、ベッカのお父さんが車できてくれるのを待っていた。

ジェイソンが窓《まど》をあけると、なつかしのロバータ・フラックの歌声が流れてきた。

「パンツ、カッコいいじゃん」洗《あら》いがかかったストレッチのデニムのことらしい。いわせてもらえば、自分でもかなり似合《にあ》ってると思う。

「ありがとう」

「で……」ジェイソンは、すこしするとちょっとイラついたふうにいった。「乗るのかよ？　ベッカは？」

「けさは、ベッカのお父さんが送ってくれることになってるの。きのうのことからして、もうイヤになったのかと思って」

「なにをだよ？」

「あたしたちの運転手」

ジェイソンは、顔にかかった髪《かみ》をはらいのけた。キティのいうとおりだ。たしかにジェイソンは、結婚式《けっこんしき》の前に髪を切ったほうがいい。

「きのう、ベッカにいっといたぜ」ジェイソンは、キレそうなのをガマンしているみたいだ。「用事ができたって。だからって、二度と乗せないなんていってねぇよ。ただ、きのうの放課後はムリだっただけだ」

「ふーん」あたしは、どうだか、というふうにいった。

「ばあちゃんにたのまれて、座席《ざせき》カードをとりに行ったんだ。披露宴《ひろうえん》のテーブルに置くやつだよ」

「そうなんだ」

「それから、印刷所にとどけるものがあって。つーか、だいたい、おまえらだってバスって手がないわけじゃないだろうが。家の前にとまるんだぜ」

「そりゃそうだよ。前もっていってくれてればまにあったけど」

ジェイソンは、あたしをまじまじと見つめた。「乗りおくれたのか？」

「うん。でも、だいじょうぶだったから。ローレン・モファットの車に乗せてもらったの」

ジェイソンの顔色がかわった。「マジかよ」

「うん、ホントだよ」

ジェイソンは、ハンドルにこぶしを打ちつけた。

「いったいどういうつもりだ？」ほとんどさけんでいるみたいだ。

これって、あんまりうれしくない。あたしの家、そんなににぎやかな通りにあるわけではないから。お金持ちのお年寄《としよ》りがいっぱいいる。まあ、うちの家族は金持ちでもないし、年寄りもいないけど。いまだって、ホードリーさんの家の窓《まど》のレースのカーテンがあくのが見えた。あたしの家の前でなにが起きているのか、たしかめようとしている（七人家族、っていうかもうすぐ八人になるけど、そんな大家族のむかいに住むのってタイヘンなことも多いはずだ。じっさいハロウィンのときもママはあたしたちに、毒が入っているかもしれないといってホードリーさんがくれたものは全部捨《す》てろと命じた。ホードリーさんはお

金持ちのくせにケチでクラッカーしかくれなかったから、みんな素直《すなお》に捨《す》てたけど）

ジェイソンは、自分の大声が近所のお年寄《としよ》りたちの興味《きょうみ》をひいていることなんか、気づいても気にしてもいないみたいだ。

「なにがあったんだ？」ジェイソンはわめいた。「なんでそう、ミョーなことばっかりするんだよ？」

「その質問《しつもん》、そっくりそのまま返してあげる」あたしは冷静にいった。

「オレは、ミョーなことなんかしてねぇ。してるのは、おまえだろ！　あと、ベッカもだ。オレのあとばっかりついてきやがって。まるで、子犬にキャンキャンまとわりつかれてるみたいだ。つーか、おまえ、ローレン・モファットに家まで送ってもらったって？」

そのとき、ベッカのお父さんのキャデラックがジェイソンの〝ザ・B〟のうしろにとまった。ラッキーなことに窓《まど》は全部しまっていたから、ベッカにはジェイソンの文句《もんく》はきこえてないはずだ。フロントガラスごしに、ベッカのお父さんが眠《ねむ》そうなぽかんとした顔で、道の真ん中にとまっているジェイソンの車を見つめている。ベッカのお父さんは、軽くクラクションを鳴らした。

「むかえがきたから。行くね」あたしはジェイソンにいった。

そして、あたしはジェイソンを残して、ベッカのお父さんのエアコンがきいた車の後部座席《ざせき》に乗りこんだ。この車のなかには、だんだん息苦しくなるような歌がかかってなくて、ほっとする。ベッカのお父さんは、ラジオのトーク番組しかきかないから。

「ジェイソン、なにしてるの?」ベッカが、はしゃいだ声でたずねた。「むかえにきてくれたの? だったら、乗ったほうがいいんじゃない? パパ、ごめんね、わたしたち……」

「待った」あたしは、ドアをあけようとするベッカを手で制《せい》した。「ダメ。このまま……」

「だって、ジェイソンは乗ってほしいんじゃないの? わたしたち、やっぱり……」

タイミングよく、ちょうどそのときジェイソンがアクセルをふみこんで、車を発進させた。

「あーっ」ベッカは、まだドアのハンドルに手をかけている。「行っちゃった!」

「ね、ベッカ、このほうがいいって」

「おまえたち、いったいどうしたっていうんだ?」ベッカのお父さんが、低い眠《ねむ》そうな声でいった。「早いところ送りとどけて、家に帰ってひと眠りしてもいいかい?」

「はい、お願いします。すみません。ジェイソン、ちょっと機嫌《きげん》が悪くて」あたしはいった。

「わたしのこと、なんかいってなかった?」ベッカが期待をこめてきいてきた。

「えっと、ううん、べつに」

ベッカはガッカリして、イスにしずみこんだ。「なんだ……」

だけど、ホントのことなんかいったら、もっとガッカリさせることになる。

名誉挽回《めいよばんかい》

あなたがもし、人間関係において深刻《しんこく》なミスをおかしたことがあっても(または、そういううわさが立っただけでも)、あせらなくてだいじょうぶです。
あなたの名誉は、ちゃんと回復《かいふく》できます。
どんなに変色したお鍋《なべ》でも、
みがけばふたたびピカピカになるのです！

みんなにあなたのあやまちをわすれさせるためには、
ふだんよりさらに、親切で人づきあいがよくならなければいけません。しばらくのあいだ、他人のために力をつくしてください。
人から悪く思われるようなどんなことをした
（またはうわさされた）にせよ、埋《う》め合《あ》わせをすることが大切です。

信じてください。みんな、ゆるして、わすれてくれます！

ただし、これからはもっと慎重《しんちょう》に行動しましょう！

18

メモ

引きつづき人気者3日目
8月30日　水曜日　午後1時

お昼に学食に行くのがおそくなったのは、あしたの夜のオークションのために走りまわって、先生たちの助けを借りる約束をとりつけていたからだ。競売人の役は、演劇部《えんげきぶ》の顧《こ》問《もん》のシュネック先生がやってくれることになった。オークションの最中、オーバーな司会をして楽しませてくれるはずだ。少なくとも、あたしはそう期待している。で、おくれていつものダーリーンのテーブルに行ったら、ベッカがすわっていたからビックリした。ひどくしょんぼりしている。

ベッカはあたしを見つけて、ちょっとだけうれしそうな顔になった。「あ、ステフ。わたしもここにすわっていい？　みんなにはもうきいて……」ベッカは、ダーリーンのほうにうなずいてみせた。ダーリーンはバナナを食べている最中で、取りまきたちはその光景に大はしゃぎだ。「いいとはいわれたんだけど……」

「もちろん、かまわないよ」あたしはツナサラダをのせたトレイをテーブルに置いてすわった。「だけど、ジェイソンと外で食べるんじゃなかったの？」

「だって……」ベッカは、ハンバーガーをフォークでつきながら（バンズぬきだ。ベッカは前から炭水化物ヌキダイエットをしているから）、あたしと目を合わせずにいった。

「スタッキーにきいてみたの」

怒《いか》りがわきあがってきた。スタッキーのヤツ、ベッカを傷《きず》つけるようなことをいったら――いかにもやりそうなことだ。バスケ以外のことにはまったく無関心だから――タダじゃおかない。

「なんていってた？」あたしはつとめて冷静にたずねた。

「ジェイソンに好かれたいなら、もっとお高くとまらなきゃダメだって」ベッカは悲しそうに、ダイエットコーラをすすった。「ジェイソンは、手に入らなさそうな女の子しか好きにならないタイプだからって」

トッド・ルビンが、バカにしたようにフンッといった。あたしたち、トッドになんか話しかけてないのに。「オレは賛成《さんせい》できないな。オレは、自分の立場ってもんがわかってる女の子が好きだから」トッドはウケをねらって、腰《こし》をつきだしてみせた。

「あら、そうなの？」ダーリーンがバナナを食べおえてのびをした。テーブルにいる全員の視線《しせん》がダーリーンの胸《むね》に集中する。「それで、それってどんな立場？」

「あ、えっと」トッドは、口をぽかんとあけた。「どんなでも……どんなんだってかまわないさ」

ダーリーンはダイエットコーラの缶《かん》をもって、ふってみせた。「あら、もうなくなっちゃった！　お願い、だれか、もう一本買ってきてくれない？」

トッドががばっと立ちあがって、大急ぎでコーラを買いに行った。

ダーリーンはベッカとあたしのほうを見て、意味ありげな笑《え》みをうかべた。笑うなっていうほうがムリだ。

もしかしてダーリーンって、バカなフリしてるだけで、ホントはちがうのかも。

「たぶんスタッキーのいうとおりだと思う」あたしはベッカのほうをむいていった。

「うん、そうだね」ベッカはため息をついた。「すごく親切だったよ。スタッキーのことだけど。ジェイソンとカーステンのあいだには、なんにもないっていってた」

今度はあたしがフンッという番だった。「ないに決まってるよ。だってあのふたり、まったく接点《せってん》ないもん。ジェイソンの妄想《もうそう》だけだよ。なんかあったとしても、カーステンはジェイソンに似合《にあ》わないし。カーステンのひじ、見たことある？」

「ひじ？」ベッカはくりかえした。

「そう。カサカサに荒《あ》れてるの」

「それはいけないわ」ダーリーンがいった。「わたし、毎晩《まいばん》ひじにココアバターをぬってるの」ダーリーンはそでをまくってひじを見せてくれた。見たこともないくらいキレイなひじだ。テーブルにいた男子全員が、コーラを買ってもどってきたトッドもふくめて、あたしの意見に賛成《さんせい》した。

ココアバターがきくって、おぼえておかなきゃ。

「とにかくスタッキーは、ジェイソンはカーステンのことを好いてもいないっていうの」ベッカがつづけた。「たぶんジェイソンは、カーステンを好きなフリしてるだけだって。そうすれば、本当に好きなのがだれか、バレずにすむから」

へーえ、おもしろい。スタッキーがそんなにするどい観察眼《かんさつがん》をもっているなんて、知らなかった。

「そうなんだ？　スタッキーは、ジェイソンがだれを好きだっていってるの？」

ベッカは肩《かた》をすくめた。「そこなのよ。スタッキーにもわからないんだって。ジェイソンは、その手のことは話さないから……女の子のことは。でもね、やっぱりどうしても考えちゃうんだけど……あのね、ジェイソンが本当に好きな女の子って、もしかして……わたしじゃない？」

「わかんない」あたしは思ったとおりに答えた。ホントにわからない。もちろん気をつかって、「たぶんないと思う」とはいわなかったけど。「スタッキー、ほかになんかいってなかった？」あたしはたずねた。スタッキーが、インディアナ州の大学バスケット以外の話をするなんて、ビックリだったから。

「えーっとね」ベッカはちょっと考えてから、ぱっと顔を輝《かがや》かせた。「インディアナ大学のキャンパスを案内してほしいかどうか、きかれたわ。車で連れてってくれて、体育館を見せてくれるって。インディアナ州の人たちは、そこでバスケをやるんですって」

それでこそ、あたしの知ってるスタッキーだ。

ちょうどそのとき、マークとローレンがすでに恒例《こうれい》となった、こっちのテーブルでのおしゃべりにやってきた。

「ステフ、あしたの夜の準備《じゅんび》、全部整った？」マークがたずねた。

ローレンがマークの腰《こし》に腕《うで》をまきつけて、べったりはりついた。まるでマークが着ているポンチョみたいだ。

例によって、アリッサ・クルーガーがうしろにひそんでいる。ローレンがパリス・ヒルトンなら、愛犬ティンカーベルといったところだ。

「たぶんだいじょうぶ」あたしは、ブルームビル高《ハイ》タレント・オークション公式バインダーをひらいた。「広告は、今日の夕刊《ゆうかん》に出ることになってる。登録してくれたのは、百人以上。どれくらい人が集まるかによるけど、いままで洗車《せんしゃ》をして集めたよりずっとたくさんの資金《しきん》が集まるんじゃないかな」

「そりゃ、スゴいや」マークは、薄茶色《うすちゃいろ》の瞳《ひとみ》を輝《かがや》かせた。「よくやったね」

「ありがとう」もちろんあたしは、真っ赤になった。これぱっかりは、どうしようもない。

次に起きたことも、どうしようもなかった。マークとローレンとアリッサがあたしの横を通りすぎていったとき、小さく折りたたんだメモがふわっと落ちてきて、バインダーの上にのった。

気づいたのはあたしだけだ。っていうか、あたしとベッカ。ベッカはどうしたの？という顔で、メモを手にとったあたしを見つめている。表にはブロック体で〝TO STEFF《ステフへ》〟と書いてある。ステフという名前の女の子に宛《あ》てられたものだろうけど、あたしの〝STEPH〟とはちがうスペリングの子らしい。あたしは、メモをひらいた。

最初の部分を読んだだけで――「バカじゃないの。いいかげんに……」――どういう内《ない》容《よう》かはわかった。

だれがよこしたものなのかも。

マークにほめられて赤くなったほっぺたが、怒《いか》りでさらに真っ赤になった。顔に火がついたみたいだ。

あたしはとっさにイスを引いて席を立ち、マークとローレンを追った。メモを手にもって。

「ね、ちょっと」あたしは、ふたりが――アリッサといっしょに――学食から校庭に出ていく直前で追いついた。「これ、落としたよ。ステフって子宛てになってるけど、あたしのスペルとちがうから、ほかの人にわたすつもりのものじゃない？」

そしてあたしは、メモをマークにわたした。

アリッサがすかさずいった。「ナニ、それ？　わたし、そんなもの落としてないわよ。

見たこともないし。ね、ローレン？」

ローレンはじっとつっ立ったまま、あたしをギロリとにらみつけた。

あたしも、にらみかえしてやった。ローレン、そんな顔したってムダだからね……あたしは、目で伝えようとした。あたしには、あの本っていう強い味方があるんだから。つまり、ローレン・モファットはもう終わってる、ってこと。

マークの表情《ひょうじょう》は、メモを読むにつれて——あのあとなんて書いてあったかはわかんないけど、べつにどうでもいい——かわっていった。くちびるをぎゅっとひきしめて、ほっぺたもあたしと同じように赤くなっていく。ただしマークの場合、それもまたステキ。

マークは、ローレンをじっと見つめた。

するとローレンはすかさず、アリッサのほうをむいた。

「ヤだ、アリッサったら。どうしてこんな子どもっぽいことするの？」

アリッサは、あいた口がふさがらなくなった。かんでいたガムが見えるくらい。

「ローレン！　これ、あなたが……なんでそんな……」

「なんでこんなことするの？」ローレンは、マークからメモをひったくって、ビリビリやぶきはじめた。「ステフにこんなヒドいこと書くなんて、どうしてそんなことができるの？　ステフはただ、マークの学年のために資金《しきん》集めを手伝ってくれてるだけなのよ。なのに、どうして？」

マークは、アリッサにむかってまゆをよせて、ゆっくりと首を横にふった。

「アリッサ、最低だよ」マークは低い声でいった。「こんなこと、最低だ」

「だって、わたしじゃないのに！　ってゆーか、わたしが書いたけど、でもそれは……」

「言いわけはききたくない」マークがさえぎった。その口調をきけば、マークが去年の最優秀《さいゆうしゅう》選手と今年のクォーターバックに選ばれた理由がよくわかる。チームをバカにする者はゆるさない、そういうカンジだ。「もう消えてくれ」

アリッサはすでに泣きだしていた。

「消えるって、学校から？」アリッサは、しゃくりあげた。

「いや」マークは、じれったそうに天をあおいだ。「学校じゃない。ぼくの目の前から消えてくれ」

アリッサは、最後にもう一度ローレンのほうをにらみつけてから、顔を手でおおって女子トイレのほうに走っていった。

マークはどうでもよさそうに見送ると、ローレンを見おろしていった。「どうしてこんなことをしたんだろう？」本気でわからないという顔だ。

「さあ？」ローレンは、無邪気《むじゃき》に肩《かた》をすくめてみせた。「ヤキモチかしら？　ほら、この前わたしが、ステフを車に乗せて送ったから。ステフとわたしが仲よくなったら、自分がのけ者にされるとでも思ったのかもしれないわね。あの子、心配性《しんぱいしょう》だから」

あいた口がふさがらない。こんな大ウソ、きいたことがない。

ローレンには、まいったとしかいいようがない。悪事の天才なのは、まちがいない。

「ちょっとようすを見に行ったほうがいいわね」ローレンがいった。「自分の体を傷《きず》つけたりしたら、タイヘンだもの」

自分の体を傷をつける？　よくいう。

「うん、うん、そうだね」マークはうなずいた。「行ってきなよ」そして、ローレンが――あたしのほうを、おぼえてなさいよ、という目で見てから――行ってしまうと手をさしだして、そっとあたしにふれた。

あたしの腕《うで》に。マーク・フィンレーが、あたしにふれた。

「ね、だいじょうぶ？」マークはやさしくたずねた。

マーク・フィンレーがあたしにふれたなんて、信じられない。しかも、だいじょうぶかってきいてくれた。

「うん、だいじょうぶ」あたしはうなずいた。やっとのことで、口を動かせた。「心配しないで」

「あんなことするなんて、信じられないな。本当にゴメン。悪く思ったりしないでくれるかな？」

悪く思う？　この五年間というもの、アリッサ・クルーガーが――それと、グリーン郡の十八歳《さい》以下のほとんどが――〝ステフしないでよ〟なんていうのを、さんざんきいてきた。なのにいまになって、学校で一番人気の――生まれてこの方、からかわれたりイジメられたりした経験《けいけん》なんか一度もない――男の子が、悪く思うなって？　マーク、いまさらなにいってるの？

「思わないよ」あたしは、おずおずと笑った。おずおずしていたのは、こわかったから。その場で泣きだしちゃうんじゃないかって、こわかったからだ。

「よかった」マークはいった。

そして、あたしのほっぺたに指でふれた。一本だけ。

でも、それでじゅうぶん。それだけで、あたしは百パーセント確信《かくしん》した。マークこそ、あたしの〝運命の人〟だって。
たとえ、マークのほうはそのことに気づいていなくても。

親友

親友は、すばらしいものです。
でも、もし人気者になりたいなら、
たったひとりの友人だけとつきあうのは——
時間をともにするのは——禁物《きんもつ》です。

新しいたくさんの友人といっしょにすごすことが大切です。
でも、前の友だちのこともおわすれなく！

19 アピール法

引きつづき人気者3日目
8月30日　水曜日　午後4時

『ブルームビル・ガゼット』は夕刊紙《ゆうかんし》だ。あたしは〈コートハウス広場書店〉に着くなり、広告がどんなカンジかチェックした。毎週水曜日は、四時から九時まで、店に出ることになっている。

広告をのっけたページ（マンガとアン・ランダースの人生相談のとなりのページだ。この町の人はみんな、真っ先にそこを読む）を見る前に、第一面に天文台の写真がのってるのに気づいた。《地元男性《だんせい》、未来の花嫁《はなよめ》のために天文台を寄付《きふ》》という見出しがついている。天文台にいるおじいちゃんの写真もあって、両手をドームにむかって広げてにっこりしている。

あたしはすぐ、レジの横の電話でおじいちゃんにかけた。

「いい記事だね」おじいちゃんがとると、あたしはいった。

「キティもよろこんでいるよ」おじいちゃんは、すましていった。

「だろうね。自分のためにあんなものをつくってくれる人、そうそういないもん」

「まあな。キティにはそれだけの価値《かち》がある」

「そりゃそうでしょうよ」あたしは心からそう思っていった。

「二、三日、連絡《れんらく》がなかったな。例の〝人気者作戦〟はどんな調子だ？」

あたしは、ほっぺたにふれたマークの指の感触《かんしょく》を思い出した。ほんの一瞬《いっしゅん》だったけど、いままでの人生で一番長い時間に思えた。

「絶好調《ぜっこうちょう》だよ」

「本当か？」意外そうなのは、あたしの気のせい？「なら、よかった。たまには、ふたりそろっていいことがあるもんだな。で、お母さんのようすはどうだ？」

さっき、店からよろよろと出ていくママに会ったばかりだ。家に帰って足を高くして休憩《きゅうけい》するつもりだろう。もうすぐ九カ月だから、足首が、白いニーハイソックスをはいたローレンのふくらはぎみたいにぱんぱんだ。

「悪くないよ。でも、結婚式《けっこんしき》のことは、変化ナシかな」

おじいちゃんは、ため息をついた。「まあ、期待はしてないがね。あいつは、本当にガンコものだから。だが、ある意味おまえに似《に》ている」

「あたし?」信じられない。「あたし、ガンコじゃないよ」

おじいちゃんは、ヒューッと口笛をふいた。

「ちがうってば」あたしはさらにいった。

そのとき、店のベルが鳴って、夕方のバイト仲間のダレンが入ってきた。〈ペンギン・カフェ〉から低カロリーアイスのテイスティ・ディライトをふたり分買って、もどってきたところだ。

「外の暑さ、ハンパじゃないよ」ダレンは、脂肪分《しぼうぶん》ゼロ、カロリーゼロ、味もほとんどゼロのアイスをわたしてくれた。「インディアン・サマーってヤツか?」

「ありがとう。ちょっとこの電話だけ、しちゃうね」

ダレンはわかったよというふうに指をふってみせて、アクセサリーのラックのほうに行ってイアリングを整理しはじめた。ダレンのお気に入りの作業だ。

「あのね、おじいちゃん。ちょっとお願いがあるんだけど……もうすこし、お金借りたいの。作戦の一部なんだけど。でも今回は、店のためでもあるんだ。あたしの人気のためじゃなくて」っていうか、まあ、そのためだけではない。

「そうか……利率《りりつ》をチェックしてみなきゃいけないな」

「わかってるよ」実のおじいちゃんに利子をとられることに、あたしはそれほど抵抗《ていこう》がない。あたしでも同じことをするだろう。テレビでは、ジュディ判事《はんじ》とか、あたしが崇拝《すうはい》するファイナンシャルプランナーのスーズ・オーマンとかがいつもいっている。家族間でお金の貸《か》し借《か》りをしてはいけない、って。だけど、こんなふうにビジネスライクに割《わ》り切れば問題ない。

「おじいちゃん、前に、キティのことが昔から好きだったっていってたよね？　同じ高校に通ってたころから。だけどキティには、ほかに好きな人がいたって」

「ロナルド・ホレンバックだ」おじいちゃんは、口にするのもくやしいみたいにいった。

「うん。ジェイソンのおじいちゃん。でね、ちょっとききたいんだけど……どうやって、キティをうばったの？　ホレンバックさんから、ってことだけど」

「カンタンだ。むこうが、くたばった」

「あ、そっか」期待していたような答えではない。マークをローレンからうばう参考にはならない。それってあたしは、ズルいことだとは思っていない。だって、ローレンはホントにイジワルだし、マークはめちゃくちゃやさしい。ローレンなんかには、もったいない。本人はまあ、わかってないかもしれないけど。

「〈サブマート〉の人たちから大金をもらったのも、プラスにはなったな」おじいちゃんはさらにいった。「キティは、たまにカントリークラブでステーキをごちそうすると、よろこんでくれる」

「そっか」ステーキね、要チェック。「だけど、ほら、やっぱりアピールしたんでしょ？ね？　どうやって自分をアピールしたの？」

「それはいえんな。おまえのお母さんに殺される」

「おじいちゃん。ママはすでに、おじいちゃんを殺したがってるよ。これ以上、どうってことないよ」

「そうだな。うん、じつをいうとな、ステフ、わがカゾーリス家の者には情熱的《じょうねってき》な血が流れているから、女性《じょせい》をよろこばせる方法ならお手の物なんだ」

あたしは、アイスをふきだしそうになった。

「ありがと、おじいちゃん。考えてみる」

「キティはなかなかむずかしい女でな。だから……」

「わかった。もうだいじょうぶ」あたしはあわてていった。っていうか、キティから借りたロマンス小説の濃厚《のうこう》ラブシーンのページ、やけにひらきやすかったっけ。何度も読んだのはミエミエだ。「ありがとう、おじいちゃん。助かったよ」

「ランドリーの血が半分流れているのはわかっているが、五十パーセントはカゾーリスの血だ。だから、この手の問題なら……」

「あっ、マズい。お客さんがきちゃった」あたしはウソをついた。「もう切らなきゃ。またあとでね、バイバイ」

あたしは、置いた受話器をじーっと見つめた。おじいちゃんは、財政面《ざいせいめん》でのアドバイスのプロだけど、心の問題となると……っていうか、あたしはあたしのやり方でいこう。マークをローレンからうばう方法は、自分で考えなきゃ。

「あっ、そうそう」ダレンが、アイスをもってカウンターに小走りにやってきた。「〈ペンギン・カフェ〉のシェリーからきいたんだけど、あしたの夜、高校で人身売買があるんだって？」

「人身売買じゃないよ」あたしは新聞の広告を見せた。「タレント・オークション。みんな、自分の才能《さいのう》をオークションにかけるの。そんな、ダレンが考えてるようなことじゃないってば！」

「そっか」ダレンはちょっとがっかりしたみたいだ。「やけにくわしいな」

「だって……」あたしは、自慢《じまん》そうに見えないようにつとめた。自慢はいばることにつながるって例の本に書いてあったし。そして人気者は、決していばってはいけない。「発案したの、あたしだし。で、責任者《せきにんしゃ》なの」

ダレンは、ビックリした顔をした。「ステフが？　だってステフは……」

でも、そこで言葉を切った。

「いいよ。いってかまわないよ」

「いや、だからさ、ほら、ステフ・ランドリーするにもほどがある、っていわれてるだろう？」

「でも、それももうすぐ終わりだよ」あたしは、自信たっぷりにいった。

仲間の愛と信頼《しんらい》を勝ちとる確実《かくじつ》な方法が知りたい？

創造的《そうぞうてき》であれ！

発言しよう！

そして、実行あるのみ！

じっとしたまま、ほかの人にまかせっきりにしてはいけません。
自分の意見やアイデアを考えて……それから、
どんなにすばらしいかを力説して、共感を得るのです。

最後に勝つのは、熱意です。

そして勝者は、人気者です！

20 チェリーコーク大好き

人気者4日目
8月31日　木曜日　午後6時

一日じゅう、オークションの準備《じゅんび》に追われていた。ギリギリに登録にきた人がいたから、その名前と才能《さいのう》をシュネック先生に伝えに行ってセリフの練習をしてもらい、視聴覚《しちょうかく》クラブの人たちにたのんで体育館の音響設備《おんきょうせつび》をセッティングしてもらって競売人の声が全員にきこえるようにし、番号を記載《きさい》した札《パドル》を用意した（霊安所《れいあんしょ》に寄付《きふ》してもらったうちわを使った。でも、たぶんだれも気にしないと思う。オークションの最中、死んだ人のことを思い出したりはしないだろうから）。

もうバタバタで、お昼もヌキだし、夕方もなにも食べられなかった。放課後いったん家にもどる時間なんか、なかったし。ありがたいことに、ベッカがずっと手伝ってくれた。

あと、ビックリだけどダーリーンも。ダーリーンって、人を動かす天才だと判明《はんめい》。午後じゅうダーリーンが手伝ってくれなかったら、どうなっていただろう。ダーリーンがまつ毛をパタパタさせて、「ねえ、この演壇《えんだん》、そこにあげてくれる？」なんていおうものなら、みんな――まあ、オトコどもだけど――よってたかってダーリーンのためにはたらく。

しかもダーリーンは、見かけほどトロくなかった。地元のケーブルテレビ局の人たちが今週末の番組に取材にやってきてワイヤーが足りなくなったとき、ダーリーンは、トッドのほうをむいていった。「トッド、職員室《しょくいんしつ》に行って、〝どろんこ・ワンプラー《スワンピー》〟にたのんでくれないかしら？　〝コアキシャルケーブル〟を貸《か》してほしいって」

するとテレビ局の人たちは目を真ん丸くして、尊敬《そんけい》のまなざしでいった。「どうしてこれが、コアキシャルケーブルだってわかったんだ？」

ダーリーンは、じつはデキるところをうっかり見せてしまったことに気づいていった。

「あら、わたし、そんなこといったかしら？　自分でもよくわからないわ」

そのあと、男性陣《だんせいじん》が近くにいないときに、あたしはきいてみた。「どうして必要なケーブルの種類なんかわかったの？」するとダーリーンは、「あら、ヤだ、それくらいわかるわよ」とかいった。

それでベッカがたずねた。「ねえ、中二のとき、ハチミツは蜂《はち》がつくってるってはじめて知ったって、本当?」

ダーリーンは笑いながらいった。「まさか。でもあの授業《じゅぎょう》、タイクツだったから。ちょっと活気づけようと思っただけよ」

「でも、トロいフリしてると、人からバカにされない?」ベッカはさらにきいた。

「あら、そんなことないわよ。そのほうが、みんながわたしのためにいろいろやってくれて、わたしにはテレビを観《み》る時間ができるもの」

たしかに。ある意味。

手伝ってくれたのは、ダーリーンとベッカだけではなかった。マークとチームメンバーたちが練習のあとかけつけてくれて、『ブルームビル高《ハイ》第一回タレント・オークション』の看板《かんばん》をかけたりしてくれた。あたしがお昼休みを丸々使って描《か》いたものだ。看板づくりは、三年生の女子たちも、ローレンも——イヤイヤなのがミエミエだったけど——手伝ってくれた。

ローレンは、放課後もきてくれた。ベベ・ジョンソンといっしょに。いつもの〝お付き〟、アリッサ・クルーガーは、例の事件《じけん》以来ローレンの近くには姿《すがた》を見せなくなっていた。お昼休みに看板《かんばん》づくりにむかう前にソーダを買おうとして学食によったとき、あわてて走っていくのをちらっと見かけた。たぶん、ツナサンドを買って外にこっそり出てひとりで食べようというんだろう。マークのテーブルには顔を出せないから。

ホントなら、勝ちほこるところなのかもしれない。ブルームビル高《ハイ》の〝一軍〟にいた女子のひとりが、その地位から脱落《だつらく》したのだから。

なのに正直いって、あたしは悲しくなった。アリッサ・クルーガーには、恨《うら》みはない。っていうか、それほどは。たしかにイヤな子だったりはするけど。

脱落させたいのは、ローレンだ。

それも、時間の問題。今夜だ。この世に正義《せいぎ》があれば。

看板を描《か》いているとき、上級生のひとりがうっかり、体育館の床《ゆか》にペンキをたらしてしまって、ローレンが笑いだした。

「ヤだ、シエリル。そんなステフな……」

ローレンがなにをいおうとしているのか、みんなわかった。だけど、ローレンはギリギリのところで口をつぐんだ。

あたしはローレンのほうを見て、片方《かたほう》のまゆをあげてみせた（前に鏡の前で何時間も練習《しゅう》した表情《ひょうじょう》だ。ジェイソンをおもしろがらせるためだけど。四年生のとき、少女探偵《たんてい》ナンシー・ドリューにハマったことがあって、その表情をマネした)。

シェリルはあたしのまゆには気づかずにいった。「わかってるわよ。『そんなステフなことするな』っていうんでしょう？　だれか、ペーパータオルもってない？」

だれも返事をしないので、シェリルは顔をあげて、全員に――あたしをふくめて――見つめられているのに気づいた。

「えっ？」シェリルは、本気でわからなくてたずねた。

「あたしが、ステフ・ランドリーなの」あたしは、怒《いか》りを表に出さないようにしていた。人気者になりたかったら、怒りを人に見せてはいけない。

わが校のダンスチーム〝フィッシュネット〟(ファイティング・フィッシュにちなんで)の赤毛の美人ダンサー、シェリルがいった。「そういえばそうね。おもしろい偶然《ぐうぜん》ね。で、だれか、ペーパータオルもってない？」

「本気でいってるんだけど」あたしはいった。

シェリルは、あたしがなにをいいたいか気づいたらしく、こぼしたペンキと同じくらい赤くなった。

「だって……だってあなたは……それにステフは……ステフって……」シェリルは口ごもった。「あなたの名前がステフなのは知ってるわよ。だけどそれが、あのステフだとは知らなかった。っていうか、あのステフは……だれかを銃《じゅう》で撃《う》ったって話だったかしら？」

「ううん」あたしはいった。

「えっと、じゃあ、グリーン湖に車でつっこんだとか？　たしかそうよね？」

「ううん。あたしが一番よくわかってる。だってあたしが、ステフ・ランドリーだから。あたし、そんなことはひとつもしてないよ。あたしがしたのは、どっかのだれかの服にスーパーゴクゴクサイズのチェリーコークをこぼしちゃっただけ」

そしてあたしは、ローレンに意味ありげなつもりの視線《しせん》をむけた。

「それだけ？」シェリルは鼻にシワをよせた。「ヤだ、あたしも、スーパーゴクゴクサイズのチェリーコークは大好き。あれ、一番おいしいもの」

「そうよね」ほかの上級生の女子がいった。「でもこぼすと、めちゃくちゃシミになるの。わたしもママの白いカーペットにこぼしちゃったことがあって、いまでもときどき、ほかのことでおこられるたびにいわれるわ」

「ホントよね」シェリルがいった。「まあ、どうでもいいことだわ。ね、ちょっとみんな、本気でだれか、ティッシュとかもってない？　かわかないうちにペンキをふかなくちゃ」

それでおしまい。ローレンは真っ赤な顔をして、ペンキをぬりはじめた。だれも、そのあとはそのことについてなんにもいわなかった。

そして今夜からは？　だれも二度といわないはず。

充実《じゅうじつ》した毎日を送りましょう。趣味《しゅみ》をもつのです！

学校はたしかに大切です。成績《せいせき》も、勉強も。

だけど、ガリ勉の知ったかぶりは人から好かれません。

たまには教科書をおいて、学校の外で楽しいことを見つけましょう。

あなたの趣味が、ソーイングだろうと、ガーデニングだろうと、
料理だろうと、切手集めだろうと、乗馬だろうと、かまいません。
なにかに興味《きょうみ》をもつことは、あなたを興味深い人間にしてくれます。
そして、自分でも気づいていなかった才能《さいのう》を発掘《はっくつ》する手助けをしてくれるのです！

積極的に外に出てみましょう！

21 オークション第一幕《まく》

引きつづき人気者4日目
8月31日　木曜日　午後8時

はじまった。

自慢《じまん》じゃないけど、大成功の予感。

まあ、バスケの試合のときに体育館におしかける七千人にはおよばないけど。

でも、ラクに三千人入る。洗車《せんしゃ》より、ずっとたくさんの資金《しきん》が集まりそうだ。

みんな、どんどんお金をつかってくれている！　ゴードン・ウーのコンピュータレッスン三時間は、三五ドルで売れた。切《き》り株除去《かぶじょきょ》は、五八ドル。おいしいストロベリーとルバーブのパイづくりを教えるといった女の子は、二二ドル。

いままで一番高値《たかね》がついたのは、ダーリーンのメイクレッスン。トッドたちがこぞって入札した。表むきは、母親のために。トッドが、六七ドルという高額《こうがく》で落札した。トッドのお母さん、メイクのしがいがあるといいけど。

いまのところ、一番心配していたことは起きていない。ステージ上に設置《せっち》した小さい演壇《えんだん》に出品者が立ってもだれも入札しない、という事態《じたい》。うちのクラスの〝空気読めないナンバー1〟のコートニー・ピアースまで、スペイン語の個人教授《こじんきょうじゅ》で落札された。

だからあたしは、シュネック先生が次のタレント出品者の名前を読みあげて、それがベッカ・テイラーだったときも、心配しなかった。スクラップブック作りって、うちの町では人気で専門店《せんもんてん》だってあるくらいだし。ベッカ本人は、授業中《じゅぎょうちゅう》にずっと寝《ね》ていたことをだみんなわすれてないから、人気者だったりはしないけど。

でも、だれかしら入札してくれるだろう。

「さて、高校二年生のベッカ・テイラーの登場です」シュネック先生はこの日のために、蝶《ちょう》ネクタイとサスペンダーまでつけている。職務怠慢《しょくむたいまん》だって文句《もんく》いえる人なんか、いないだろう。「ベッカは、スクラップブック初心者のために三時間の個人レッスンを出品しています。どなたか、スクラップブックに興味《きょうみ》があって、でもはじめる勇気がない方はいらっしゃいませんか？　そんなとき、ミス・ベッカ・テイラーがあなたのお役に立ちます。

ご自宅《じたく》に、愛用のハサミと接着剤《せっちゃくざい》とサインペンをもっていき、レイアウトのアイデアをさずけ、あなたのアルバムにレフィルのページも追加します。さあ、このすばらしいサービスを、一〇ドルからスタートしましょう」

あたしは、観覧席《かんらんせき》の一番下にすわって、あたりを見まわした。体育館のフロアに一番近いこの席は、〝一軍〟がいつもすわっている場所だ。体育館の中央によばれて賞をもらったりフィッシュネットと踊《おど》ったりするのは、いつもこのグループの人たちだから。

そして今夜は、あたしもいっしょにすわっている。それどころか……マーク・フィンレーのとなり！

まあ、むこうどなりには、ローレン・モファットがいるけど。

でも、マークのほうからあたしのとなりにきた。体育館に入ってきて、あたしが一列目にすわって霊安所《れいあんしょ》のうちわをせっせと配っているのを見つけると、となりにすわってきた。

そして残りの〝一軍〟の人たちもマークといっしょにすわった。アリッサ・クルーガーだけはジェイソンやあたしが、体育館での行事にどうしても出席しなきゃいけないときにいつもすわっていた一番高い席にこっそりすわっていた。

つまり、気づいたらあたしは、〝一軍〟に囲まれていた。ルックスバツグンで、人気のある人たち。あたしも、仲間入りできた。

そして、みんなもそれに気づいていた。みんなの視線《しせん》を感じる。コートニー・ピアスやティファニー・クッシングたち〝二軍〟の女子たちは、わざとあたしのきこえるところで「ステフ・ランドリーしないで」といいまくっていた。ヤキモチだ。ヤキモチをやかれているのがわかる。

だけど、そんなことをいわれる筋合《すじあ》いはない。あたし、この席にすわるために、必死で努力したんだから。自分の力で勝ちとったんだもん。

体育館は、見おぼえのある顔でいっぱいだ。ブルームビル高《ハイ》の生徒だけではない。ベッカの両親が、うれしそうにベッカを見おろしている。ふたりとも、娘《むすめ》が高校の行事にやっと参加してくれてはしゃいでいる。入ってくるときドアのところで、うちの親もくるのかどうか、きかれた。いっしょにすわろうというのだろう。うちの親は疲労《ひろう》のため――ママは妊娠《にんしん》のせい、パパは子どもたちのせい――こられないと答えると、ガッカリしていた。

じつはうちの親はこのことは知らない、とはいわないでおいた。まあ、知ってるには知ってるけど――町じゅうが知っているから――あたしが責任者《せきにんしゃ》だとは知らない。

あと、グリーア校長が、奥《おく》さんと、市長らしき男の人といっしょにすわっているのも見える。市長は奥さんと離婚闘争中《りこんとうそうちゅう》だ。『ガゼット』紙にたまに記事がのっている。スワンピー・ワンプラーも、いっしょにすわっている。いつものグレイか黒のスーツじゃなくて、ジーンズにコットンセーターというかっこうだから、最初はわからなかった。ワイクコウスキー市長のほうを何度もちらちら見ては、白髪《しらが》まじりの髪《かみ》をしきりにかきあげている。どう見ても、アピールしようとしている。

そしてどう見ても、市長のほうはなんとも思っていない。

はじまる直前になって——シュネック先生が例の魚のしっぽのふりつけをみんなにさせようとしたとき——学校行事に一番参加しそうもない人物が横のドアから入ってくるのが見えた。ジェイソンだ。

ジェイソンは、スタッキーといっしょだった。スタッキーはいつものように、ダボダボすぎるインディアナ大学のTシャツを着てずるずる歩いている。ふたりとも、観覧席《かんらんせき》——一番高い席ではないけど、その近く——にくるとすわって、きょろきょろした。そのときあたしは、ジェイソンと目が合ったので、片手《かたて》をあげてふった。あたしに対して文句《もんく》があるのは、ジェイソンのほうだ。あたしのほうは、べつになんとも思っていない。まあ、クレイジートップとよばれるのはイヤだけど。

ジェイソンは、手をふりかえさなかった。たしかに目が合ったのに。

みとめたくないけど、なんだか傷《きず》つく。あんなふうにムシするなんて。あたしがなにしたっていうの？

ローレン・モファットのＢＭＷに乗っただけだ。

あんな態度《たいど》、ジェイソンのいう〝ＢＭＷルール〟にのっとってないと思う。ヒトのＢＭＷに乗ったからって、カンジ悪い態度とるなんて。

ま、いいけど。おこりたければ、勝手におこってればいい。あたしは気にしないし。

ただ……土曜日のおじいちゃんの結婚式《けっこんしき》のとき、ならんで通路を歩かなきゃいけない。口をきかなかったら、ちょっと気マズいだろうな。

でも、かまわない。

あたしは檀《だん》の上に立っているベッカを見つめた。カーキのカプリをはいてピンクの花柄《はながら》シャツを着て、かわいらしい。けっこう体格《たいかく》がいいほうだ。スタッキーと同じ。ただしベッカは、サイズの合った服を着ている。スクラップブックをもって、観覧席《かんらんせき》の人たちにむかってにこにこしていた。

だけど……だけど、ベッカの笑顔《えがお》がちょっとゆがんでいるのにあたしは気づいた。笑みをつくってはいるけど、目が笑ってない。

そして、ベッカのくちびるがふるえだした。

競売人のシュネック先生がいっている。「さあ、みなさん。こんなサービス、ほかでは受けられませんよ。このあたりでは、スクラップブックが大流行です。〈シズラー〉に行くといつも、スクラップブッククラブの人たちが集まって、どのテーブルも満席です。さあ、こちらのお嬢《じょう》さんのスクラップブック指導《しどう》に、一〇ドルで入札される方は？　いませんか？」

あ、そういうことか……あたしはふいに気づいた。

だれも、ベッカに入札していないんだ。

悪い予想があたってしまった。ベッカはつっ立ったまま、泣かずに必死で笑おうとしているけど、スクラップブックをもつ手の指がどんどん白くなっていくのがわかる。

「はい、一〇ドルの入札がありました」シュネック先生がさけんで、あたしはほっとした。

「一五ドルは？　一五ドルの方はいらっしゃいませんか？」

入札したのはだれかと思ってふりかえると……。

ガッカリ。ベッカのお父さんだ。

こんなの、だれも入札しないよりもヒドい。

「ステフ、どうかした？」となりから低い声がした。

そちらをぱっとむくと……。

マーク・フィンレーと頭がぶつかりそうになった。すんだ薄茶色《うすちゃいろ》の瞳《ひとみ》で、心配そうにあたしを見つめている。

「気分が悪そうだよ。なにかあった？」

あたしはオロオロしながらベッカを指さした。

「だれか……だれか、ベッカに入札してくれなきゃ。お父さん以外の人で！」

次の瞬間《しゅんかん》、マークがうちわをかかげていた。

「一五ドル！」シュネック先生がさけんで、マークを指さした。「こちらのお嬢《じょう》さんのスクラップブック講座《こうざ》に、わが校のクォーターバックが一五ドル入札です。二〇ドルの方はいませんか？」

マークがパドルをあげた瞬間、体育館じゅうが静まりかえった。みんな、自分の目が信じられないみたいだ。学校で一番人気の男子が、休み時間のたびに起こされていた女の子のスクラップブック指導《しどう》に入札している……。みんな、マークがどうかしちゃったんじゃないかと思っている。とくに、ローレン。「ちょっと、ヤだ、ふざけないでよ」とか小声でいっている。

でも、マークは気にしてない。霊安所《れいあんしょ》のうちわを、高くかかげている。

ベッカのくちびるのふるえがとまった。

「二〇ドル！」シュネック先生がいった。「どなたか、二〇ドルを入札される方は？　いらっしゃいませんか？　ベッカ・テイラーのスクラップ講座《こうざ》、一五ドルで落札でよろしいですね？　一五ドル。では、らくさ……」

シュネック先生が落札の「つ」をいう直前、声がひびきわたった。

「一六二ドル五八セント！」

体育館じゅうの人たちが、そんな高額《こうがく》を入札したのはだれかと、ぱっとふりかえった。

ギョッとしたのはあたしだけではないと思う。片手《かたて》でパドルをあげて立っていたのは、ジェイソンだった。もう片方の手には、お財布《さいふ》を――中身をさっとチェックして――もっている。

「落札！」シュネック先生はさけんだ。「あちらの男子に、一六二ドル五八セントで！」

そして、小槌《こづち》がカーンと鳴った。

人気は、家のようなものです。

壁《かべ》があり、強い土台があり、たくさんの部屋があります。

土台がしっかりしていればいるほど、壁は強くなり、
部屋はたくさんつくれます。

だから、部屋がたくさんある家がすばらしいのと同じように、友だちはたくさんいるほうがいいのです。

22 オークション第二幕《まく》

引きつづき人気者4日目
8月31日　木曜日　午後10時

ベッカ、本当によかった。心からそう思う。っていうか、ジェイソンがベッカを落札してくれてよかった。ホントに。

ただ、あそこまで大げさにすることもなかったのに、とは思う。なんたって、一四八ドルもムダにしたことになるから。二〇ドルで落札できたのに。

ま、いいけど。よかったとは思う。ホントに。

次に起きたことほどではないけど。

次にシュネック先生は――ベッカが壇《だん》からおりたあとだ。ベッカは幸せそうな真っ赤な顔をしていた（読心術《どくしんじゅつ》なんかできなくても、なにを考えているかはミエミエだ。そんな大金を払《はら》ってくれたからには、スタッキーがいっていたジェイソンがずっとひそかに想《おも》っている女の子はやっぱり自分だと思っている。やれやれ、このあとがタイヘン。ジェイソンのヤツ、なに考えてるんだろう。ホント、意味不明）——コホンとひとつ咳《せき》ばらいをして、マイクにむかっていった。「さて、ブルームビルのみなさん、お待ちかねのときがやってきました。次の出品者は、生徒会長にしてフットボールチームのクォーターバックでキャプテン、去年の最優秀《さいゆうしゅう》選手にも選ばれた、オールラウンドプレイヤー、マーク・フィンレーです！」

歓声《かんせい》と拍手《はくしゅ》がわきあがって、スチールの屋根の梁《はり》が落ちるかと思った。マークは立ちあがり、照れくさそうに笑うと、みんなに手をふりながら壇上《だんじょう》にあがっていった。たぶん一番大きなさけび声をあげていたのは、ローレンだ。イスにすわっているのももどかしいとばかりに、はしゃいでピョンピョンとびはねている。

マークは壇にあがると、体育館のむこう側にも手をふった。それからシュネック先生のほうをむいた。シュネック先生はいった。「はいはい、みなさん、落ちついて。落ちついてください。マークが大好きなのはわかりました。さあ、その気持ちをしめすときです。さあ、そマークが出品するのは、どこかのラッキーな会社の宣伝《せんでん》をするための時間です。さあ、そのラッキーな経営者《けいえいしゃ》はだれでしょうか。スタートの金額《きんがく》は……」

ローレンのパドルがぱっとあがった。

あげたのは、ローレンだけではなかったけど。

シュネック先生がいった。「いや、みなさん。まだ……」

「一〇〇ドル！」ローレンが金切り声でいった。だれも勝てないような高額を提示《ていじ》してジェイソンに負けずに目立とうとしているのはミエミエだ。

残念ながら、同じ考えをもっていた人がほかにも十人いたけど。

「一二〇ドル！」あの声は、〈ペンギン・カフェ〉の店長だ。

「一四〇ドル！」〈コートハウス広場食堂〉のマネージャーのスタンがさけぶ。

「一六〇ドル！」ローレンが負けずにいった。

「一八〇ドル！」そうさけんだワイクコウスキー市長は、街で会計事務所《じむしょ》をやっているはずだ。〈ワイクコウスキー・アンド・アソシエイツ〉といって、「わたくしどもは、会計事務所以上のものを提供《ていきょう》します」とうたっている（もっとも意味がわかる人はどこにもいない）。市長も霊安所《れいあんしょ》のうちわをふった。

「二〇〇ドル！」ローレンが金切り声でいう。

壇上《だんじょう》のマークは、ずっと照れくさそうな顔をしている。でもやっぱり、うれしそうだ。

「二二〇ドル！」ワイクコウスキー市長が、グリーア校長のとなりでさけんだ。

ローレンはしびれを切らしたらしく、立ちあがってお財布《さいふ》をひらくと、小切手帳をとりだし、全額《ぜんがく》を読みあげた。

「五三二ドル一七セント」

ローレンはそういって、すわった。あちこちからきこえる息をのむ音と、それからマークの笑顔《えがお》に満足して。

せっかくの感動的瞬間《しゅんかん》を台なしにして申しわけないとは思う。でも、あたしにはやらなきゃいけないことがある。

あたしの入札に対して息をのんだ人の数は、ローレンのときよりもずっと多かった。

「えーっと、ステファニー？」シュネック先生までビックリしている。「いま、一〇〇〇ドルといったかな？」

「はい、そうです」あたしは冷静にいった。

「〈コートハウス広場書店〉は、マーク・フィンレーに一〇〇〇ドルの入札をします」

全員の視線《しせん》が、マークではなくあたしに注がれた。マーク本人の視線も。マークは、混《こん》乱《らん》しているのとうれしいのがまざったような表情《ひょうじょう》をしている。そんな高額《こうがく》入札をしてもらったことがうれしいのと、たぶん、それがガールフレンドではなくてあたしだということで混乱《こんらん》しているんだろう。

「こちらのお嬢《じょう》さんが、一〇〇〇ドル入札されました」シュネック先生は、小槌《こづち》を手にとった。「一〇二〇ドルは？　どなたかいませんか？　では、一〇〇〇ドルでよろしいですね？」

ローレンはケータイにむかって、必死に父親を説得しようとしている。となりの席にいるからどうしたってわかるけど、ほとんどわめき声だ。

「だって、パパ！　パパはわかってないのよ……」

「よろしいですね」シュネック先生がいう。

「……どうしても必要なの。わたし……」

「それでは、決まりです」

「一生のお願いだから。ね、もう二度と……」

「〈コートハウス広場書店〉のステファニー・ランドリー、落札！」

ローレンは、ケータイを投げつけた。出口の横の壁《かべ》にあたって、ケータイはこなごなに割《わ》れた。

即席《そくせき》の人気など、ありません。

一夜にして人気者になった人など、どこにもいません。
人気というものは、どんな人間関係においても、
得るべくして得るものなのです。

だから、あなたよりも前から人気のある人に対して、
自分のほうがすぐれているような態度《たいど》をとるのは大まちがいです。
その人たちは、いっしょうけんめい努力して
人気を勝ちとったのですから、尊敬《そんけい》に値《あたい》します。

あなたも人気者になれば、それと同じあつかいを受けるでしょう。

23

落札者ステフ

まもなく人気者4日目が終了《しゅうりょう》
8月31日　木曜日　午後11時半

どうしてみんながおこってるのか、本気でわからない。

マーク・フィンレーを――っていうか、店の宣伝《せんでん》をしてくれる時間を――正当な手段《しゅだん》で手に入れた。それだけのことだ。

なのになんで、〈コートハウス広場食堂〉のスタンがママに電話してきて話す必要があるの？　ベッカの家の車で帰ってくるなり、あたしはママにどなりつけられた。町の笑い者だって。

いっとくけど、笑いたいのはこっちのほうだ。マークの写真を広告に使ったら、どれだけ売上げにつながると思う？

スタンだって、自分の店のことを考えてればいいのに。

「あなたがオークションで男の子を買ったってきいたわよ」ママは何度もいった。「ステファニー、男の子を買うなんて、どういうつもり？」

ママがこんなことをいうのは、『ロー・アンド・オーダー』を観《み》ながらアイスクリームばっかり食べているからだ。ホントに。脳《のう》みそがむしばまれる。

ローレンだってそれほどおこってなかったのに。最初はショックを受けていたけどすぐに立ち直って、マークといっしょにおめでとうをいいにきたくらいだ。

「マークが宣伝《せんでん》してくれれば、ダウンタウンの商店街も助かるよ」あたしはマークにいった。自分のためではなく、あくまでも店のために落札したんだと強調したくて。「〈サブマート〉の開店で、けっこう打撃《だげき》受けてるし」

「ぼくにできることならなんでもするよ」マークは、心からいってくれた。

するとローレンがいった。「あら、ステフ。あなたのところの小さなお店がそんなにこまってるなんて、知らなかったわ。友だちみんなに、これからはあなたのとこで買いものをするようにたのむわね」

「ありがとう」

もしかしてローレン・モファット、そんなにおこってないのかな？

だけど、それ以上あれこれ考えるまもなく、ベッカがやってきて、うるさくきいてきた。ジェイソンが落札してくれた理由はなんだと思うかとか、どういう意味かとか、ジェイソンに電話すべきかとか（ジェイソンはあたしがマークを落札した直後に帰っちゃったから）。

あたしは、もちろん電話はしたほうがいい、と答えた。べつにこれでなにがどうなるわけじゃないし、と。ジェイソンとは、いままでもこれからも友だちだ。

「でもあんな大金を払《はら》ってくれるなんて、わたしのこと、たんなる友だちとして好きなだけじゃないわよね？　パパ以外だれも入札してくれなかったらわたしがかわいそうっていう理由しかないもの」

「マークが入札したよ」

「あれは、ステフがそうさせたからでしょ」ベッカは当たり前というふうにいった。「ジェイソンは、だれからも強制《きょうせい》されてないのよ。わたしのこと、〝運命の人〟だと思ったからにちがいないわ。帰ったらすぐ電話しようっと。帰りに家によってもいいかもしれないわね」

あたしは、もう十時すぎだし、親が平日のそんなにおそい時間に寄《よ》り道をしてくれるわけがない、といった。たまに、ベッカってオオカミに育てられた少女なんじゃないかって気がする。

とにかくそういうわけで、あしたの放課後、マークが店によってくれることになっている。広告用の写真撮影《さつえい》をして、あとは広場かどこかでチラシを配ったりしてもらうかも。あたしのことをひとりの人間として知ってもらう、サイコーのチャンスだ。学校というしがらみからはなれて。

あと、ガールフレンドというしがらみからも。

本気で思うけど、時間をかけてあたしのことを——本当のあたしのことを——知ってくれさえすれば、マークはきっと、あたしがローレンなんかよりずっとやさしいってわかってくれる。ママはちっともわかってないみたいだけど。ママは、マークみたいな男の子が興味《きょうみ》をもつのはひとつしかないと思っている。だから、自分を落札したあたしからその興味の対象をもらえるとマークに思われている、って。

「だって、ローレン・モファットみたいな高慢《こうまん》ちきとつきあってる理由、わからないの？」ママはいった。「理由はひとつ。ひとつだけよ。〝ヤらせてくれる〟ってこと」

わかってないにもほどがある。なんか、カーステンのことを思い出す。「学校で一番人気がある子って、一番いい子とはちがうの？」なんて、まったくわかっていないことをいっていた。

カーステンとうちのママって、現実《げんじつ》ばなれ度からしたら、トップ2かも。

だってあたし、マーク・フィンレーとつきあったら、そういう関係になるつもりだし。

チャック神父だって、それくらい理解《りかい》してくれると思う。

シンデレラは、王子さまを待っていただけではありません。

女の子が恋愛《れんあい》にかんしておかしがちなもっとも大きなまちがいは、
じっとすわって王子さまがくるのを待っているだけで、
外に出て自分からさがそうとしないことです。

いいですか？　シンデレラは、ちゃんとドレスアップして舞踏会《ぶとうかい》に出席して、自分から王子さまを追い求めたのです。

たしかに、魔法使《まほうつか》いのおばあさんの助けは借りたかもしれません。
けれども、王子さまを魅了《みりょう》したのは、みずからの力です。
だから、王子さまに見つけてもらうのを待っていてはいけません。
外に出て、自分の魅力をアピールするのです。

24 ジェイソンとベッカ

人気者5日目
9月1日　金曜日　午前0時

さっきから、バスルームのカウンターに腰《こし》かけて、ジェイソンの部屋をバズーカ・ジョーの双眼鏡《そうがんきょう》でのぞいていた。するといきなり、ベッカの姿《すがた》が目に入った。ベッカ!?　なんでベッカが、ジェイソンの部屋に?

ジェイソンのお父さん、深く考えずにベッカを部屋にあげちゃったんだろう。いつも病院の仕事のことで頭がいっぱいだから、夜の十一時半に息子《むすこ》をたずねて家にあらわれた女の子を部屋にすんなりあげてはいけないとは、思いつかなかったらしい。

ベッカは前もって電話もしていないはずだ。ジェイソンはシャツを着ないでベッドに寝《ね》そべって、なにやら——きっと、カーステンへの愛の〝俳句《はいく》〟だ——書いていた。そのときドアがあいて、まさかジェイソンの部屋で目にするとは思わなかった人物が入ってきた。ジェイソンはものすごいいきおいでとびあがって、あわててシャツを着た（残念！）。

それから、ベッカがしゃべりだした。

そのあいだジェイソンは、どうしてこんなことになっているのかわからないという顔で立っていた。しばらくすると、ジェイソンがなにかいって――なんていったのかはわからない。あーあ、スペイン語なんかじゃなくて、読唇術《どくしんじゅつ》を習っておけばよかった!!――ベッカがジェイソンのベッドにドサッとすわりこんだ。ショックを受けたような表情《ひょうじょう》で。

そのときだ。ジェイソンがベッカのとなりにすわって、ベッカの肩《かた》に手をかけて……

キスしてる!!!

どちらからキスしたのかはわからない。とにかく、ふたりの顔がどんどん近づいていって、そして……

チュッ！　ふたりのくちびるが合わさった。

それだけでじゅうぶん動揺《どうよう》してるのに、よりによってそのタイミングで、ピートがバスルームにとびこんできた。

「また真っ暗なとこにすわって、なにやってんの？」

「なんにもしてないってば！　ちょっと、ノックくらいできないの？」あたしは声をひそめてしかりつけた。

「だって、ドアの下から光がもれてなかったもん」それからピートは、オソロしいことをいった。「あ、そっか、わかった。ホークフェイスをのぞき見してたんでしょ」

「まさか！」あたしは声が裏《うら》がえった。だけど、ママとパパを起こしたくないから大きな声は出せない。「それに、ジェイソンのこと、そんなふうによばないの」

「なんで？　姉ちゃんはよんでるじゃん。ね、のぞき見してたんでしょ？　双眼鏡《そうがんきょう》もってるし。ここから、ちょうど見えるんだよね……あれ？　ベッドの上にいるの、ベッカだよね？」

「出ていきなさい！」うー、どうしてくれよう。

「ベッカがホークフェイスとイチャイチャしてるー。なんで？」

「さあ。それに、イチャイチャなんかしてないから。ほら。もうはなれたでしょ？」

ピートとあたしが見つめているうちに、ジェイソンが――窓《まど》に後頭部をむけている――ベッカになにやらいって、ベッカがうなずいた。ナニ？　どうなってるの？

わからないけど、ベッカが立ちあがって出ていくのは見えた。

「ひぇーっ」ピートがいった。「結婚式《けっこんしき》のとき、どういうことか、きき だしてやろうっと」

あたしは、ピートが悲鳴をあげるほどつねってやった。

「ジェイソンにいったら承知《しょうち》しないからね！　あたしたちがこんなことしてるって、知らないんだから。こんなふうにのぞいてたなんて」

「なんで？　姉ちゃんがやりだしたんじゃん」

「あたし、のぞき見なんかしてないから。あたしはただ……考えごとしてただけよ」

「ふーん」ピートはトイレのほうをむいた。「ま、なんとでもいえよ、クレイジートップ」

またつねってやると、ピートはギャーッと悲鳴をあげた。

パパがベッドルームから出てきたらしく、眠《ねむ》そうな声が下からきこえた。「おいおい、いったいなんのさわぎだ？」

「なんでもないよ」あたしはカンジよく答えた。「おやすみ！」

信じられない。ジェイソンとベッカ？　っていうか、ベッカがジェイソンを好きなのは知ってたけど。でも、ジェイソンもベッカを同じように思っていたなんて、知らなかった。だけど、今夜だってあんなふうにベッカを落札したし、そうなのかも。

それにしても……ジェイソンとベッカ？

なにもかも、どうかしちゃってる。

あらゆる男性《だんせい》に対して魅力的《みりょくてき》になる方法は……

カンタンです。自分の好きなことをしていればいいのです。おかしいと思うかもしれませんが、まちがいのない事実です。
自分の好きなことをしていれば――絵を描《か》くことでも、ダンスでも、読書でも、切手収集《しゅうしゅう》でも――幸せなはずです。そして男性は――男性にかぎりませんが――幸せな人にひかれます。

そしてもうひとつ、おわすれなく……男の子は、
恥《は》ずかしがり屋でもあります！

幸せでにこにこしている女の子のほうが、
よそよそしく顔をしかめた女の子よりずっと、近づきやすいはずです！

25 ほっぺにキス

引きつづき人気者5日目
9月1日　金曜日　午前9時

学校に行く車のなかで、ベッカはなにもいわなかった。ひと言も。

ベッカとジェイソンがあたしの知らないヒミツをもっているなんて、信じられない。っていうか、あたしが知らないことになっているヒミツ。

これって、まさか、そういう意味？　ベッカがあたしにキスの話をしないということは……っていうか、今日もジェイソンのBMWじゃなくてベッカのお父さんのキャデラックで登校しているということも？　もしベッカとジェイソンがカップルになったのなら、けさは車で送っていくのがフツーじゃないの？

ってことは、同情《どうじょう》のキスだったとか？　ベッカがジェイソンに告白して、ジェイソンが自分の心はカーステンのものだと答えたか、または例の〃ソウルメイト理論《りろん》〃をくりかえしたか。

それでベッカは、なにもいわないのかも。

でも、逆《ぎゃく》ってことも考えられる。あのキスはトクベツで神聖《しんせい》なものだから、ベッカは自分だけの心にしまっておきたいのかも。あたしがジェイソンのバットマンパンツをはいたことをヒミツにしておきたいみたいに。

そして、けさもお父さんに車で送ってもらっているのは、ふたりであたしに打ち明けるタイミングを待っているのかもしれない。ふたりが恋愛《れんあい》関係にあるということをあたしに話すタイミングを。

ただし一番の問題は、なんであたしが気にしなきゃいけないのかってこと。あたし、ジェイソンのこと、好きじゃないし。そういう意味では。ベッカとつきあおうが、かまわない。だいたいあたし、今日はマーク・フィンレーと約束があるし！

もっとわくわくしてもいいはず。

しかも、けさロッカーのところで会ったとき、マークにおかしな目で見られた。「おはよう、ステフ……その髪《かみ》、どうしたんだい？」

げっ……あたし、髪《かみ》をストレートにブローしわすれた！

だけど、あれだけいろいろあったあとだし、ムリもないと思う。ジェイソンとベッカのことで、ちょっとどうかしていたから。ブローしわすれたせいで、髪があっちこっちくるくるになっている。

もちろん、マークにそんなことはいえない。「あっ、うん、けさはクレイジートップふうにしてみたの。きのうの夜、となりの家の部屋をのぞき見してたら、親友ふたりがキスしてるところを目撃《もくげき》しちゃったのがショックで」なんて。

あたしはさらっといった。「あ、えっと、新しいスタイルに挑戦《ちょうせん》してみたの」

「ふーん。なんかいいね……新鮮《しんせん》で。で、今日は六時に店に行けばいい？　放課後、練習があるからさ」

「もちろん。問題ないよ。じゃ、そのときに」

マークは不思議そうな顔をした。「昼休みに会うだろ？　じゃ、あとで」

「あっ、そっか！　ごめん。うん、お昼に」

「あ、そうだ……きのうの夜のことだけど」

きのうの夜？　なんでマークが、きのうの夜のこと、知ってるの？　マークも、ベッカとジェイソンがキスしてるとこ、見たの？

「オークションのことだけど？」マークはいった。あたしが混乱《こんらん》しているのがわかったらしい。

「あ、うん、もちろん」あたしは笑いながらいった。「オークションだよね。そうそう！」

「七、九二三ドル、集まった。お礼をいいたくてさ。なにしろ、去年の最上級生が一年がかりで集めた金額《きんがく》より多い。まだ学年がはじまって一週目なのにさ」

えっ？　まだ一週目？　なんか、もう何年もたった気がする。初日に、ネイビーブルーのニーハイソックスをはいて、それまでの社会ののけ者ではなくれっきとしたひとりの人間としてマークにあいさつしたあの日から。

「全部、きみのおかげだよ。だから……ホント、ありがとう、ステファニー」

そして、マークはかがみこんで、あたしのほっぺたにキスした。

ちょうどそのとき、アリッサ・クルーガーが女子トイレにむかおうとして通りかかった。にじんだマスカラを直しに行くところらしい。どうやら泣いていたらしいから……またしても。

なんかヘンだ。マーク・フィンレーにキスされたことを想像《そうぞう》するだけで――いくらほっぺたでも――心臓《しんぞう》が破裂《はれつ》してしまいそうな気がしていた。
なのに今日、それが現実《げんじつ》になってみると、なんか……どうでもいい気がする。
あたし、どうしちゃったの？
ジェイソンとベッカは、ディープキスだったのかな？

警告《けいこく》

人気のことばかり気にしていると、人気がなくなってしまいます！

いいですか？　だれでも、“クールなグループ”に入りたいのです。
しかし現実《げんじつ》は、朝から晩《ばん》まで人気のことばかり気にして友だちと仲よくすることをわすれていると、
楽しめるはずのことも楽しめなくなってしまいます。
しかも、くよくよしてばかりの心配性《しんぱいしょう》の人とつきあいたい人など、
どこにもいません！

ですから、人気者になることばかり考えすぎてはいけません。
楽しむことのほうが大切です。

26

図書館でランチ

引きつづき人気者5日目
9月1日　金曜日　午後1時
やっぱり起きてしまった。そういうこともあると話にはきいていたけど、本気にしてなかった。
今日、学食に行く気になれなかった。理由はわからない。ただ……どうしても行きたくなかった。ダーリーンがイヤとかではない。そんなことではなくて……こわかった。もし学食に行ってベッカがあらわれなかったら、ジェイソンといっしょということになる。そうすると、ふたりがカップルになったということがハッキリしてしまう。
そう思ったらどういうわけか、吐《は》いちゃいそうな気がした。
そこであたしは、シリアルバーとダイエットソーダを体育館の横の自動販売機《はんばいき》で買って、図書館にむかった。雨がふっていて、外で食べるのはムリだったから。しかも、あたしの知ってる人で図書館でお昼を食べるほどの変わり者はいないから、だれかに会う心配はない。

と思ったら、大まちがいだった。

あたしがすわろうとしていた席のとなりにいたのは、アリッサ・クルーガーだった。

こっそりはなれようとしたら、見つかってしまった。

アリッサは、シリアルバーを食べるのをやめていった。「あら、もしかして、ステフ・ランドリーじゃない？」あんまり親しみをこめずに。

小さい声を出す必要もなかった。ブルームビル高《ハイ》図書館には、閲覧《えつらん》にくる生徒などいないから、いつも裏《うら》の事務所《じむしょ》にいる図書館員をふくめてほとんど人がいない。図書分類法について調べる宿題が出ないかぎりは。

「ね、アリッサ」あたしは、例の本に書いてあった敵《てき》への対処法《たいしょほう》を思い出しながらいった。同情《どうじょう》だ。大切なのは、同情。「ローレンとのことで、あたしを責《せ》めるのは筋《すじ》ちがいだからね。あんなメモ、書くからだよ」

「書いたのはローレンよ」アリッサはくやしそうにいった。

「それくらい、わかってる。だから、アリッサのせいにされるのはおかしいと思う。マークに本当のことといえばいいのに」

「フーン、そう？」アリッサは、どうだか、という顔をした。「そうすればローレンとわたしが、ふたりで学食じゃなくてここにすわってお昼を食べるようになるとでも？」

あたしは近くの閲覧席《えつらんせき》からイスをもってきて、すわった。

「そもそもローレンが本当の友だちだったら、いまだっていっしょにここにすわってるはずだよ」

アリッサの目に涙《なみだ》があふれた。「わかってるわよ」アリッサはしゃくりあげながらいった。「わたしが気づいてないとでも思う？　ローレンって、めちゃくちゃヤな女よ」アリッサは、もう食べられないとばかりにシリアルバーをぽいっとおいた。「いわれなくてもわかるでしょう？　いままでローレンにさんざんヤな目にあわされてきたのはそっちじゃない？　もうどれくらいになる？　チェリーコークをこぼしてから？」

「約五年」

「そう。で、いまの自分がどんなふうか、わかってる？」

あたしは、自分を見おろした。スリムのコーデュロイパンツにアンサンブルセーターというかっこうだ。一日じゅう雨で肌寒《はださむ》いという予報《よほう》だったから。あしたのおじいちゃんとキティの結婚式《けっこんしき》までには、天気はなんとか回復《かいふく》するはずだ。けさ、天気予報《よほう》をチェックしたら、土曜日は晴天だといっていたからほっとした。

「着てるもののことじゃないわ」アリッサは、バカにしたようにいった。「社会的立場って意味よ。さっきだって、マーク・フィンレーにキスされたの、見たわよ」

あたしは、自分のシリアルバーをかじった。「うん。ほっぺたにね。たいしたことじゃないよ」

「でも、マークはあなたのことが好きよ。ホントに。ローレンにいってたもの。『いい子だ』って」

アリッサは、まるできたない言葉みたいにいった。

「あたし、いい子だし」いった先から、バズーカ・ジョーの双眼鏡《そうがんきょう》でジェイソンのヌードをのぞいていることを思い出した。それに、ローレンの髪《かみ》に砂糖《さとう》をふりかけたことも。

「ま、たいていはね」

「わかってるわ。だから、ローレンがムカついてるのよ。あなたのせいで、自分のよさが目立たないって。マークの前でね」

「それ、自業自得《じごうじとく》でしょ」

「それできのうのことがあったでしょう？　オークションでローレンに勝った。マークを、本屋のためだかなんだか知らないけど、落札した。あとでローレンが女子トイレで話してるの、きいたの。めちゃくちゃおこってキレてたわ。この借りはぜったいに返す、って」

あたしはシリアルバーをもうひと口かじってから、「あ、そう」といった。例の本には、お行儀《ぎょうぎ》が悪いと人気者にはなれません、って書いてあったけど。「これ以上、あたしになにをしようっていうの？　もうさんざんイジメてきたのに」

「さあね」アリッサは、まだ涙《なみだ》のにじんだ赤い目でいった。「だけど、わたしがあなたなら、注意するわ。元親友だからわかるの。こんな目にあわされてるし」

「アリッサ、こんなことになってるのは、ローレンのいいなりになってるからでしょ？　勇気をもって闘《たたか》えばいいのに……この学校のみんなが力を合わせれば、ローレンなんか……」

「バカじゃない？」アリッサは、食べたものの残骸《ざんがい》をひとまとめにしながら席を立った。

「ステフ、わからないの？　だれも、ローレン・モファットには逆《さか》らえない。あなただってね」

「悪いけど、あたしがこの一週間、なにしてきたと思ってる？」

「ローレンに逆《さか》らったわけじゃないわ。ローレンのやり方に乗ってただけじゃない。で、どうなってるかわかる？　このままだと、あなたの負けよ。ローレンは、ぜったいに方法を見つけるもの。あなたが自分でも気づいていない弱点をついてくるわよ。新しい友だちの前で、あなたに恥《はじ》をかかせるわ。そうなったら、逆《ぎゃく》もどりね。おぼえておいたほうがいいわよ」

そして、アリッサは出ていった。

あたしは、シリアルバーを食べながら、アリッサにいわれたことを考えた。だけどハッキリいって、そんなことにはならないと思う。ローレンが、あたしをなんとかして人気者の座《ざ》から引きずりおろすなんて。だって、ローレンにはあたしに対抗《たいこう》する手段《しゅだん》がない。あったとしても、あたしのほうが有利だ。だって、マークがあたしのことを好きだって知っているから。

そしてローレンは、そのことにムカついている。

すっかり気分がよくなったところで、あたしはお昼を食べおえて立ちあがって出ていこうとして……

三番目の閲覧席《えつらんせき》にだれかがいるのに気づいた。三メートルもはなれていない場所だ。

「そんなとこで、ナニやってるの?」あたしはたずねた。

「静けさと平和がほしくてね」ジェイソンがいった。「だけど、やれやれ、場所をまちがっちまったみたいだ」

「車のなかにいればよかったのに」

ジェイソンは顔をしかめた。「そんなとこにいたら、すぐにみんなに見つかっちまうだろ」

あたしは、〝みんな〟というのがベッカのことだとは考えないようにつとめた。ジェイソンがベッカをさけている、とは。ひとつには、どうでもいいことだから。そしてもうひとつには、ジェイソンがベッカをさけようとしているのをうれしく思うなんて、どうかしてるから。

「アイツのいうとおりだ」ジェイソンは、アリッサが出ていったほうにうなずいてみせながらいった。「ローレンのことさ。おまえにカレシを買われたことで、どんなことをしてでも復讐《ふくしゅう》してくるに決まってるぜ」

「ちょっと、やめてよ。べつにコワくないし」

「コワがったほうがいいな。なにされるか、わかんねぇぞ」

あたしはジェイソンをまじまじと見つめた。「ジェイソン、ここ五年間、なに見てきたの？　ローレンはあらゆる方法であたしにいやがらせをしてきたと思わない？」

「だから、理解《りかい》できねぇんだよ」ジェイソンは、ガーリック&オニオン味のファニオンの袋《ふくろ》をあたしにさしだした（あたしはおことわりした）。「なんであんな女と友だちになりたがるんだ？」

「なりたがってないよ」

ジェイソンは、さらにまゆをよせた。「じゃ、いったいなんなんだよ？　さんざん……今週さんざんやってきたことは？」

「あたしはただ、人気者になりたいだけ」

「どうして？」

おもしろいのは、ジェイソンが本気で理解できないからきいているということだ。

「だってね、ジェイソン」どうしてこんなこと、説明しなきゃいけないんだろう？「いままでずっと……っていうか、六年生のときからずっと……あたし、人気の最低レベルにいたの。そろそろ、上にあがってもいいころでしょ」

「だけど……」ジェイソンはファニオンをかじりながらいった。「どうしてそんなに人気者になりたいんだ？　自分らしくもいられねぇのに」

「いられるよ」

「へーえ、そうか。ま、今日はいつもの髪型《かみがた》だもんな」あたしは、片方《かたほう》のまゆをあげてみせた。するとジェイソンがいった。「今日はいつものクレイジートップだ。だけど今週ずっと、なんだったんだ？　三十分もかけて髪をストレートにのばして？　どうして、髪がストレートじゃなきゃつきあってくれないようなヤツらと友だちになりたいんだ？　前の友だちのどこがいけねぇんだよ？　そのままのおまえを好きでいてくれる友だちの？」

「べつに」こんな会話、していること自体が信じられない。「だけど、ジェイソンとベッカ以外の友だちもほしいと思っちゃ、いけない？」

「いけなかねぇよ」ジェイソンは、しぶしぶみとめた。「だけど、それがローレン・モファット？　それとも、おまえが盗《ぬす》もうとしてるカレシのほうかよ？」

「あたし、盗もうとなんかしてないよ」顔が赤くなるのがわかる。

「へーえ、そうか？　必死でかせいだ一〇〇〇ドルを、なんの理由もなく使うか？」

「ううん」あたしは、飽和脂肪《ほうわしぼう》をとらないようにしていることもわすれて、ジェイソンのファニオンに手をのばしてしまった。「理由、知ってるでしょ？　うちの店のためだよ」

「そうか。じゃ、アイツのこと、そういう意味で好きじゃないのかよ」

「うん。ジェイソンがベッカのこと、そういう意味で好きじゃないのと同じだよ」

言葉が口から出てきた瞬間《しゅんかん》、引っこめたくなった。でも、もうおそい。すでにいってしまった。

「ベッカ？」ジェイソンは、すごくミョーな顔でその名前を口にした。つい十二時間前、キスしていた相手なのに。「オレがいつからベッカをそういう意味で好きだって？」

「だって、落札したでしょ」あたしはきっぱりいった。キスシーンを見たなんて、とてもいえないし。

「そりゃ、したさ。ほかにどうしろっていうんだよ？　父親以外だれも入札しないのを、だまって見てろって？　マーク・フィンレーなんかに落札させるわけにはいかねぇし」

「マーク・フィンレーのどこが悪いの？　すごくいい人だよ」

「ああ、そうだろうな」ジェイソンはニヤニヤしていった。「カノジョの――もしくはおまえの――いうなりになってるロボットみたいなヤツが好きならな」

「マークはそんなんじゃないよ。マークは……」

「勝手にしろよ、ステフ」ジェイソンは立ちあがった。「アリッサもヤなオンナだけど、ひとつだけ正しいことをいってたぜ。ローレン・モファットとそのいい子ちゃんのカレシなんかとつるんでたって、ヒドい目にあわされるのがオチだ。それが現実《げんじつ》になったとき、オレがこの目で確認《かくにん》してやるよ」

一番ミョーなのは、それが現実になったときのことだった。

ジェイソンは、たしかにその目で確認したから。

あなたは、信頼《しんらい》できる人ですか？

たよれる人とは……

友だちが助けを求めているとき、そばにいる人。
または、泣くために肩《かた》を貸《か》してあげる人。

しかるべき期日までに（できれば翌日《よくじつ》に）借りを返す人。

パーティなどの行事に時間どおりにあらわれる人。

義務《ぎむ》や約束を大切にする人。

それが、人気者として必要なことです。

27 ローレン、ワナをかける

引きつづき人気者5日目
9月1日　金曜日　午後2時

あたしたちが図書館から出てきたときだった。まあ、〝あたしたち〟とはいえないかも。ジェイソンとあたしは、いっしょに出てきたわけではないから。ジェイソンがあたしを追いこした。あの長い脚《あし》じゃ、ラクにぬかれてしまう。

だけどジェイソンは、図書館の外であたしを待っていた人がいるのに気づいて、見物するためにペースをゆるめた。

ホント、やさしいんだから。

なにしろ、オールスターがほぼ顔をそろえて待っていた。ローレン、マーク、トッド、ダーリーン、ダーリーンのとりまき、べべ。アリッサ・クルーガー以外全員。アリッサは冷水機のところにいた。水筒《すいとう》に水を入れているフリをしているけど、なにが起きるかとじっと見守っている。

「あっ、ここにいたわ」ローレンが、あたしが何事かと思って図書館のドアから出てくるなり、いった。「ヤだ、ステフってば。ずっとさがしてたんだからぁ！」

「そうよ。今日はどうしたの？　お昼、こないんだもの」ダーリーンは少なくとも、心からさみしがってくれてたようだ。

「あ、えっと、ちょっと勉強しなきゃいけなくて」あたしはしょうもない言いわけをした。

「あとで化学のテストがあるの」

「まあ、かわいそうに」ダーリーンが同情《どうじょう》していった。

ローレンは、さっそく本題に入ってきた。

「ここに写ってるこの人」ローレンは、水曜日の『ブルームビル・ガゼット』紙の一面をかかげてみせた。「ステフのおじいちゃんでしょう？」

「うん、まあ」

「で、ここの所有者よね？」ローレンは、記事に添《そ》えてあったもう一枚《まい》の写真を指でトントンたたいた。天文台の写真だ。「そうよね？」

「うん、そうだよ。っていうか、建設《けんせつ》したの。それを町に寄付《きふ》して……」

「でも、まだなんでしょう？　まだ一般《いっぱん》に公開はしてないのよね？」

「うん。来週まではまだ……」

「つまり、いまはだれもいないのよね？」

いったいなにがいいたいんだろう？　あたし、ニブい？　さっぱりわからない。

「うん。っていうか、作業員の人たちはいるけど……」

「昼間でしょ」

「まあ、そうだけど……」

「でも、夜はだれもいないんでしょ？」

「うん。でも、どうして？」

「ほーらね？」ローレンは、マークのほうを勝ちほこったように見た。「だからいったでしょう？　カンペキね」

「なにがカンペキなの？」お昼休み終了《しゅうりょう》のベルが鳴った。

「今夜のトッドのパーティよ」ローレンがいった。「いつもなら外の石切り場でやるんだけど、ずっと雨だし、夜までやまないんですって。中止するしかないかしらと思ったとき、たしかステフのおじいちゃんって天文台を建てた人だって思い出したの。まだ公開してないから、わたしたちを入れてくれるんじゃないかって」

「いいだろ?」トッドがはしゃいでいった。「つーか、ロックされてたりはするだろうけど、カギをもってるとか、パスワードがわかるとかさ」

「うん。まあ、そうだけど、でも……」

「ねっ?」ローレンは、マークのほうににっこりしてみせた。「やっぱりいったとおりだわ! ステフ、あなたってサイコー!」

「だけど」ありえない。まさか、こんなことになるなんて。「何人くらいの予定なの?」

「百人くらい」トッドがいった。「多くてだ。まあ、あと二、三十人ふえる可能性《かのうせい》もアリだけどよ。けどステフ、マジで、オレのパーティは招待客《しょうたいきゃく》オンリーなんだ。ドアのところに見張《みは》りをつけて、ケイサツがきたらすぐわかるようにするつもりだ。ひと晩《ばん》じゅう雨って予報《よほう》だから、メインストリートも〝いつもの壁《ザ・ウォール》〟も人が出てないだろうしさ。ハッキリいえるけど、オレたちがいることは、だれにもバレないはずだ。ただ、十時になったらドアをあけてくれさえすればいい。それだけさ」

天文台のきれいな白い壁《かべ》と、傷《きず》ひとつない床《ゆか》が目にうかんだ。中央にあるどっしりと太い望遠鏡の支《ささ》え台、そのまわりにあるらせん状《じょう》の通路、広い観測《かんそく》デッキ。

そのとき、テレビや映画《えいが》で観《み》たことのあるティーンエイジャーのパーティのようすが目にうかんだ（じっさいに行ったことはないから）。

あたしはいった。「たぶんムリだと……」

「なあ、たのむよ、ステフ」マークが、薄《うす》茶色の瞳《ひとみ》であたしを見おろした。「気をつけるからさ。きみがこまるようなことはしないよ。もしそんなことになったら、ぼくが責任《せきにん》とる。約束するよ」

あたしはマークを見つめた。例によってグリーンがかった瞳にすいこまれそうになる。

「わかった」気づいたら、そうつぶやいていた。

「ヤリィ！」トッドがさけんだ。そして、マークとハイタッチした。

ローレンもうれしそうだ。

ダーリーンがいった。「えっ、ってことは……パーティは中止じゃなくなったの？」

「パーティは決行だ」トッドがダーリーンの腰《こし》に手をまわそうとしたけど、するっと逃《に》げられた。ダーリーンはいった。「まあ、うれしい。これで、買ったばかりのスエードのパンツがはけるわ」

「ステフってサイコー」ローレンがいった。「ステフならやってくれるって、信じてたわ」

そのとき、二度目のベルが鳴って、みんなは教室にむかった。

ジェイソン以外、みんな。

ジェイソンはあたしを見つめた。「ステフならやってくれるって、信じてるよ」

だけど、ローレンとはまったくちがったいい方だった。

そしてジェイソンも、歩いていってしまった。

人気者は勝ち方を知っています。

議論《ぎろん》に勝つもっともかんたんな方法は、最初から議論をさけることです。このことは、他人の意見に対して、たとえまちがっていると思っていても、敬意《けいい》をしめすことで実行できます。
決して「あなたはまちがっている」といってはいけません（自分が悪い場合は、すぐにみとめましょう！）。

ほかの人に、話のほとんどをまかせておくのが最善《さいぜん》です。
あなたのアイデアを、
じつは自分たちのアイデアだと思わせておくのです。

交渉《こうしょう》がもっともうまい人というのは、物事を相手の視点《してん》から見るように本気で努力し、他人のアイデアや意見や願いに共感をしめします。

28 マーク次第《しだい》

引きつづき人気者5日目
9月1日　金曜日　午後4時

こんなことになるなんて、信じられない。

ホントに。あたし、どうすればいい？

ダメなんて、いえない。おじいちゃんの天文台でパーティをひらいちゃダメ、なんて。

そんなこといったら、きらわれちゃう。いままで努力してきたすべてが、計画してきたすべてが、やっと獲得《かくとく》した人気が、すべて消えてしまう。あっというまに、なくなってしまう。グリーン郡はじまって以来の、しょうもなく〝ステフ・ランドリーな〟ことになってしまうはずだ。

だけど、おじいちゃんがいっしょうけんめい準備《じゅんび》してきたものをめちゃくちゃにするようなこと、ゆるすわけにはいかない。

ぜったいめちゃくちゃにするだろうから。トッドがなんといおうと、信じられない。あの天文台には、すごく精密《せいみつ》な機器がたくさんある。百人以上のティーンエイジャーが観測《かんそく》デッキで踊《おど》ったりさわいだりしたら――ＤＪまでくるらしい――こわれてしまうかもしれない。

そんなこと、させられない。おじいちゃんのキティへの結婚《けっこん》のプレゼントを台なしにさせるわけにはいかない。

でも、〝ステフ・ランドリーする〟わけにもいかない。

どうしたらいいの？

さっき、ママにきかれた。「どうしたの？　きてからずっとそわそわしてるわよ」きてから、というのは、店にきてからのことだ。店で、マークと宣伝用《せんでんよう》の写真撮影《さつえい》をする約束をしているからだ。

「べつになんでもないよ」

ジェイソンが告げ口したらどうしよう？

あたしは放課後、生徒用の駐車場《ちゅうしゃじょう》で待ちぶせしてジェイソンにたずねた。ジェイソンはものすごいいきおいで走ってきたから、見失うところだった。だれから逃《に》げているのか知らないけど、あたしではないらしい。あたしが名前をよぶと、ぱっとふりかえって、ほっとした顔をしたから。

でも話しているあいだじゅう、ずっときょろきょろしていた。だれかをさがしているみたいに。

「なんだよ!?」ジェイソンは、カンジ悪さをサクレツさせた。

「ちょっとききたいんだけど、話すつもり?」

「だれに、なにを?」

「わかってるくせに。今夜のパーティのこと。親に話す? またはキティに?」

「オレにはカンケーねぇことだよ。招待《しょうたい》されてないしな」

「わかってるよ」招待したってこないくせに。「でも、とめようと思ってない?」

「あのな、ステフ。今週ずっとおまえは、自分のことは自分で決めるって態度《たいど》をとってきた。人の助けもいらないし、意見もきかないってな。オレなんかいなくても、やってきたじゃねぇか。なのに、なにを口出ししろって?」

ほっとして、肩《かた》ががっくり落ちた。

「じゃあ……いわないんだね？」

「いわねぇよ。おまえはきっと正しい判断《はんだん》をくだすだろうから。おまえ、自分はいつも正しいっていう自信、あるだろ？」

あたしはジェイソンをまじまじと見つめた。「パーティをさせてあげなかったら、みんなにきらわれちゃう」

「ああ、そうだろうな」

「でも、パーティをさせたら、ジェイソンにきらわれるね。ま、もうきらわれてるかもしれないけど」

「よくいうぜ。オレがどう思ってようが、気にしてないくせに」

「気にしてるよ」そんなふうに思われていたなんて、ショックだ。だけど、ジェイソンにはきこえなかったらしい。ちょうどそのとき、あたしのうしろになにかを発見したらしく、ジェイソンは青くなっていった。「じゃあな」

そして、〝ザ・B〟に乗って行ってしまった。

ふりかえると、ベッカとスタッキーが校舎《こうしゃ》から出てくるところだった。

「いましゃべってたの、ジェイソンじゃない？」ベッカは、近くまでくるときいてきた。

「あ、うん」

きのうの夜、ふたりのあいだになにがあったかは知らないけど、あまーい結果になっていないのはあきらかだ。ジェイソンが必死でベッカをさけているのはミエミエだ。でも、なんで？　っていうか、ジェイソンはベッカを落札したし……しかも、キスまでしたのに。

でも、ベッカを傷《きず》つけたくない。「急ぎの用事があるんだって。ほら、結婚式《けっこんしき》のことで」

「ああ、そうなの。スタッキーがうちまで送ってくれるって。いっしょに乗っていく？」

「うん」インディアナ州バスケットボールチームの予選やら勝利やらについてえんえんときかされるのはさけたいけど、バスよりはマシだ。

それにビックリだけど、スタッキーはバスケとは関係ない話題についても多少は会話できるようになっていた。スクラップブックとか（最近よくベッカといっしょにいたらしい）、おじいちゃんの天文台でパーティをやることとか。

「ステフ、アイツらがあそこでパーティやるっていってるの、知ってるのか？」スタッキーはたずねた。「だってよ、ステフが知ってて、阻止《そし》しようとしないなんて、信じらんねぇからさ。トッド・ルビンのパーティがどんなもんか、知ってるし。去年は、両親がアルーバにバカンスに行っちまったヤツの家でやったんだけど、一万ドルぶんの損害《そんがい》を出したって話だぜ。リビングルームのカーペットに火をつけたヤツらまでいてさ。ライターのオイルをぶっかけて。炎《ほのお》で自分たちの名前を書いたんだとさ」

「イヤだ、ステフがおじいちゃんの天文台で、そんなことするのを許可《きょか》するわけないわよ」ベッカが当たり前だというふうにいった。「ジョンのききまちがいでしょう?」

ミョーだけど、スタッキーにも名前があるなんていままで気づかなかった。しかも、〝ジョン〟?

ま、いいけど。

とにかく、あたしにできることはひとつしかない。ちょっと時間はかかったけど、思いついた。パーティを阻止《そし》して、なおかつ、あたしの人気をたもつ方法。

残念ながら、カンタンではなさそうだけど。

例の本からたくさん学んだから、なんとかかいけるはずだ。

もちろん、ほとんどはマーク次第《しだい》……。

でも、だいじょうぶ。ジェイソンはマークのことを誤解《ごかい》している。

マークがきっと、なにもかも解決《かいけつ》してくれるはずだ。あたしはそう信じている。

人気者は、あらゆることにかんして、
あらゆる人の考えを変えることができます。

どうやればいいかというと……
その人をほめることからはじめましょう。だれでも、
自分をほめられるのが好きです。
あなた自身のあやまちについて話してみましょう。
完璧《かんぺき》な人などいない、ということをしめすのです。
さりげなく、その人に自分のあやまちに気づかせます。
その人に、あやまちについて説明する、
または名誉挽回《めいよばんかい》する機会をあたえます。
あやまちをみとめたことを、ほめたたえます。それから、
次はもっとうまくいくはずだといい、自分で解決策《かいけつさく》を考えつくようにみちびきます。
はげまして、やる気を出させてあげましょう。
あやまちを正すのはかんたんだと思わせるのです。
あなたの提案《ていあん》することをよろこんでしてくれるようになるはずです。

これで解決！

29

くちびるにキス

引きつづき人気者5日目
9月1日　金曜日　午後8時

マークは約束どおり、六時きっかりにあらわれた。練習後にシャワーを浴びたので、まだ髪《かみ》はぬれている。雨がふっているせいもあるだろう。

でも、問題なし。いつもどおり、めちゃくちゃカッコいい。

「やあ」マークは、あたしがレジのうしろから出てくるといった。おんぼろのＡＢＣアルファベットカーペットの上に、ポタポタしずくをたらしている。でもグリーンがかったきらめく瞳《ひとみ》を見たら、そんなことはどうでもよくなってしまう。「準備《じゅんび》できてる？」

「うん。マーク、うちのママ」

ママは足首がズキズキするのに、マークに会うために帰らずに待っていた。パパが一日がかりで、世界的に（っていうか、まあ、グリーン郡的に）有名なチリを夕食につくってくれていたのに。ママは一歩前に出て、マークと握手《あくしゅ》した。

「こんにちは、マーク。いらっしゃい。今回は、ご協力感謝《かんしゃ》するわ。ステフがどんなによろこんでいることか。もちろん、わたしもよ。もちろん、店も大助かりだわ！」

マークはママといっしょに笑った。あたしはなんとなくうれしくなった。マークって、三十代後半の――しかも六人目の子どもを妊娠《にんしん》八カ月の――女性《じょせい》を、十六歳《さい》の娘《むすめ》と同じようにドギマギさせる力もあるんだ。

「お役に立てて光栄です」

ママはめずらしくあたしにすべてまかせて、自分のカサをもって、帰りじたくをはじめた。そして、ディスプレイのウィンドウを流れる雨を指さしながらいった。

「こんな天気だから、あんまりお客さんもこないでしょうしね。ダレンは裏《うら》で休憩中《きゅうけいちゅう》よ。なにかあったら、声をかけてよぶのよ」

「うん、わかった」ママが帰りがけに口パクでいったのを、あたしはしっかり見た。〝本当ね。カッコいいじゃない！〟

ちょうどそのときマークはマガジンラックにあった『スポーツ・イラストレイテッド』

を見ていたから、気づいてないはずだ。

あたしは時間のロスがないように、うちのデジカメを準備《じゅんび》しておいた。「外で撮影《さつえい》するつもりだったんだけど、こんな雨だし、フィクションの棚《たな》の前にあるイスにすわってもらってもいい？」

「もちろん」マークは、あたしのあとをついてきた。

あたしはマークに、古い革《かわ》のひじかけイスにすわってもらい、ジョン・グリシャムの最新作をもってもらった。

「うん、いいかも。『ブルームビル・フィッシュを州大会の決勝にみちびく以外の時間、マーク・フィンレーは〈コートハウス広場書店〉でくつろいでいるはずです』とか？」

マークは照れ笑いをした。「まあ、本当になんとか決勝に行けたらの話だけどね」

「行けるよ！」あたしは、シャッターをおしながらいった。「ちょっとだけ、あごをあげてくれる？　あ、そうそう。マークなら、その気になればなんだってできるよ。マークって、そういう人だもん」

マークは、さらにニコニコ顔になっていった。「うーん、そうかなあ？　よくわかんないけど」

「ホントだよ。マークって、ホント、すごい。フィールドのなかだけじゃなくて、外でもね」

「おいおい、やめてくれよ」マークは、からかうなよ、みたいな顔でいった。でも、まだニコニコしている。

「やめてはこっちのセリフだよ。自分でもわかってるでしょ？　あたしも、すこしは見習えたらいいのに」

「ナニいってるんだよ。きみだって、スゴいじゃないか。いままでうちの学校で、ひと晩《ばん》であれだけの資金《しきん》を集める方法を考えついた生徒なんていなかったんだよ？」

「あたし、お金の計算は得意だから」あたしはシャッターをおしながらいった。「でも、人間関係は苦手。たとえば、マークのカノジョにもきらわれてるし。ね、片脚《かたあし》をひじかけにのせてみてくれる？　あ、うん、そうそう。さりげないカンジで」

「ローレンが？」マークの笑顔《えがお》が消えた。

「うん、ローレン。っていうか、マークは知らないと思うけど、もう何年も前から」

「まさか」マークはまたニッコリした。「ローレンは、きみのこと、スゴいと思ってるよ！　昔いっしょにバービーごっこをして遊んだって話もきいてるし」

「そんなこといってたの？」一瞬《いっしゅん》、写真をとるのをわすれてしまった。「じゃ、〝スーパーゴクゴクサイズ事件《じけん》〟の話は？」

「前にそんな話、どっかできいたような気がするなあ」マークは、ちょっと決まり悪そうな顔をした。「だけど、ずいぶん昔のことだろう？　ローレンも、ほかのみんなも、きみがおじいさんのつくった建物のなかでパーティをやらせてくれるのに、大よろこびなんだよ」

「あ、うん。ね、カウンターでも何枚《なんまい》か、とりたいんだけど。買いものしてるとこみたいに。いい？」

「もちろん」マークは立ちあがった。色落ちしたキレイ目ジーンズをはいたカンペキな形のオシリが目に入る。

「ただね……」あたしは、ぐっと息をのみこんだ。「そのことなんだけど。パーティのこと……」

「天文台でやれるようにしてくれて、本当に感謝《かんしゃ》してるよ」マークは、片手《かたて》をあごにおいてカウンターのところでポーズをとった。カメラをむけられてもこれだけリラックスできるってことは、この手のことは前にもやっているはずだ。あごに手なんか置いちゃって、通販《つうはん》のカタログっぽい。でも、そんな話はしたくない。「きみのおかげで、ピンチを切りぬけられたよ。またしても、ね」

「あ、うん。そうだね。だけど、ローレンとのことは……」

「ローレンとのことって？」

「ローレンとあたしがうまくいってないこと」

「そのことなら、ずっといってるじゃないか」マークは笑いながらいった。「なんにもないよ。少なくとも、ローレンのほうはなんにも悪く思ってないさ。ステフ、ローレンはきみのこと、大好きだよ。きみにあんなメモをわたしたことで、アリッサ・クルーガーをバッサリ切り捨《す》てたの、見ただろう？　きみのことが好きじゃなかったら、親友と絶交《ぜっこう》する理由なんかほかにないじゃないか？」

あなたとつきあっていたいから。ホントはそういいたかったけど、かわりにいった。

「そんなカンタンな話じゃないの。それに、イヤな予感もするし。ローレンが……」

「あ、そっか」マークは片方《かたほう》のひじをカウンターにのせ、片手をオシリにあてたまま、かたまった。「わかったよ。そういうことか」

あたしはビックリして、マークを見つめた。「そういう……こと？」

「うん」

そのときだった。マークは手をのばしてきて、カメラをもっていないほうのあたしの手をとった。そして、自分のほうにぐっと引きよせた。

なにが起きているのかもわからないうちに、気づいたら、あたしはマークから数センチしかはなれていないところに立っていた。マークはかがみこんで、あたしのあごの下に指を置き、顔を上にむけさせていた。あたしはマークの目をのぞきこんでいた。

「心配なんだろう?」マークがあたしにほほえみかける。見るたびに胸《むね》がちくちくするような、いつもの照れたような笑《え》みだ。「きみのおじいさんのつくった建物をみんながめちゃくちゃにするんじゃないかって」

「あ……」よかった。マーク、わかってくれたんだ。あたしからいわなくてすんだ。「うん、そうなの。だから、ローレンとかみんなに話してくれないかと思って。そうすればみんなもわかってくれるでしょ? あたし、本当はやっぱり……」

「ああ。きみってやっぱり、いい子だね」

「え……ううん、そんなことないよ」ああ、マークは実体を知らないから。「で、話してくれる? みんなに……」

そこまでしかいえなかった。そのときマークがさらにかがみこんできて、くちびるをあたしのくちびるにふれさせたから。

そう。マーク・フィンレーが、あたしにキスをしている。

くちびるに。今回は、くちびるに。

あたしもキスに応《おう》じたのかどうかはわからない。あんまりビックリして、どうしたらいいかわからなかった。キスの経験豊富《けいけんほうふ》ってわけではないし。っていうか、じつは一度もない。たぶん、ただつっ立って、されるままになっていたと思う。外の雨のなかを行きかう車の音をききながら、マークのくちびるの味――チュッパチャプスみたい――と体のぬくもりを感じていた。

マーク・フィンレーが、あたしにキスしている。頭のなかをかけめぐっていたのは、それだけ。マーク・フィンレーが、あたしにキスしている。

たしかキスされると、頭のなかで花火かなんかがはじけたような気がするはずだ。耳もとで、天使の歌声とか小鳥のさえずりとかがきこえるはずだ。マンガで、フライパンで頭をパコーンと打たれたときみたいに。

だからあたしは目をとじて、花火が見えないか、歌声やさえずりがきこえないかと、じっとしていた。

マーク・フィンレーがあたしにキスしている。マーク・フィンレーがあたしにキスしている。

そのとき、見えた。そして、きこえた。やっとのことで。

とうとうマークが顔をあげた。茶色いふさふさのまつ毛で半分かくれた目であたしをじっと見おろして、低い声でいう。「ああ、きみってかわいいね。かわいいって、いわれたことある？」

あたしは首を横にふった。しゃべりたくてもしゃべれない。頭のなかにあったのはひとつ。

マーク・フィンレーがあたしにキスした。

マーク・フィンレーがあたしをかわいいっていった。

マーク・フィンレーが、あたしをかわいいっていった。

「それはおかしいな」マークは、親指であたしのジンジンするくちびるをやさしくなぞった。「ごめん」たぶん、キスのことだ。「あんまりかわいくて、ガマンできなかった。ゆるしてくれる？」

ゆるす？　キスしたことで？　ガクッとひざをついて感謝《かんしゃ》したいくらいなのに？

マーク・フィンレーがあたしにキスした。

マーク・フィンレーが、あたしにキスした！

「ステフ、きみのおじいさんの建物には危害《きがい》を加えさせないって約束するよ」マークはさっきと同じ低い声でいいながら、あたしの目をじっとのぞきこんだ。「心配しないで」

あたしはこくんとうなずいた。心配なんか、いらないに決まってる。だって、マークがいったんだから。なんたって、マーク・フィンレーだ。マーク・フィンレーが約束してくれた。しかも、あたしにキスをした。あたしのことを、いい子だっていった。かわいい、って。

「もう写真はじゅうぶんにとれた？」マークはやさしくたずねた。まだあたしの顔をじっと見つめている。

「うん」気づいたらそういっていた。よく、このくちびるでしゃべれたと思う。まだキスのせいでジンジンしているのに。

「じゃ、そろそろ帰ってもいいかな？　今夜のビールを調達しなきゃいけないし」

「うん」また、気づいたらいっていた。あたし、どうしちゃったんだろう？　まるで自分の体からぬけだして、ステフっていう名前の女の子がマークっていう男の子とラブシーンを演《えん》じているのをながめているみたいだ。マークって名前の男の子がステフにキスしているところを。

「よかった」マークはいった。

そして、マークはまたあたしにキスをした。今度はそっと軽く、おでこに。

「じゃ、十時に」

そして、マークは帰った。

パーティの主役はあなたです！

パーティをひらくのは、それほどむずかしくはありません。みんなを楽しませて、ホスト役のあなたも楽しむためのコツをお教えしましょう！

お客さまが、あなたが招待《しょうたい》していない自分の知り合いを連れてあらわれたら、温かくむかえいれましょう。昔からいうではありませんか。
数が多ければ多いほど、楽しいのです！

家が、おおぜいのお客さまを歓迎《かんげい》できるほどきれいでなくても、りっぱでなくても、心配はいりません。お客さまは、家を見にきたのではなく、会話を楽しみにきたのですから！

音楽はどんなときでも、その場を活気づけてくれます。
盛《も》りあがるような流行の音楽を用意しておきましょう。

そしてなにより、あなた自身が楽しむのです。
イライラしたホスト役ほど、
パーティを台なしにするものはありませんから！

30 あたし、どうしちゃったの？

引きつづき人気者5日目
9月1日　金曜日　午後10時

マークが帰るとすぐ、ダレンが裏《うら》の事務所《じむしょ》から出てきて、レジのところまでくるといった。「アレ、だれだ？」

マークが店の前にとめた四輪駆動《くどう》にむかっていくのをながめながら、あたしは答えた。

「アレは、マーク・フィンレー」

「あのマーク・フィンレー？」ダレンはヒューッと口笛をふいた。「で、ぼくの目が正しかったら、いま、キスされてなかったか？」

「うん、そうだね」

「おめでとう、ステフ。だからいっただろう？　プロムまでにはカレシができるって」

そういわれて、あたしはいきなり現実《げんじつ》に引きもどされた。

「ううん。マークにはカノジョいるし」

ダレンはビックリしていた。「ウソだろ？　あんなの、相手がいるオトコのやることじゃない。あいつ、なに考えてるんだ？」

頭のなかでさえずっていた小鳥が、ぴたっとだまった。くちびるのジンジンが引いた。

そうだ。マークにはカノジョがいる。なのにあたしにキスするなんて、なに考えてるの？

マークはあたしのことを、かわいいっていった。ガマンできなかった、って。

でも……そんなようすはいままで一度も見せなかったのに、いまさらとつぜん？

信じていいの？　マーク、本当にガマンできなかったの？　あたしがかわいくて、えーっと、あとなんていったっけ？　そうそう、いい子だから？

ローレンとつきあってきたから、「いい子」が新鮮《しんせん》に見えたのかも。

でも、ローレンがマークの前でイジワルなところを見せたとは思えない。それはぜったいにないだろう。

ローレンは、イジワルを人のせいにする。アリッサ・クルーガーとか。

アリッサのいうとおりだ。ローレンはやっぱり、あたしに仕返ししてきた。

あたしがいま、ここにこうしているのは、ローレンのせいだから。広々として真っ暗なだれもいない天文台のドームに落ちる雨音をききながら、みんながくるのを待っている。そしてみんなは、ここをめちゃくちゃにする。おじいちゃんがこの一年、いっしょうけんめいつくってきたすべてを。

マークがいくら約束してくれても、そうなるに決まっている。マークのキスでくちびるがジンジンしていたのがおさまって——そして、現実《げんじつ》に引きもどされて——あたしは、やっとわかった。ぜったいに、ここはめちゃくちゃになる。いろんなものがこわされる。

でも、あたしがいっしょうけんめいやってきたことは？　あたしは、どうなるの？　っていうか、やっとのことでみんなにイジワルされなくなったのに……。「ステフ・ランドリーしないでよ！」なんていわれなくなって、感謝《かんしゃ》されるようになったのに。しかも、マーク・フィンレーにキスされた。なのにいまになって、全部捨《す》てるなんてできない。いい子だから——変わり者だから——本や映画《えいが》でしか見たことがないけど、フツーのティーンエイジャーが楽しむのをじゃまするなんて。

あたし、そんなにいい子だったっけ？

ううん。ちがう。だって、あたしは講堂《こうどう》の床《ゆか》に空《あ》き缶《かん》をころがした犯人《はんにん》だ。砂糖《さとう》をローレンの頭にふりかけた。未来の義理《ぎり》の兄弟のハダカをのぞき見した。あたしは、いい子なんかじゃない。ちがう。だから、いまさらいい子ぶることはない。

うん、そうだ。みんながきてドアをノックしたら、あければいい。あけなきゃ。入れないなんて、できない。なにもかも、もとにもどっちゃうなんて、耐《た》えられない。また〝ステフ・ランドリーする〟なんて。

おじいちゃんだって、わかってくれるはずだ。お金だっていっぱいためてるし、ほとんど自分でべんしょうできる。三〇〇〇ドルをこえないくらいなら、なんとかなる。マークを店のために落札するのにちょっと使っちゃったけど。

あ、キティは？　キティのことは考えなくていいの？　きっと、ショックを受ける。でも……キティだって、あたしと同じくらいのころに同じようなことをしたはずだ。おじいちゃんはしてないだろうけど……移住《いじゅう》してきた家族の生活を助けるために、山ほどバイトをしていそがしかったから。

キティは、わかってくれるはずだ。なんたって、例の本を読んでいるから。キティは知っている。どんなにタイヘンか、知っている。

でも、ジェイソンは？

うー、あたし、なんでこんなときに、ジェイソンのことなんか考えちゃうんだろう？

ジェイソンなんか、どうだっていいはずなのに。関係ない。

〝ステフならやってくれるって、信じてる〟

最初にいったのは、ローレンだ。

でも、ジェイソンもいった。ただし、ローレンとはまったくちがった意味で。

ああ、ジェイソンにどう思われるかなんて、どうだっていいはずなのに。っていうか、ベッドルームでベッカとキスしてたし。ジェイソンがほかの女の子とキスしようが、あたしには関係ないけど。そういう意味で好きなわけじゃないし。

しかも、あたしだってほかの男の子とキスの経験《けいけん》あるし。まあ、さっき初体験したばかりだけど。

でも……なんでベッカと？　どうしてベッカとキスしなきゃいけないの？　どうしてベッカを落札したワケ？

あーっ、あたし、なんでジェイソンのことなんか、気にしてるんだろう――どうしてこんなにイライラするの？　っていうか、ジェイソンとベッカのことはよろこんであげてもいいはずだ。まあ、もし本当にふたりがカップルになったらの話だけど。

もしふたりがカップルだったら、あたし、吐《は》いちゃうかも。前にキングスアイランドのウォーターシュートで気持ち悪くなったときみたいに。

ううん、そんなことない。ぜったい、よろこべる。ふたりとも、あたしの親友だもん。楽しい恋愛《れんあい》をしてもいいはずだ。

だけどどうして、ジェイソンの楽しい恋愛の相手はベッカなの？

あたし、どうしちゃったんだろう？　なんでジェイソンのことばっかり考えてるの？　さっき、マーク・フィンレーとキスしたばかりなのに。くちびるに。花火だって見たし！　天使の歌声だったたきいたし！

ただ……

なんか、ちがう気がする……。ジェイソンとレッグ・レスリングしたときに感じたものとは、ちがう気がする。だってあたし、なんでジェイソンをのぞき見するのをやめられないんだろう？　あれが、ティーンエイジャーの異性《いせい》に対するたんなる好奇心《こうきしん》以上のものだったら？

そんなはずない。そんなの、ありえない。あたし、マーク・フィンレーが好きなんだもん。愛してるし。あたし……。

あたし、マークを愛してなんかいない。どうしよう？　好きでもない。だって、あんなことするって、どういうつもり？　カノジョがいるのに、ほかの女の子にキスするなんて。そんなの、よくない。いいことじゃない。っていうか、ヒドすぎる。軽薄《けいはく》にもほどがある。例の本に書いてあった人気者のする行動じゃない。正反対だ。人気者は、うわついた気持ちなんかもたない。つきあっている相手に誠実《せいじつ》であるべきだ。

人前で女の子にキスしたりしない。

自分のいうことをきかせるために、女の子にキスしたりしない。

正直であるべきだ。ユーモアセンスバツグンのはず。親友のようにたよれるはずだ。

ジェイソンみたいに。

え？　あたし、どうしちゃったの？

Unpopular（形容詞《けいようし》）：多くの人からきらわれる、または評価《ひょうか》されない。知り合いから好かれない。仲間に入れてもらえない。

31 ちがったみたい

9月1日　金曜日　午後11時

ムリ。

ドアをあけるわけにはいかない。

あけたいけど。ホントにあけたいけど。少なくとも、あけたいと思っている自分がいるのはたしかだ。

とくにマークの声がきこえたとき、あたしはドアをあけたくなった。「ステフ？　いるのかい、ステフ？　ぼくだよ、マーク。あけてくれないか？　雨がかなり強くなってるんだ」

そのとき、ローレンの声がした。「あーん、髪《かみ》がぬれちゃうわ。ステフ、早くしてぇ！　びしょぬれになっちゃう！」

そして、トッドの声もした。「おい、このビール、マジ重たいぜ」

あたしは、ドアの前から動かなかった。立ちあがってあけはしなかった。じっとしていた。

そして、声だけかけた。「あのね、きいて」

「ステフ?」マークがこぶしでドアをたたく。「きみなんだろう? あけてくれないか?」

「あのね、そのことなんだけど」あたしは深呼吸《しんこきゅう》した。「ムリなの」

「なにがムリなんだよ? あけ方がわからないとか?」

「ううん。それはわかる。ただ、入れてあげられないの。ごめん。気が変わったの。ここでパーティはさせられない」

沈黙《ちんもく》が流れる。一瞬《いっしゅん》。

そして、トッドがわめいた。「ざけんなよ、ランドリー! いいからあけろって。オレら、ずぶぬれなんだぜ」

「わからない? ここには入れてあげられないの。パーティはどこかほかの場所でやって」

さらに、しーんとした。

そして、みんながいっせいにドアをバンバンたたきはじめた。カギをガチャガチャやっている。ケリも入れている（たぶんローレンだ）。みんながドアをあけようとしている。

あたしは、動かなかった。

マークの声がきこえてきても、動かなかった。きいたことがないような乱暴《らんぼう》な声だ。「ステフ！　ステフ、いいからあけろよ！　いいかげんにしてくれ！　早く！」

ローレンのさけび声がする。「ステフ・ランドリー！　いますぐドアをあけなさい！」

あたしは目をとじた。おじいちゃん……これがあたしの結婚《けっこん》のプレゼントだよ。いわゆる友だちを、おじいちゃんの天文台からしめだすからね。結婚おめでとう！

こんなプレゼントって、しょうもない。でも、いまのあたしにできるせいいっぱいだ。

それに、おじいちゃんとキティのためにかなりの犠牲《ぎせい》をはらっている。ふたりは知らないけれど。

しばらくそのままでいると、ドアをたたく音がやんだ。そしてトッドの声がきこえてきた。「アイツ、オレたちをしめだしやがった。ざけんなよ」

「きっとなにかあったのよ」たぶんダーリーンだ。「ステフ？　だいじょうぶ？」

「このままですむと思わないでよ」ローレンが激怒《げきど》している。「月曜日、思い知らせてあげるわ。おぼえておきなさい」

はいはい、わかってますとも。月曜日、楽しみにしてればいいんでしょ。

マークは、あたしをかばってはくれなかった。ひと言も。

ま、もとからマークがあたしのことを好きだなんて思ってなかったけど。あのキスは、そんなんじゃない。あのキスは——いまならわかるけど——あたしがかわいくてガマンできなかったからなんかじゃない。自分のいうことをきかせたかったからだ。

つまり、ドアをあけさせたかったから。

悪いけど、そうはいかない。花火なんか、あっというまに消えちゃったし。

みんなは、とうとう帰っていった。帰る前、ローレンはさんざん、雨のせいで髪《かみ》が台なしだと文句《もんく》をいっていた。トッドは、新入生で親が週末フランスに出かけてるヤツがいたはずだからその家に行けばいい、とかなんとかいっていた。

ローレン、月曜日にどんな手を使っていやがらせをするつもりだろう。

ま、べつにいいけど。いままでだってさんざんされてきたし、いまさらコワくない。

そのとき、暗がりから声がきこえてきた。天文台の内側から、あたしの名前をよぶ声が。

あたしは、キャーッと悲鳴をあげた。

「なんだよ」ジェイソンが、望遠鏡の支《ささ》え台のかげから出てきた。「オレだよ」

「こんなとこで、なにやってるのよ?」

「おまえが正しい決断《けつだん》をくだすかどうか、たしかめてたんだよ」

「ってことは……」信じられない。心臓《しんぞう》があんまりドキドキして、口からとびだしそうだ。

こんなふうにいきなり人が出てきたせいなのか、それがジェイソンだったせいなのかは、わからないけど。「ずっとそこにいたってこと?」

ジェイソンは肩《かた》をすくめた。「おまえがくる前に勝手に入った」

「で、ずっとすわってたワケ?」殺人的な怒《いか》りとしかいいようのない感情《かんじょう》がわきあがってくる。「そうやって暗いなか、ずっとそばにいたのに、なにもいわなかったワケ?」

「今回のことは、おまえが自分で解決《かいけつ》すべきだと思ったから。それに、おまえが正しい決断をするのはわかってたしな」

「へーえ」あーっ、なんでもいいから投げつけてやりたい。ホントに。「で、もし正しい決断をしなかったら?」

するとジェイソンは、うしろ手にもっていたものをさっととりだした。ゴルフクラブだ。

「この大砲《たいほう》が、ヤツらを追いはらってくれてただろうな」

どういうわけか、あんまりバカバカしくて、怒《いか》りがすーっと消えていった。こんなゴルフクラブを見せられたら、おこる気も失《う》せてしまう。

しかも、ひざに残っていた最後の力までぬけてしまった。あたしは壁《かべ》にドサッとよりかかり、そのまま下にへたりこんで、新品のカーペット――燃《も》やされないよう、あたしが守ったカーペットだ――の上にすわった。そして、両手に顔をうずめた。

ジェイソンが近づいてきてとなりにすわった。見えなかったけど、きこえた。

「元気だせって、クレイジートップ」ジェイソンは、しばらくするといった。「おまえ、よくやったぜ」

「がんばったのに」あたしは、自分のひざにむかっていった。泣いてはいない。泣いてなんかいない。だいじょうぶ。あたしはだいじょうぶ。「いっしょうけんめいやったのに。全部ムダになっちゃった」

ジェイソンの手を背中《せなか》に感じる。なぐさめるように、たたいてくれている……ウォータ－シュートからおりてゴミ箱に吐《は》いたあたしをさすってくれたときと同じような気がしなくもないけど。

「ムダではないぜ。おまえは、学校で一番人気者だった……まあ、この一週間のあいだはな。だれでもできることじゃない」

「ただの、時間とエネルギーのムダ使いだよ」まだ顔があげられない。ジーンズが、涙《なみだ》を吸収《きゅうしゅう》してくれている。

「いや、そんなことはない。そのおかげで、気づいただろ？　自分に欠けてるとずっと思いこんでたものが、じつはたいしたもんじゃなかったって。ちがうか？」

「わかんない。人気者になるために、必死で努力した……人気者でいつづけるために……人気を楽しむ余裕《よゆう》もなかったよ」あたしは顔をあげてジェイソンを見た。もう、泣いているのがバレてもかまわない。「ぜんぜんわかんないよ。人気者でいたいのかどうかさえ、わかんない」

「おいおい」ジェイソンは、あたしの涙にちょっとビックリしたような顔で、やさしくいった。「なあ、泣くようなことじゃないぜ。少なくとも、アイツらのために泣く価値《かち》はない」

「わかってる」あたしは手首で涙をぬぐった。よかった、ずいぶんおさまってきた。あたしは壁《かべ》に背中《せなか》をあずけた。「まったく。あたしがここで、あのくだらないパーティをやらせてあげるワケないのに」

「かんべんしてくれよ。一瞬《いっしゅん》オレも、おまえがヤツらを入れてやるつもりかと思ったじゃないかよ」

「おじいちゃんのことを思ったら、できないよ。あと、キティ」

「結婚《けっこん》祝いにはならないだろうからな」

ウケる。あたしがさっき思ってたこととといっしょだ。

「あんな人たちのために髪《かみ》をストレートにブロウしてたなんて、バカみたい。一週間も」

「どっちにしても、そのチリチリのがいいぜ」

ジェイソンは、なぐさめてくれているだけだ。あたしが泣いてたりしたから。わかってる。なぐさめるためにやさしいことをいってくれてるんだ。あたしのことが好きだからとかじゃなくて。少なくとも、友だちとして以上の意味ではない。

でも、やっぱり……なんか、なんだかわからないけど、どうしてもきかずにはいられない。「ジェイソン、ベッカのこと、好きなの？」

ジェイソンは、電気ショックを受けたみたいに背中《せなか》をぱっと壁《かべ》からはなした。

「は？」ジェイソンは、薄《うす》暗がりのなかで目をパチクリさせている。「どっからそんな考えが出てきたんだ？」

「だって」マズい、墓穴《ぼけつ》を掘《ほ》っちゃった。どうしよう？　あたし、なに考えてたの？　どうすればいい？「ベッカのこと、落札したし……」

「前にもいっただろ。傷《きず》つけたくなかったからだって」

「だから……」なんか、口が体のほかの部分を裏切《うらぎ》って、勝手にミッションを遂行《すいこう》しようとしてるみたいだ。「それって、好きだからでしょ？」

「アイツがオレのスニーカーになにしたか、わすれたのか？」ジェイソンは大きな足をこちらにあげてみせた。靴底《くつぞこ》にはびっしり、紫《むらさき》の星とユニコーンの絵が描《か》いてある。

あたしは、じっと見つめた。ジェイソンは足をおろした。

「やれやれだぜ」

でも、それだけではおさまらなかった。口がまだ勝手に動いている。頭と心は、〝だまれ、だまれ〟っていっているのに。

「好きじゃないなら、どうして……」だまれ、だまれ、だまれ。「きのうの夜、部屋でキスしてたの？」

だまれってば！　ああっ、もうっ！　あたしって、地球上で一番バカだ。

ジェイソンは、口をあんぐりあけた。「おまえ、なんで……」

「うちのバスルームから部屋が見えるの」あたしはあわてていった。ふいに、脳《のう》が動きだしてくれたみたいだ。いまさらだけど、しかたない。「のぞいてたわけじゃないんだよ。ホントに。っていうか、そんなには。ただきのうの夜は、たまたまバスルームにいて、たまたま窓《まど》の外を見たら、ベッカが見えて……ふたりの姿《すがた》が見えて。で、キスしてたから」

ジェイソンは口をとじた。笑ってはいない。

「ベッカからきかなかったのか？」ジェイソンはやっと口をひらいた。

「なんにもきいてないよ。こっちもべつに、その話はしてないし。だって……」

「のぞき見してたのがバレるとこまるからだろ？」

ひぇーっ。まあ、そのとおりだけど。ジェイソンのいうとおりだ。あたし、月曜日に教会に懺悔《ざんげ》に行かなくちゃ。チャック神父にすべて話そう。

チャック神父がママに話してもかまわない。どうせもうジェイソンに知られちゃったし。

「のぞいてたんじゃないよ。っていうか、そういうんじゃなくて、ピートだって見てたし

……」

「は？　ピートも知ってるのか？」

なんだか、ミョーに暑くなってきた。理由は不明だけど。この天文台、エアコンがちゃんときいてるのに。

「うん、ピートも知ってる。っていうか、ふたりが窓《まど》のむこうでイチャついてたってことはね」〝イチャついてた〟なんて、ちょっといいすぎかな。なんでそんなこといっちゃったんだろう。「せめてブラインドおろしてくれれば……」

「まだブラインド、ついてないから。だけど、ソッコーでつけるよ。ほかに、いままでなにを見たんだ？」

ハダカ腕《うで》立《た》てふせ。そういいたかったけど、今回はあたしの口は、脳《のう》のいうことをきいてくれた。「なんにも。ホントだよ」ごめんなさい、チャック神父。あたしは悪い子です。ここ数カ月、ずっとかくしごとをしてきたし、それに……。

ま、いっか。神さまもきっと、わかってくれるはず。

「とにかく」あたしはジェイソンにいった。胸《むね》がぎゅっと苦しかったから。どうしてもききたい。きかなくちゃ。「ベッカとはどうなってるの？」

「うー、やれやれだぜ」ジェイソンは目をとじて、壁《かべ》にドサッともたれた。「どうにもなってねぇよ。いいか？　ベッカはかんちがいしてたんだ。おまえと同じで、オレがスクラップブック個人指導《こじんしどう》ってヤツを落札したことをな。いきなりオレんちにきて、オヤジも平気であげるから。ま、オレのオヤジだからしゃーないけど。で、オレが寝《ね》ころがって本を読んでたら、部屋に入ってきて、いきなり……まあ、そういうことだ」

あたしは、ジェイソンの顔をじっと見つめていた。鼻がいつもより高く見える。どういうわけか、いきなりキスしたくなった。

あたし、頭がどうかしちゃってる。ローレン・モファットたちのせいで、とうとうおかしくなっちゃったんだ。いったいいつから、ジェイソン・ホレンバックの鼻にキスしたいなんて思うようになったの？

「わかんない。どういうこと？　ベッカがいきなりどうしたの？」

「のぼせあがって、ひとりで盛《も》りあがってたんだよ」ジェイソンは、やっとこちらを見た。「かんちがいしてて……やれやれ、つまり、オレのことを、ソウルメイトだとかいって。で、いきなり、キスしてきたんだ。オレからしたんじゃない。しょうがねぇから、ハッキリいってやったよ。相手をまちがえてる、ってな。オレにはその気はない。むこうがどう思っていようがね」

ほっとして、安心の波がどーっとおしよせてきて、体の力がぬけてしまった。

なんで？　なんで、ジェイソンがベッカにその気がないっていってきいて、こんなに安心しちゃうの？

どうして、キスしたのはベッカからでジェイソンからじゃないってわかったとき、天使の歌声がきこえてきたの？　マーク・フィンレーにキスされたとき、ムリやりきいたあの歌声が、そしていままではニセモノだとわかっているあの歌声が、いきなり自然に頭のなかできこえてきたの？

「あ、そうなんだ」歌声のなかに、自分の返事がまざるのがきこえた。

「オレが今日、どうして図書館にかくれてたと思う？　ベッカをさけてたんだ」

「あ、そうなんだ」あたしはまたいった。小鳥もさえずりはじめた。だれかにキスされたわけでもないのに。あたし、どうかしてる。

「全部スタッキーのせいだ」ジェイソンは文句《もんく》をいった。

「スタッキー？」

「ああ。ベッカを落札しろっていってたのは、アイツだからな」

「スタッキー？」歌声やさえずりやらで、ちゃんときこえてた自信がない。

「そうだよ。スタッキーが自分でベッカを落札すればよかったんだ。金がねぇ、っていうもんだから」

「スタッキー、ベッカのこと好きなの？」天使が『ハレルヤ』をコーラスしはじめた。そういえば今日も車のなかで、スタッキーはスクラップブックの話をしてたっけ。それに、ベッカをバスケの試合に連れてってあげるともいっていた。

「らしいな。オレにわかるワケ、ないだろう？」

「だって、スタッキーからきいてないの？」

ジェイソンは、バカじゃねぇのという目であたしを見た。いつもならこういう目で見られると、あたしも同じ顔をしてやる。でも今回は、ジェイソンの鼻にキスしたい、としか考えられなかった。

「男ってのは、その手の話はしないもんなんだよ」ジェイソンはいった。

「あ、そう」

「しかも、おまえだってマーク・フィンレーを落札しただろうが。アイツのことを好きってことじゃねぇのかよ？」

「ちがったみたい」マークとキスしたことは、いう必要はないだろう。あと、ジェイソンにキスしたいと思っていることも。「っていうか、追いはらったの、見たでしょ？」

「まあな。まんまとだまされてたよ」

「それ、どういう意味？」コーラスとさえずりが、ぴたっとやんだ。

「好きじゃないっていってるわりには、そうとしか見えなかったしな」

あたしは、いわれたことを考えてみた。たしかに、そういわれてもしかたない。マークのグリーンがかった瞳《ひとみ》……低い声……ジーンズをはいたオシリ。どれもこれも、魅力的《みりょくてき》なイメージしかない。

あっ……そういうことか。イメージ。すべてはイメージだ。あたし、マークの人間性《にんげんせい》を知ってた？　なにも知らない。ジェイソンがいったことのほかにはなんにも……ガールフレンドのいうなりになる、自分の意志《いし》なんかない人間だってこと。ニブくて、あたしにあのイジワルなメモを書いたのがローレンだってことにも気づかない。ローレンがあたしを好きだっていったことも、ころっと信じちゃって。自分のカノジョが世界一のウソつきだってこともわからないんだから。

ハッキリいって、マークだってウソつきだ。あたしにキスしたり、あたしがかわいくてガマンできなかったっていったり。ホントは、いうことをきかせたかっただけなのに。

なのにあたし、なんでマークを好きだなんて思ってたんだろう？

いまならわかる。ハッキリとわかる。あんまりみとめたくはないけど。

マークが人気者だからだ。

だけど、そんなのはもう終わった。いまなら、人気者の意味がわかる。少なくとも、ブルームビル高《ハイ》における人気者の定義《ていぎ》が。

自分らしくないこと、だ。

「自分だって、だれかを好きだと思っていたら、じつはちがったってこと、ない?」あたしはジェイソンにたずねた。

「ない」ジェイソンはきっぱりいった。

「一度も? カーステンは?」

「カーステン? べつに好きじゃねぇし」ジェイソンは、あたしではなく、靴《くつ》を見つめながらいった。

「ウソでしょ。ちょっとも? カーステンのために俳句《はいく》をつくってるって話、ふざけてただけ?」

「まあな」ジェイソンはかがみこんで、親指でユニコーンを意味なくこすった。「なあ。もう帰ったほうがいいんじゃないか? あしたは結婚式《けっこんしき》だぜ? 早起きしてしたくしないと」

でもあたしは、立ちあがろうとするジェイソンを手で引きとめた。

「ねえ」あたしは顔をあげてジェイソンを見つめた。「一度も人を好きになったことがないっていうの？　だれも？」

ジェイソンはため息をついて、またすわりこんだ。

そして、あたしのほうを見ないでいった。「五年生のとき、おまえをつねったりしてたら、じいちゃんにいわれたっていってただろ？　オレがちょっとおまえのことが好きだからだって」

「うん、おぼえてる」あたしは笑いながらいった。「あれから一年くらい、口きいてくれなかったもんね。〝スーパーゴクゴクサイズ事件《じけん》〟までは」

「あれは、おまえのじいちゃんがまちがってたからだ」

「まあ、そうだろうね。あれだけおこって口きいてくれなかったんだから」

「ちょっと好きだからじゃない」ジェイソンは、やっとあたしのほうを見た。はじめて気づいたけど、ジェイソンの目って、シリウスと同じブルーだ。「めちゃくちゃ好きだからだ。それで自分でもどうしたらいいかわかんなかった。いまでもわかんねぇよ」

え？　いまなんて？　天使のコーラスと小鳥のさえずりがいきなりはじまって、ジェイソンの声がよくきこえない。

「ちょっと待って」あたしは口走っていた。「いま、もしかして……」

ふいに、頭のなかにいろんな記憶《きおく》がどっとあふれだした。五年生のあの日のことはおぼえている。ジェイソンに、あたしのことをちょっと好きなんじゃないかっていったら、ジェイソンは顔を真っ赤にして……あのときは、怒《いか》りのせいだと思っていた。で、ジェイソンがあたしをムシしはじめて、あたしはずっとさみしくてたまらなくて……で、そのうちローレンのスカートにドリンクをこぼして、ローレンが〝ステフなことしないでよ〟ってフレーズを流行《はや》らせて、学食でいっしょにすわってくれなくなって、あたしとすわる人がいるとからかってジャマした。で、だれもあたしとはすわってくれなくなった。

ジェイソン以外だれも。ジェイソンはだまってあたしのとなりにトレイを置いて、きのうの夜にテレビで観《み》た『ザ・シンプソンズ』の話をはじめた。なんにもなかったみたいに。学食じゅうの人たちがからかっているのもきこえないみたいに。

ジェイソンは、まったく気にしてなかった。

夜になるとよく〝いつもの壁《ザ・ウォール》〟にすわって、オシッコがもれそうになるくらい（またしても）げらげら笑いあった。人気者たちをからかったり、〈ペンギン・カフェ〉のブリザードを食べたりして。それから〝いつもの丘《ザ・ヒル》〟に行って、ひんやりした草の上に寝《ね》そべって、みごとな夜空をながめた。ジェイソンは星座《せいざ》を指さして教えてくれて、地球以外の惑《わく》星《せい》にも生物がいるんじゃないかといって、もしあの流星のひとつがじつはエイリアンの宇宙船《うちゅうせん》でいまここに着陸したらどうするか、とか話したりした。

映画《えいが》を観《み》たり湖に行ったりして一日じゅういっしょにいて、おやすみをいって、それから家に入ると、暗がりからジェイソンの部屋をながめた。まるで、足りないみたいに。ジェイソンが足りないみたいに。

ジェイソン。ジェイソン！

ヤだ。あたし、地球で一番バカな女の子だ。

「もしかして、あたしのこと、好きだっていった？」あたしはたしかめたくて、たずねた。だって、夢《ゆめ》だったらイヤだから。目がさめたら自分の部屋にひとり、だったらどうしよう。

ジェイソンはひらきかけた口をとじ、またひらいて、いった。「ああ。たぶんいった」

そのとき、あたしはジェイソンにキスした。

“平和がほしければ人気はさけるべきだ”

――エイブラハム・リンカーン

32
夜の天文台

9月2日　土曜日

ジェイソンがあたしを愛してる。

ジェイソンがあたしを愛してる。

ジェイソンがあたしを愛してる。

ずっと好きだった、って。前にいってたことは全部――ソウルメイトなんて信じないとか、学校内で人を好きになるなんてバカだとかは――あたしをあんまり好きになりすぎないために自分にいいきかせてたんだって。あたしも同じ気持ちだとは思ってなかったから。

自分があたしを好きなように、あたしもジェイソンを好きとは、まったく知らなかったから。

まあ、あたしだってついさっき、自分の気持ちに気づいたんだけど。

まったく。カンペキな人間なんてどこにもいない。

でも、だいじょうぶ。いままでのぶんは、ちゃんととりもどしたから。あたしたち、何度もキスをした。くちびるがちょっとはれてる気がする。でも、悪くない。

あたしはジェイソンに全部話した。ホントに全部。ジェイソンがヨーロッパから帰ってきたとき、カッコいいって思ったことも（ジェイソンは、二年生のときからあたしのことをかわいいと思ってたといった）。のぞき見してたことも（ジェイソンは、おこらなかった。っていうか、けっこうよろこんでたみたい。でも、ブラインドはあしたつけるらしい）。ベッカのことが好きなんだと思ってヤキモチやいたことも（「ベッカ？　ありえねぇよ！」）。カーステンにあこがれてると思ってムカついて、カーステンのひじを見て気分悪くさえなっていたことも（「カーステンのひじ？」ジェイソンは同じく、ありえないというふうにいった）。バットマンのパンツをはいたときのことまで話した。けっこういい気分だったことも。

例の本の話は、最後にした。で、げらげら笑った。

「待った」ジェイソンはいった。「つまりこういうことか？　ばあちゃんの古い本を見つけて、それが人気者へのチケットだと思ったって？」

「まあね」あたしたちは、最初にキスした場所から動いてなかった。ただし、あたしは頭をジェイソンの胸《むね》にあずけている。すごく気持ちがいい。なんか、ジェイソンの胸ってあたしの頭にピッタリサイズみたい。「いちおう、うまくいったでしょ?」

内容《ないよう》をいくつか思い出して話すと、ジェイソンがあんまり大笑いするものだから、あたしは頭がひょこひょこ上下して、すわりなおした。

「そうやって笑うけど、いろいろ教わったこともあるんだよ」

「ああ、だろうな。大バカ者みたいにふるまって、友だちをおかしくさせる方法とか」

「ううん。一番いい自分になれる方法」

「おまえ、すでに一番いい自分になってるぜ」ジェイソンはそういって、あたしを引きよせた。「本の助けなんかいらねぇよ」

「いるよ」あたしはジェイソンのシャツにむかっていった。「だってあの本がなかったら、人気者になろうとはしなかったし、そうしなかったら、ジェイソンに対する本当の気持ちに気づかなかったかもしれない」あと、スタッキーがいっていた、〝ジェイソンがひそかに思っている相手〟があたしだったってことにも。

「そっか」ジェイソンは、あたしをぎゅっと抱《だ》きしめた。「じゃ、その本に感謝《かんしゃ》しなきゃだな」

ジェイソンがふざけていっているのはわかっていたけど、そのとおりだと思う。すべて、あの本のおかげだ。最終的には、人気者にはなれなかったけど。

かわりにもっと、ずっといいものをもらった。

“人気のあるものは、ことごとくまちがっている”

——オスカー・ワイルド

33
星をながめていただけ

9月2日　土曜日　午前9時

だれかに名前をよばれて、目がさめた。顔をあげて思った。あたし、どこにいるんだろう？　しかも、なんでこんなに首がカチコチなの？

寝返《ねがえ》りを打つと、ジェイソンがとなりで眠《ねむ》っていた。

あたしは、がばっと起きあがった。カーペットの上で眠っていたせいでかたまっていた首が、グキッとなった。

「ジェイソン」あたしはジェイソンをつついた。「ジェイソン、起きて。マズいことになってるみたい」

あたしたちはおそくまでしゃべって――そして、キスして――そのまま眠ってしまったらしい。天文台のなかで。観測《かんそく》デッキの床《ゆか》の上で、ドームの下で。

マズい。あたしたち、なんにもしてないけど。キス以外には。

だけど、信じてもらえるかな？

おじいちゃんは、信じてくれた。なかに入ってきて、あたしたちをひと目見るなり、うしろをむいてさけんだ。「だいじょうぶだ、マーガレット。ふたりともここにいるよ」

次の瞬間《しゅんかん》、おじいちゃんとママが同時にさけびながら入ってきた。

「どういうつもり？」ママは金切り声をあげた。「どんなに心配したと思ってるの？　なんで電話もしないの？　ジェイソンだって……お父さまがひと晩《ばん》じゅう、かたっぱしからインディアナ州の病院に電話をかけてたのよ。事故《じこ》にでもあったんじゃないかって！」

「電話してくれればよかったのに」おじいちゃんがいった。「いったい、ふたりでこんなところでなにをしてたんだ？」

「父さん、なにしてたかなんて、わかりきってるわ」ママがぴしゃりといった。そんなのって、ヒドい。あたしたち、ちゃんと服着てるのに。

「眠《ねむ》っちゃったんです」ジェイソンがいった。「本当です。しゃべってて、それでつい……」

「じゃあ、なんで電話くれなかったの？」ママはつめよった。「わたしたちが心配するんじゃないかって、思わなかったの？」

「わすれてた」めちゃくちゃ悪いと思ってはいた。電話のことを思いつきもしなかったなんて、信じられない。

でも、まさかいえない。〝あたしたちイチャイチャするのに夢中《むちゅう》で、家に電話することなんて思いつかなかった〟なんて。

「まったく。ステフ、しばらく外出禁止《きんし》よ」ママはきっぱりいって、妊娠中《にんしんちゅう》の女性《じょせい》とは思えない力であたしを引っぱって立たせた。「これからは電話するのをわすれたりしないことね」

「ご両親がさぞかしがっかりするだろうなあ」おじいちゃんはジェイソンにそれだけいった。ジェイソンの両親は、たぶんがっかりするだけで、罰《ばっ》したりはしない。「おばあちゃんがかわいそうに、ひと晩《ばん》じゅう起きていたんだよ。今日は結婚式《けっこんしき》だというのに！」

おじいちゃんとキティの結婚式！　コロッとわすれてた！

「ごめん、おじいちゃん！　そんな時間なの、気づかなかった」

「それにしても、ここでなにをしていたの？」ママはしつこくきいてきた。

あたしは、すべて白状《はくじょう》しようと思って息をのんだ。っていうか、ジェイソンとひと晩じゅうキスしていたことではなく、マーク・フィンレーやらパーティやらのことだ。ジェイソンにちゃんと話したからには、ほかの人にもきちんとしておいたほうがいいと思って。だけどあたしが口をひらく前に、ジェイソンが一歩前に出ていった。「星をながめていただけなんです。そのうち眠《ねむ》っちゃったらしくて」

「星?」ママは、ワケがわからないという顔をしていた。それから、ここが天文台だということを思い出したらしい。「ああ、そう」

「マーガレット、だからいっただろう? この子たちはだいじょうぶだって。星をながめていただけだ。そのうち眠ってしまった。なんの問題もない」それからおじいちゃんは、ビックリしたことに、ママの肩《かた》に腕《うで》をまわした。

もっとビックリなのは、ママが抵抗《ていこう》しなかったことだ。

「だからこの天文台をつくるべきだといったんだよ」おじいちゃんはいった。「この街の子どもたちに、夜の楽しみをあたえてやれる。そうすれば、めんどうなこともさけられる」

ジェイソンとあたしは、目を見合わせた。おじいちゃんは、もうすこしでこの天文台がめちゃくちゃめんどうなことになりそうだったのを知らないから。

ママはやれやれと首をふって、ふるえる指をこめかみにあてた。「ああ、もう。のどがかわいたわ」ママは、自分のおなかにむかっていった。

「そうだな、結婚式《けっこんしき》のレセプションのとき、だれかにこっそりシャンペンをもらいなさい」おじいちゃんは、ママをぎゅっとした。

え？　ママが抵抗《ていこう》しないことより、もっとビックリ。ママ、結局おじいちゃんの結婚式に行くワケ？　また口をきくようになったの？　いつ仲直りしたの？

「父さん、ふざけないで」ママはおじいちゃんを、ジロッとにらんだ。

だけど、その目のなかには、愛が見えかくれしていた。

そして次の瞬間《しゅんかん》、その愛は消え、ママはまたコワい目をした。あたしにむかって。

「いいから、早くなさい。車に乗るのよ。家に連れて帰るわ」

「わかったよ」あたしはおじいちゃんのほうを、問いかけるように見た。どうなっちゃってるの？　おじいちゃん、どうやってママを味方につけたの？

おじいちゃんは、あたしの視線《しせん》に気づいた。たしかに、気づいたはず。

でもおじいちゃんはウインクだけすると、ジェイソンの肩《かた》に手をかけた。

「なあ」ママといっしょに天文台を出ていくとき、おじいちゃんがジェイソンにいっている声がうしろからした。「ロールスロイス、乗ったことあるかい？」

“人気者にはなろうとしないにかぎる。
多くのワナがしかけられているばかりで、
なにひとついいことはない”
――ウィリアム・ペン

34

冗談《じょうだん》で？

9月2日　土曜日　午後6時

結婚式《けっこんしき》は、美しかった。雨のおかげで空気がすみきって、ひさしぶりに外にいるのが気持ちよかった。雲ひとつない青い――ジェイソンの（そしてキティの）目と同じ色の――空にお日さまがきらめいている。夏の終わり、秋のはじまりのすばらしい天気で、リンゴ狩《が》りをしたり湖でボートに乗るには最高の一日だ。

または、結婚式をあげるのにも。

花嫁《はなよめ》は、孫の行方《ゆくえ》が心配でひと晩《ばん》じゅう起きていたようにはとても見えなかった。ビーズ刺繍《ししゅう》のアイボリーのイブニングドレスを着て、エレガントで落ちついていた。

おじいちゃんは、きれいなドレスを着たキティを見て、ちょっと目をうるうるさせていた。

あとでおじいちゃんは、目にほこりが入ったせいだといっていた。でも、あたしには本当の理由がわかっている。

おじいちゃんも、ジェイソンとあたしが天文台で本当はなにをしていたか、わかっているはずだ。まあ、パーティのことは知らないだろうけど。星をながめていたのではない、ということ。

でも、だいじょうぶ。なにもかも、うまくいったから。ママとパパは——おじいちゃん以外全員ビックリしていたけど——サラを連れて、しっかりやってきた。

キティはふたりを見て、感激《かんげき》して泣きだした。

ママはキティが泣いているのを見て、泣きだした。

それからふたりして抱《だ》きあって泣いて、それを見たサラが泣きだした。だれも自分をかまってくれないからだ。

ロビーは指輪をなくさなかったし、ジェイソンはタキシードがめちゃくちゃキマッていた。あたしは思わず目がうるみそうになった。寝不足《ねぶそく》のせいかもしれないけど。

ベッカと、ベッカが自分の〝運命の人〟だと思っていた男の子がじつはあたしの〝運命の人〟になったことでケンカするのも、さけることができた。ベッカのとなりには新しい

〝運命の人〟がいて、それどころではなかったし。

スタッキー家とテイラー家は、レセプションのテーブルはべつべつだったのに、ベッカは前もって席においてあるカードをとりかえておいたらしく、あたしがダイニングルームに入っていったときは、ベッカとスタッキーがサラダを前にチュッとしていた。

あたしはふたりに近づいていった。「ね、ベッカ、ちょっと話せる？」

ベッカは顔を赤らめながら、シャンパンタワーのところまであたしのあとをついてきた。

「そんなんじゃないのよ」ベッカはいきなりいった。

「どんなんじゃないの？」だってあたしのほうが、ジェイソンとのことをどうやって説明しようか悩《なや》んでいたから。

「反動じゃないの。ジョンに対する気持ちは、ジェイソンのときとはまったくちがうの。ジョンがわたしを好きでいてくれるからってだけじゃないのよ。ステフ、今度こそほんものなの。わかったのよ」

「べつに反動だって、責《せ》めるつもりはないよ。あたしはただ『よかったね』っていいたかっただけ」

「ああ、ありがとう」ベッカはニコーッとした。「ステフもホンモノの相手と出会えるといいわね。あのね……こんなことというとヘンにきこえるかもしれないけど、ジェイソンをデートにさそってみようって、考えたことない？」

あたしは、ベッカをじっと見つめた。

「本気でいってるの。だって、ジェイソンはステフのこと、好きなんじゃないかと思って。この前の晩《ばん》……まだ話してなかったけど……なんか、恥《は》ずかしくて。ジェイソンがわたしを落札してくれたあと、ほら、オークションの晩だけど、わたし、ジェイソンの家に行ったの。それで……好きだった告白したの。笑わないでね」

「笑ったりしないよ」

「ありがとう。だってあのときはまだ、スタッキーが好きだって気づいてなかったから。で、とにかく、ジェイソンに『ゴメン』っていわれて。同じ気持ちにはなれないって。だからわたし『それはソウルメイトなんて信じてないせいか』ってきいたの。そしたらジェイソンは、じつは『あれはウソだ』っていうのよ。『ソウルメイトはたぶんもう見つかっているけど、その相手は自分のことを好きじゃなさそうだから』って。『人気者に恋《こい》しているから』って。それで、ヘンだと思ってくれてもいいけど、どうしてもわたし、ジェイソンのいう相手って、ステフだって気がしてしょうがないの」

「あ、ああ」ベッカのいうとおりなのはもう知っていたし、ジェイソンがいっていたのはたしかにあたしのことだともすでにきいていたのに、やっぱりうれしい。もう一回きいても、やっぱりうれしい。ヤだ、あたし、すっかりのぼせあがってるらしい。「話してくれてありがとう。ジェイソンとのこと、考えてみる」

「そうして。だってね、ジョンにもきいてみたの。そしたら、『ジェイソンがひそかに想《おも》っているのがステフだって可能性《かのうせい》はある』っていうのよ。そうだったら、わたしたち、ダブルデートできるわね！　あたしとジョンと、ステフとジェイソンで！　楽しそうじゃない？」

うん、めちゃくちゃ楽しそう。あたしはそう答えた。

乾杯《かんぱい》が終わると、花嫁《はなよめ》と花婿《はなむこ》はファーストダンスをおどった。おじいちゃんのお気に入りのフランク・シナトラの曲『きみに夢中《アイブ・ガット・ア・クラッシュ・オン・ユー》』だ。それからふたりは子どもたちとおどり、そのあとで孫たちとおどった。そのときになってやっと、おじいちゃんにたずねることができた。どんな手を使って〈サブマート〉にかんするママの怒《いか》りをといて結婚《けっこん》式《しき》にこさせたのかって。

おじいちゃんは、『エンブレイサブル・ユー』に合わせてあたしをダンスフロアでリードしながらいった。「白状《はくじょう》すると、母さんが弱っているのを利用してしまったな。妊娠《にんしん》八カ月で、長女の行方《ゆくえ》を死ぬほど心配していて、ひどい財政難《ざいせいなん》におちいっていると思いこんで弱っているところに……そこにつけこんだんだ。『〈フージャー・ケーキ店〉の土地を買ったと話したんだよ。『カフェをつくって母さんの店とのあいだの壁《かべ》をこわすから、ムシしようが、利用しようがどちらでもかまわん』と。お父さんがずいぶんがんばってくれて、母さんを説得してくれた」

「おじいちゃん！　サイコー！」あたしはニッコリした。

「まだまだ修復《しゅうふく》のとちゅうだけどな」おじいちゃんは、ママとキティのほうにうなずいてみせた。ふたりはまだ、おしゃべりをしている。「だが、いいスタートを切れた」

「新しいカフェをつくって、マーク・フィンレーを起用した広告を出せば、あっというまにうちの店も〈サブマート〉に勝てるね」

「そのつもりだ。で、きのうの夜、天文台で本当はジェイソンとなにをしていたのか、話してくれないか？　星をながめていた、なんて言いわけはききたくないぞ。おまえのお母さんはわすれているようだが、きのうはひと晩《ばん》じゅう、どしゃぶりだったんだ。望遠鏡をのぞいたって、なにひとつ見えないはずだ」

おっと。

で、あたしはおじいちゃんに話した。パーティのことはだまっていたけど。でも、あたしとジェイソンとのことは話した。どっちにしても、もうじきみんなにバレるだろう。しかももう、ジェイソンに次のダンスを申しこまれてるし。ふたりともダンスはうまくないから、目的がくっついていたいだけなのはミエミエだ。

おじいちゃんは、ビックリしてまゆをつりあげたままきいていた。おじいちゃんはジェイソンを気に入っているから、反対される心配はしてなかった。でも、あたしのためによろこんでほしい……あたしがおじいちゃんのためによろこんでいるみたいに。

「そうか、そうか」おじいちゃんは、あたしが話しおえると、それだけいった。「で、ジェイソンは大学でなにを専攻《せんこう》する予定なんだ?」

「知らないよ」あたしは笑いながらいった。「まだ先の話だし」

「天文学にさせなさい。せっかく大金を投じてあの建物を建てたんだからな」

あたしは、できるだけそうなるようにしてみる、といった。

そのあと、化粧室《けしょうしつ》に行ったとき、キティに会った。

キティは、ママといっしょに泣いたせいでにじんでしまったアイラインを直しているところだった。キティが知っているのは——あたしとジェイソンとのことを——すぐにわかった。キティは鏡に映《うつ》るあたしの顔を見るなり、くるっと横をむいてあたしの手をとった。

「ステファニー！　本当にうれしいわ。前からそうなればいいって思っていたのよ……でも、友だちの期間が長すぎたからうまくいくかしらって心配していたの」

「はい、うまくいきました」あたしはきっぱりいった。そして、キティはもうあたしのおばあちゃんだし、もう話してもいいかなと思っていった。「キティの本のおかげも大きいんです」

「わたしの本？」キティはぽかんとした。

「ほら、前にもらった本です。屋根裏《やねうら》で見つけた箱に入ってた本。ジェイソンが部屋をうつるときにそうじしていて見つけたでしょう？　人気者になるための本。あたしにもあるかなと思って。あの本のとおりに行動したんです。キティに効果《こうか》があったなら、あたし……あの計画どおりにはいかなかったけど……でも、これでよかったんです。全部、キティのおかげです。っていうか、キティの本の」

「人気者になるための本？」キティは一瞬《いっしゅん》、ワケがわからなさそうだった。それから、顔をぱっと輝《かがや》かせた。「ああ、あの古い本のこと？　だれかが冗談《じょうだん》でくれたのよ。読んだこともないわ」

あたしは、なんていったらいいかわからなくなった。で、思いついたただひとつのことをいった。「あ、そうなんだ」

キティは、短い上品なヴェールをつけた。「ねえ、どうかしら？」

「きれいです」あたしは心からいった。

「ありがとう、ステファニー。ちょうどわたしも、あなたに同じことを思っていたのよ。さて、わたしはもどらなくちゃ。あなたのお母さんとやっと仲よくなれたことだし、待たせたくないの」キティはあたしのほっぺたにふれて、ニコニコしながら出ていった。

あたしがダンスフロアにもどると、ジェイソンが待っていた。

「なあ、そろそろみんな、落ちついてきたみたいだし、コーヒーでも飲みに行かないか？」

「いいね。でもあたし、外出禁止《きんし》なんだよ？」

「どうせおまえの母さん、おぼえちゃいねぇよ」ジェイソンが指さすほうを見ると、ママとキティが楽しそうにおしゃべりしていた。パパは横でタイクツそうな顔で、眠《ねむ》っているサラをだっこしながらすわっている。

あたしはそちらに近づいていった。「ね、ジェイソンとコーヒー飲みに行ってもいい？すぐに帰るから」

ママは答えた。「十時をすぎるようなら電話するのよ」そして、またおしゃべりをはじめた。

オドロキ。結婚式《けっこんしき》のおかげで、みんながすっかり明るくなった。

“人気ほど、得るのがカンタンなものはない。そして、
持続するのがむずかしいものもない”

——ウィル・ロジャース

35 ステフ、ついにキレる

9月2日　土曜日　午後11時

マークたちのパーティのことなんかすっかりわすれていた。そうしたら、ジェイソンとあたしが――結婚式《けっこんしき》のあとでうれしくて幸せな気分で、いっしょにいられてラブラブ気分で――〈コーヒーポット〉に入ろうとしたとき、マークとローレンがATMにむかおうとしているところにばったり会った。

アリッサ・クルーガーもいっしょだった。ショーン・デ・マルコ、トッド・ルビン、ダーリーン・スタッグスも。

例のグループが全員集合していた。

ただし、みんなおもしろくなさそうだった。少なくとも、あたしの顔を見たときは。

「あら、あら、あら」ローレンがバカにしたようにいった。「もしかして、パーティをぶちこわすのが大得意のステフ・ランドリーじゃない？」ジェイソンとのことで一日じゅうハッピーだったあたしの気分が、しずんだ。ほんのちょっとだけ。

ローレン・モファットって、そういうイヤなオーラを放っている。ラブラブの女の子にも影響《えいきょう》するくらい。

「ローレン、ステフにかまうな」ジェイソンがいった。「おまえら、あの場所をめちゃくちゃにしてたはずだ。自分でもわかってるだろう？」

「あーら、わたし、あなたなんかに話しかけたかしら？」ローレンはいった。

そのとき、あたしのなかでなにかがキレた。プチンって。ローレンにはじめて〝ステフしないで〟といわれたあのときにタイムスリップしたみたいに。

ただし、ここにいるのはなにもできずにつっ立っているおずおずした十二歳《さい》のあたしではなく、ローレンなんかのいいなりにはならない独立《どくりつ》した強い十六歳のあたしだ。

「ね、ローレン？」あたしは、ローレンに一歩近づいた。

ローレンは、あたしの変化に気づいたらしい。ぶたれると思ったみたいに、急いであとずさりした。あたしが、ローレンのお父さんに訴《うった》えられるようなめんどくさいことをするワケがないのに。

「あんたにはもう、うんざり」あたしは、ローレンを見すえていった。「あんたも、あんたたちのバカ仲間も。たしかにあたしは、ひとつミスをした。ドリンクをこぼした。そのことはさんざんあやまったし、新しいスカートも買ったよね？　だけどあんたは、いつまでも根にもってた。五年ものあいだね。根にもってるだけじゃなくて、学校じゅうのみんなにあたしをイジメさせた。なのにまた、あたしに仕返しするつもり？　いいよ。でもひとつだけ、いっとく。おぼえておいたほうがいいよ。世の中には、たくさんの〝ステフ・ランドリー〟がいるの。人前でバカなことをしちゃったり、空気が読めなくて失敗ばかりしたり、毎年新しい車を買ってくれるようなリッチな親がいなかったり。あんたみたいな、高慢《こうまん》ちきなお姫《ひめ》さまなんかより、ずっとたくさんいるんだよ。そういう人の気持ちがわからないなら、そのうちあんたなんか、ひとりぼっちでさみしい人生送ることになるんだからね」

あたしは、ローレンの目をまっすぐに見すえていた。そして、あたしは見た。ほんの一《いっ》瞬《しゅん》だけど、たしかに見た。

ローレンの目のなかに、恐怖《きょうふ》があるのを。

ローレンはブロンドの長い髪《かみ》をふわりとさせていった。「勝手にいってなさいよ。わたしがそんなにイヤな人間だったら、どうしてこんなにたくさん友だちがいるのかしらねぇ？　あんたにいるのは、そこにいる……」ローレンは、ジェイソンを上から下までながめた。「〝ソレ〟だけ？」

よし、もうなぐってもいいはず。ジェイソンを侮辱《ぶじょく》するのはゆるさない。

だけどあたしがローレンにつかみかかろうとしたとき、ダーリーンが割《わ》って入ってきた。

「ステフ、ここで会えてよかったわ。ブリタニー・マーフィーの新作映画《えいが》がはじまったの。よかったらあした、いっしょに観《み》に行かない？」

あたしはダーリーンを見つめた。ローレンも見つめていた。アリッサとマークとショーンとトッドも。まあ、トッドがダーリーンを見つめているのはいつものことだけど。

「あ、うん」あたしはなにがなんだかわからなくなりながらも答えた。「うん。行きたい」

「ダーリーン」ローレンが冷ややかにいった。「どういうつもり？」

「お友だちと映画を観る約束しているのよ。いけなかったかしら？」ダーリーンの声には、わざとらしさはまったくなかった。

ローレンは、マスカラをたっぷりぬった目でダーリーンをにらんだ。

でも、ローレンが口をひらく前に、アリッサが前にすすみ出て、あたしのとなりにきた。

「ねえ、わたしもいい？」

ダーリーンがあたしを見て、あたしもダーリーンを見た。

そして、これは映画《えいが》のことだけではないと気づいた。

まあ、映画のこともあるけど、それだけではない。

「もちろん」あたしはアリッサにいった。「いっしょに行こう」そして、例の本のアドバイスを思い出してつけくわえた。「おおぜいのほうが楽しいし」

「よかった」アリッサはあたしにニッコリした。アリッサの笑顔《えがお》を見たのはひさしぶりだ。

「勝手になさい」ローレンは、イライラした声でいった。「いったいいなんなの？　どうかしちゃったんじゃない？」

ダーリーンはローレンをムシして、あたしとジェイソンにたずねた。「ね、これからどうするの？」

「あ、えっと、コーヒーでも飲もうかと……」ジェイソンは、〈コーヒーポット〉を指さしながらいった。

「あら、いいわね。わたしも飲みたかったところなの。アリッサは？」

「わたしも。いっしょに行ってもいい？」

ジェイソンは、まゆをつりあげてこちらを見た。あたしは肩《かた》をすくめた。

「あ、うん。いい、よ？」ジェイソンはいった。

「よかった！」アリッサは〈コーヒーポット〉のドアをおしあけた。前は、なにがあってもこんな店には入らないと断言《だんげん》していた店だ。ダーリーンもついてきた。

ダーリーンは店に入るとき、ふりかえってショーンとトッドのほうを見た。

「どうする？　くる、こない？」

トッドはダーリーンからマークのほうを見て、またダーリーンを見た。そして、肩をすくめてマークにいった。「悪いな」

そして、トッドとショーンもダーリーンのあとを追って店に入った。

ジェイソンとあたしは、顔を見合わせた。

ジェイソンがあたしのためにドアをあけてくれていった。「どうぞ、お嬢《じょう》さん」

あたしは店に入った。ダーリーン、アリッサ、ショーン、トッドはもう、窓《まど》ぎわのテーブルを確保《かくほ》していた。四人はこっちにむかって手をふった。そんなことしなくてもすぐにわかるのに。店にいるのはあと、カーステンだけだったから。「まあ、いらっしゃい！

いつものでいい？」

「いつもの」ジェイソンはいった。それからつけくわえた。「オレたち、アイツらといっしょなんだ」そして、ダーリーンたちのテーブルのほうを指さした。

カーステンはきょとんとした。「新しいお友だち？」そして、うれしそうにいった。「もう、人気がないなんていわせないわよ！」

そしてカーステンは、四人のいるテーブルにオーダーをとりに行った。なにもいわずに。

カーステンは例によって、あたしたちが前は謙遜《けんそん》していたと思ったらしい。

そのときあたしは、ジェイソンにいった。「ちょっと待ってて」そして、店の外にもどった。

「ねえ」あたしは、のろのろと歩いていこうとしていたローレンとマークに声をかけた。

ローレンがくるっとふりかえる。そのとき、意外な光景が目に入った。

ローレンは泣いていた。

「なに？」ローレンはぴしゃりといった。

「えっと、あの……」あたしは息をのんだ。「よかったら、いっしょにコーヒー飲まないかと思って」

「あんた、頭がどうかしちゃったんじゃ……」

そのときマークが、ローレンの肩《かた》に手をまわしていった。「ありがとう、ステフ。そうしようかな」

「だって……」ローレンがかん高い声でいった。

だけどたぶん、マークがローレンの肩をぎゅっとしたんだろう。ローレンはいった。

「そんなに飲みたいなら」

そしてふたりは、あたしのあとから店に入ってきた。

みんなはなんていうか知らないけど、やっぱりあの本は正しかったってことだ。

ちゃんと、うまくいったもん。

36

ジェイソンとクレイジートップ

9月3日　日曜日　午前0時

夜おそく、あたしはバスルームに行って、窓《まど》の外を見た。ただの習慣《しゅうかん》からだ。ジェイソンがなにをしているか、のぞきたかったわけじゃない。

ジェイソンは、大きな包装紙《ほうそうし》を窓《まど》に貼《は》っていた。

でも、かまわない。だって、ジェイソンはその包装紙に、暗いところで光る星のステッカーを貼って文字を書いていたから。

おやすみ、クレイジートップ

訳者あとがき

いつもティーンの女の子がいちばん興味をもっているテーマをとりあげ、手をかえ品をかえいろんな味つけをしてくれるメグ・キャボットですが、今回のテーマはズバリ、〝人気〟です。

ティーンエイジャーだけではなく、多くの人にとって、友だちや異性からどれだけ好かれるか、どのように思われるかは、大きな関心事でしょう。主人公のステフも、例外ではありません。小学校のときのたった一回の失敗が原因で、ステフはダメ人間代表みたいなポジションに立たされます。五年間、どんなにバカにされてもじっと耐えてきたステフがあるとき一大決心をして、人気者になる作戦を立てて実行にうつすのです。もとはといえば、学校で一番人気の男子、マークに気づいてもらいたい一心で立てた計画、マークへのあこがれはつのる一方です。ところが、幼なじみで親友のジェイソンの存在も気になりはじめ、あたらしい友だちができるにつれて、もとからの友だちとの関係がぎくしゃくしはじめて……ステフの人気者になる作戦は、どんな結果になるのでしょうか？　最後にステフが得たものとは？

人からきらわれたくないという気持ちは、だれでももっているものです。好かれようと思ってほんとうの自分を曲げたり本心をごまかしたりしてしまった経験がある人も多いでしょう。この物語には、〝ほんとうの人気者とは？〟〝いちばんいい自分とは？〟という問いに対するヒントがたくさんあります。

メグ・キャボットは、ガールズ・エンタテインメントの女王としてすでに確固たる地位を築いていますが、それは、恋愛、人気、友情などの身近なテーマを、魅力的な人物たちを登場させて描いているからでしょう。今回も、主人公のステフは、男の子の上半身ハダカを双眼鏡でのぞき見するような大胆な部分と、人の視線ばかり気にするような弱い部分を併せ持っていて、とても親しみがもてます。親友のジェイソンは、例によってヴィジュアル的にもカッコいいのですが、メグの描く男の子のなかでも一、二を争う男らしさをもっていると思います。ステフのおじいちゃん、ママ、ジェイソンのおばあちゃんなどの脇役も、なかなかいい味を出してくれていて、家族愛に思わずほろっとするシーンもあります。

つぎに刊行予定のメグ・キャボットの作品は、"Jinx"（仮題『ジンクス』理論社より十一月刊行予定）といって、魔法がモチーフになったちょっとミステリー要素の入ったドキドキする物語です。ほかにも『プリンセス・ダイアリー』シリーズ（河出書房新社）の続刊が年内に二巻、予定されているほか、あたらしい作品が次々刊行予定ですので、どうぞお楽しみに。

最後になりましたが、この作品を翻訳するにあたっては、多くの方にお世話になりました。いつもあたたかく見守ってくださる理論社の小宮山民人さん、細かく訳稿をチェックして的確なアドバイスをくださるリテラルリンクの皆さん、超多忙のなか質問に〝そっこう〟で答えてくださる作者のメグ・キャボットさんに、心から感謝いたします。

二〇〇八年六月　代田亜香子

著者

メグ・キャボット　Meg Cabot

絶大な人気を誇るアメリカのベストセラー作家。

インディアナ州で生まれ、ニューヨークでイラストレーターとして活躍したのち、作家に。「プリンセス・ダイアリー」シリーズは100万部をこえるベストセラーとなり、ハリウッドで映画化された。ゴーストとの恋愛を描いた「メディエータ」シリーズのほか、『ティーン・アイドル』『アヴァロン　恋の〈伝説学園〉へようこそ！』など著書多数。現在は、詩人の夫と猫といっしょにフロリダとニューヨークを行き来して暮らしている。

訳者

代田亜香子（だいた　あかこ）

翻訳家。訳書にキャボット「プリンセス・ダイアリー」シリーズ、『恋するアメリカン・ガール』（以上、河出書房新社）、「メディエータ」シリーズ、『ティーン・アイドル』、『アヴァロン　恋の〈伝説学園〉へようこそ！』（以上、理論社）、ラップ『きみといつか行く楽園』（徳間書店）、アボット『ファイヤーガール』（白水社）、スタンディフォード『ガールズX-レート』（主婦の友社）など多数。

人気者になる方法

NDC933
四六判　19cm　382p
2008年 7 月 初版
ISBN978-4-652-07935-5

作者　メグ・キャボット
訳者　代田亜香子
発行　株式会社 理論社
発行者　下向 実
〒162-0056
東京都新宿区若松町15-6
電話　営業 (03)3203-5791
出版 (03)3203-2577

2008年 7 月第 1 刷発行

URL http://www.rironsha.co.jp

ガールズエンタメの
女王がおくる
学園シリーズ

メグ・キャボット　代田亜香子・訳

ティーン・アイドル

クレイトン高校にアイドルスターがお忍びでやって来た。その世話役を頼まれた、ふつうの女の子ジェニーがアイドルの彼女に…？　秘密とホンネがぶつかりあうキュートな学園コメディ。

アヴァロン

〜恋の〈伝説学園〉へようこそ！〜

アヴァロン高校の人気者ウィルは、アーサー王の生まれ変わり？義兄にいのちを狙われているってホント？　転校生のエリーが、伝説の闘いに巻き込まれていく。世にも不思議なラブストーリー。